ことのは文庫

江ノ島お忘れ処OHANA

～最期の夏を島カフェで～

遠坂カナレ

MICRO MAGAZINE

CONTENTS

江の島
シーキャンドル
江の島岩屋
稚児ヶ淵
龍恋の鐘
江島神社(奥津宮)
サムエル・コッキング苑
江島神社(辺津宮)
弁財天仲見世通り
Enoshima
Map
青銅の鳥居
新江ノ島水族館
至茅ヶ崎
小田急片瀬江ノ島駅

江ノ島マップ

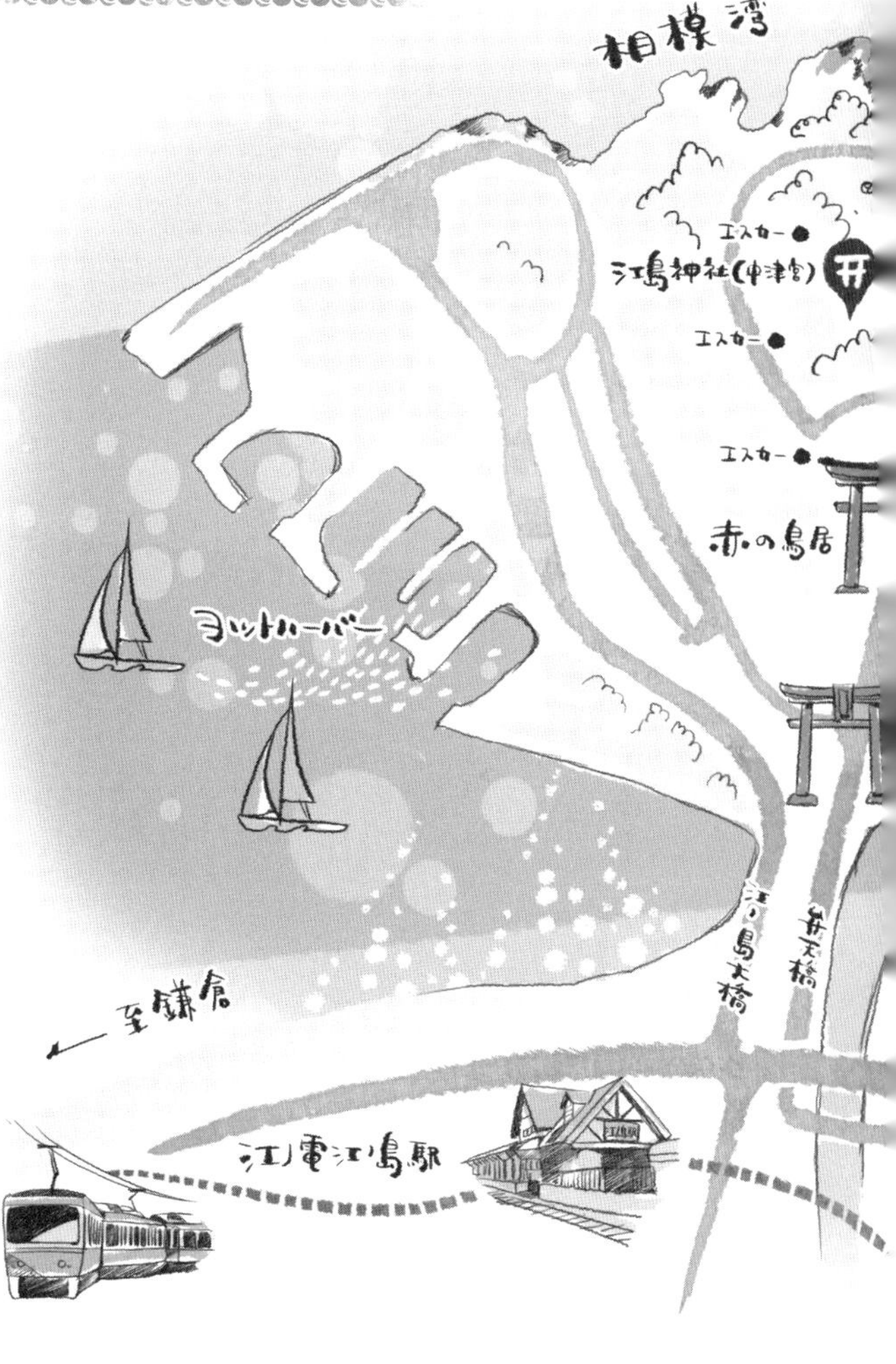

相模湾
エスカー
江島神社(中津宮)
エスカー
エスカー
赤の鳥居
ヨットハーバー
江ノ島大橋
弁天橋
至鎌倉
江ノ電江ノ島駅

江ノ島お忘れ処OHANA

～最期の夏を島カフェで～

第一話　夏のはじまり

『不快なはずの蝉の声。それなのに毎年、なんとなく待ちわびてしまうのは、きっと蝉の声を聴くと、楽しかった夏の記憶がよみがえるせい』

ＳＮＳで見かけた呟き。残念ながら、一ミリたりとも共感できそうにない。

分厚い防音壁に覆われたレッスン室と、黒光りするグランドピアノ。物心がついたときから、それがぼくの夏休みのすべてだった。

神経を逆なでする蝉の声に苛立ち、手の甲で無造作に額の汗をぬぐう。

「思ってたのと、違う……」

作曲家の母が音楽を担当した、江ノ島が舞台のアニメーション映画。映画そのままの、のどかな田舎の夏の光景が広がっていると信じていたのに。

確かに空は抜けるように青い。まばゆい日差しを浴びてきらめく海も、亀のような特徴的な島の形も、映画どおりだ。

だけど、島へと続く大きな橋、弁天橋はびっしりと観光客で埋め尽くされ、蝉の声に負けないくらい、賑やかな声が飛び交っている。

最期のときを過ごす場所。

もっと静かで、風情のあるところだとばかり思っていたのに。

これじゃ、渋谷のスクランブル交差点や、銀座の歩行者天国と大差ない。日差しの強さが強烈なぶん、不快指数はむしろこっちのほうが高い。

「てっぺんまで上れば、静かになるのかな……」

混み合う弁天橋をのろのろと渡りきると、色あせて錆びついた、古めかしい青銅の鳥居が姿を現した。

あの映画にも何度も出てきた、厳かな佇まいの大鳥居だ。二百年前に建てられたというその鳥居をくぐり抜けると、江島神社の真っ赤な鳥居に向かって、ゆるやかな上り坂が続いている。

ノスタルジックな佇まいの土産物屋や飲食店が軒を連ねる道幅の狭い参道は、まるで縁日のように、観光客で大盛況だった。

「さすが夏休み。平日なのに、ものすごい人出だ……」

風情のある景観だけれど、足を止めてゆっくり味わうには、ひと通りが多すぎる。

映画のなかで流れ続けていた、炭酸水みたいに軽やかなピアノの旋律。BGMとして脳内に流したいのに、無粋な蝉の声と周囲の喧騒にかき消されてしまった。

少しでも人の少ない場所に行きたくて、有料屋外エスカレーター『エスカー』の乗り場を素通りし、険しい石段を見上げる。

汐の香と草いきれが混ざりあったような、むっとする匂い。一段、一段、登るたびに全身から汗が噴き出し、制服の半そでシャツがべったりと背中に張りついた。

ぜぇぜぇと乱れる呼吸。大きく口を開いても、少しも苦しさが消えてくれない。

目の前の景色がぐにゃりと歪んだそのとき、不思議な音が聞こえてきた。

トントト、タン、タタトタン……。

なんの音だろう。とても心地よい音色だ。大きなうねりを感じさせる、独特のリズム。吸い寄せられるように、足が勝手に動いた。

ぼーっとする頭。今にも倒れそうなのに。音に向かって、自然と身体が運ばれてゆく。

ふらふらになりながら石段を登りきると、視界がひらけ、広場に集うたくさんの人たちが目に飛び込んできた。

なにかのイベントが行われているのだろうか。甘くて香ばしい匂いにつられるように周囲を見回すと、カラフルな虹色のテントの下、まぁるい揚げ菓子を売っているのが見えた。

人気のある菓子なのかもしれない。テントの前には人だかりができている。

鮮やかな青空色に、きれいな虹のイラスト、ＯＨＡＮＡと書かれた紙に包まれた揚げ菓子を、みんな夢中で頬張っている。

ぎゅるるる、と腹の音が鳴る。そういえば、今日は終業式に遅刻しそうになって、朝ごはんを食べずじまいだったんだ。

テントでは、飲み物も売られている。透明なカップに入った、爽やかなレモン色の飲み物。輪切りのレモンと緑色の葉っぱが添えられている。

「なんだろう。すごくおいしそう……」

カラカラに渇いた喉が、ゴクリと音をたてる。

今から死ぬ自分には意味のないものだ。頭ではそう思うのに、無性に飲みたくなった。

行列に並ぼうとしたそのとき、とてもよくとおる、美しい歌声が聞こえてきた。

どこの言葉だろう。英語でもイタリア語でもない。聞いたことのない言葉だ。

少年の声だろうか。穏やかで、深みがあって、包み込むようにやさしいのに。心臓を鷲(わし)掴(づか)みにされたみたいに、ぎゅっと胸が痛くなって、震えが止まらなくなる。

いったい、どんな人が歌っているんだろう。

人だかりの狭間(はざま)。覗(のぞ)き見ると、頭にハイビスカスの髪飾りを挿し、揃いのキャミソールとロングスカートをまとった女性たちがずらりと並んでいるのが見えた。

トント、タン、タタトタン……トント、タン、タタトタン……。

また、あのリズムだ。打楽器の音に合わせ、ゆったりと、たゆたう波のように紡がれる歌声。

音楽から逃げ出したくて、死に場所を求めてきたのに。

こんなときでさえ、音に惹かれずにはいられない自分に腹がたつ。

「すっごくかっこいいねぇ、あれ、ＯＨＡＮＡ(オハナ)の子でしょ」

「兄弟揃って超イケメンだよね。いいなぁ、私も習っちゃおうかな、フラダンス」

そこかしこから、歓声があがる。

照りつける太陽と、人々の熱気。波打ちぎわ、足元の砂がさぁっと形をなくしてゆくみたいに、やさしい歌声がぼくを沖へと連れ去ろうとする。

もっと、聴いていたいのに。

どんな人が歌っているのか、自分の目で確かめたいのに。

音の波に飲み込まれるように、意識を手放してしまった。

「あーろーはー、おーっ、あーろぉ、はぁ、おー」

歌声が聴こえる。幼い子どもの声だろうか。かわいらしいけれど、すべての音が半音の半分フラットしている。微妙な下がりっぷりが、なぜだか妙に心地よかった。

しばらく耳を傾けていると、唐突に、ぼすっとなにかがのしかかってきた。

「うぎゃっ……!」

「目、覚めた?」

歌声がやみ、無邪気な声で問いかけられる。重たいまぶたを開くと、視界いっぱいに美しい青が飛び込んできた。海の底みたいに深みのある青。まんなかは漆黒で、吸い込まれそうに昏(くら)い色をしている。

「ハルにーちゃん、おにいちゃん、目、覚ましたよ！」

ぴょこんと跳び上がり、青い瞳の持ち主、小柄な少年は部屋の外に駆け出してゆく。

「なんだ、あれ……痛っ！」

身体を起こそうとして、背中に激痛が走った。布団の上に情けなく脱力したぼくの頬を、そよそよと爽やかな風が吹き抜けてゆく。のけぞるようにして風の来る方角を見ると、そこにはうなり声のような低い羽音を響かせる、レトロな扇風機が置かれていた。

「今どき、扇風機……？」

むっとする畳の匂い。網戸越しに、ジイジイとやかましい蝉の声がする。

ミンミンゼミやアブラゼミに混じって、カナカナカナカナ……と、都会ではまず耳にすることのない、もの悲しげな、ひぐらしの声も聞こえてきた。

「お、目、覚めたか」

色あせたふすまが開き、褐色の肌をした大柄な青年が顔を出す。

二十代半ばくらいだろうか。短く刈られた黒髪に、日本人とは思えないほど彫りが深く、男くさく精悍（せいかん）な顔だち。がっちりした体躯（たいく）と相まって、野性味溢（あふ）れる雰囲気だ。晴れ渡った空のように、明るい青色の瞳に、思わず視線が吸い寄せられる。

「何人（なにじん）……？」

心のなかで呟いたつもりが、声に出ていた。慌てて口を押さえたけれど、もう遅い。

どうしよう。気分を害しただろうか。おそるおそる顔を上げると、にっと白い歯を見せて笑う男と目が合った。キリリとした眼差（まなざ）しが、笑うとやわらかになる。体格や顔だちは怖そうなのに。眼差しがやさしいせいか、不思議と威圧感はない。

「アメリカ人だよ。本土（メインランド）じゃないけどな。ハワイ島（ビッグアイランド）出身だ」

イントネーションがちょっと変わっているけれど、きれいな日本語だ。低くて深みのある彼の声は、とてもよくとおる。

「どこか、痛むところはないか」

「いえ……だいじょ……」

起き上がろうとして、ふらぁっと意識が遠のく。

「無理すんな。医者に診てもらったけど、熱中症だってさ。ちゃんと水分とってたか」

飲めよ、と差し出されたグラスには、淡いレモン色の液体が入っていた。カランと氷の揺れる音に、誘われるように手を伸ばす。

キラキラと水滴の光るグラス。フレッシュな柑橘（かんきつ）の香りが、鼻孔を抜ける。ひとくち含むと、爽やかな甘酸っぱさが口いっぱいに広がった。ほてった喉にひんやり心地よくて、気づけばごくごくと一気に飲み干していた。

「おいしい、です……」

「そりゃよかった。砂糖不使用の自家製レモネード。この店の名物なんだ」

にっと笑って、褐色肌の男はぼくの手から、空っぽになったグラスを抜き取った。

「おにいちゃん、だいじょぶ？」

ふすまの向こうから、さっきの少年がぴょこんと顔を出す。

「大丈夫。ええと……ここはいったい……」

ぼーっとしていた頭が、ようやく少しはっきりしてきた。

周囲を見回してみると、古めかしい和室だった。ひもを引っ張ってつけたり消したりする照明器具に、飴色に艶めく骨董品みたいな木製の箪笥や文机。色あせた座布団に、カチコチと音をたてるレトロな壁時計。

社会見学で行った、『昭和レトロ・くらしの博物館』で見たままの光景が広がっている。

「OHANAって名前のカフェだよ。奥津宮ってわかるか。江ノ島のシーキャンドルの先、島のいちばん奥まった場所にある神社だ」

地図を広げ、彼は「ここ」と鳥居の記号を指さした。

がっちりした指だ。手のひらも、羨ましくなるくらいに大きい。ラフマニノフみたいに、十二度離れた鍵盤だって、楽に押さえられるかもしれない。

(――って、なに考えてるんだろ。ぼく……)

もうピアノは弾けないのに。なんでも音楽に結びつけてしまう、自分が嫌になる。

「ここが奥津宮で、ここがウチの店な」

島の入り口から、かなり離れた場所のようだ。いったい誰がここまで運んでくれたのだろう。尋ねようとして、ぎゅるるーと盛大に腹の音が鳴った。

「腹減ってんのか」

「いえ、別に減ってなんていませんっ……」

慌てふためくぼくの顔を、ちょこちょこと近づいてきた少年が、大きな目を見開いて、じっと覗き込む。

「おにいちゃん、腹ぺこ？」

「全然！」

全力で否定したのに、彼はぴょこんと跳び上がり、「ハルにーちゃ、このおにいちゃん、腹ぺこだって！」と部屋を飛び出して行ってしまった。

駆け戻ってきた少年に引きずられるようにして急な階段を下ると、レトロで和風な二階とは趣（おもむき）の異なる、明るく開放的な空間が広がっていた。

オフホワイトを基調としたナチュラルな内装の店内。壁には美しい海の写真が飾られ、サーフミュージックとおぼしき、ゆったりとした、心地よい音楽が流れている。

窓の向こうには、真夏の太陽の日差しを浴びて、きらめく青い海。店内は女性客でにぎわっていて、カウンターの先、空色のタイルが貼られたオープンキッチンには、アロハシャツにハーフパンツをまとった、背の高い青年が立っていた。

健康的な小麦色の肌に、艶めく金色の髪。目の覚めるような鮮やかな青い瞳。彫刻めいて整った顔だちが、にっこり微笑（ほほえ）むと、とろけそうに甘やかになる。

『きれいな人』。男なのに、それ以外のどんな言葉でも表せないくらい、まばゆい輝きを放った人だ。

「おはよう。ゆっくり休めたかい」

顔だけでなく、声もとてもきれいだ。凜(りん)とした鈴の音みたいな声に、思わず聞き惚(ほ)れていると、長い足でたちまち歩み寄ってきた彼に、むぎゅーっと抱きしめられた。

「うわぁあっ……！」

慌てふためき、叫び声をあげる。

細身に見えて意外とがっちりしている。弾力のある胸板。力強い腕。遙(はる)か遠い記憶、母に抱きしめられたときのやわらかさとはまったく違う、ごつごつした感触に戸惑い、ぼくは手足をばたつかせて暴れた。だけど、どんなに抗(あらが)っても、彼の身体はびくともしない。シャンプーかなにかの香りだろうか。汐の香みたいな、かすかな匂いに、意識が朦朧(もうろう)とし始めた。

「ハル、やめろ。その子、怯(おび)えているだろ。ごめんな、少年。ウチの兄貴はスキンシップが過ぎるんだ。日本ではそういうのダメだっていってんのに、直そうとしないんだ」

背後から、先刻の青年の低い声がした。

「あ、兄貴……？」

ようやく解放されたぼくは、勢いよくふり返って彼らを見比べてみた。

共通点は、背が高いことと、目が青いこと。体格も顔だちも、まったく似ていない。

「ボクたちはね、これでも血の繋がった兄弟なんだよ。全員父親が違うけどね」

ぴょこんと近寄ってきた先ほどの小柄な少年が、白い歯を見せて笑う。

「兄弟……？　こんなに年が離れてるのに？」

褐色肌の青年は『兄貴』と呼んだけれど、金髪の青年のほうが若く見える。ぼくの目には、金髪の青年は二十代前半、褐色肌の青年は二十代半ばくらいに見えた。それに対し、目の前の少年は、どう見ても十歳前後。親子といわれても、信じそうな年の差だ。

「うちのかーちゃ、『恋多き女』だからね。ちなみにボクにはお姉ちゃんが六人、おにいちゃんが三人いるんだよ」

「十人きょうだい?!」

「うん。ボクは四男の翔太。アロハシャツを着てるのがいちばん上のにーちゃ、ハルで、こっちのがっちりしているのが二番目のにーちゃ、カイ。あとね、今はお外に行ってていないけど、三番目のにーちゃ、怜もここでいっしょに暮らしてるよ」

舌足らずに説明しながら、翔太はぼくをキッチンの脇に置かれた椅子に座らせた。

「こんな場所でごめんね。営業中だから、ごはん、ここで食べて」

金髪の青年、ハルさんに差し出されたのは、こんがりきつね色に焼けたパンケーキだった。ほかほかと湯気をたてる生地の上、とろりとバターがとろけ、甘い香りを漂わせている。鼻先をくすぐる蠱惑的な香りに、ぎゅるるると盛大に腹の音が鳴った。

「もっと消化によいもののほうがいいかなって思ったんだけど。ちゃんとお腹、空いてるみたいだね。足りなければおかわりを焼くから、遠慮なく食べて」

皿の上には、カリカリに焼かれたベーコンと、ちょうどいい半熟具合のスクランブルエッグが添えられている。我慢できなくなって、ナイフとフォークに手を伸ばす。ふわふわの生地にそっと宛がうと、すうっと飲み込まれていった。一口大に切ったパンケーキをぱくりと頰張ると、ふわっと口のなかで消えてゆく。

「おいしい……！」

小学生のころ、母に連れて行かれたパンケーキ専門店で食べた、山盛りフルーツとこってり生クリームの載ったのは甘すぎて完食できなかったけれど。このパンケーキは食感がとても軽く、甘さ控えめのやさしい味わいで、フォークを口に運ぶ手が止まらなくなる。

「でしょ。ハルにーちゃのパンケーキはね、世界でいちばんおいしいんだよ！」

誇らしげな顔で、翔太が胸を張る。年の離れた兄たちを、心から尊敬しているのだろう。そんなふうに慕える相手がいるなんて、少し羨ましい。

ちょこんとぼくの隣に座ると、翔太はじーっとパンケーキを見つめる。

「翔太も食べたいの？」

こくっと頷いた彼の頰を、カイさんの褐色の指がむいっとつまみあげた。

「翔太、人の食い物を欲しがるなんて、行儀が悪いぞ」

「うぅ、だって……ハルにーちゃのパンケーキ、最高なんだもんっ」

ふてくされた顔で反論する翔太に、そっとパンケーキの刺さったフォークを差し出す。するど、彼はぱくっと勢いよくかぶりついてきた。

「んまっ！」

口いっぱいに頬張り、ほっぺたを押さえて立ち上がる。

「ぱぁんけぇっき、ぱぁんけぇっき、ふわっふわー、ほろっほろー。にーちゃのぱんけぇきはぁ、せっかいいっいちー！」

見事にフラットした音程で、翔太は全身を揺すりながら謎の歌を歌う。ぼくは面食らいながらも、楽しくなってきて、彼にもうひとくちパンケーキをわけてあげた。

「君の分、なくなっちゃうよ」

「大丈夫ですよ、ハルさん。おっきいから、二人で半分こでも充分です」

物心がついたときから、ずっと母と二人きりだった。こんなににぎやかな食卓は、生まれて初めてだ。少し戸惑うけれど、たまには新鮮でいいかもしれない。

「ららっらー、ぱぁんけーきっ」

厨房内をくるくると回り続ける翔太を、ハルさんがむぎゅっと捕獲した。

「翔太、大人しくしなさい」

「揚げたてのマラサダを食べさせてくれたら、大人しくしてもいいよ！」

「そんなにおやつを食べたら、夜ごはん、食べられなくなるだろ」

「だいじょぶ！」

親子のような会話に微笑ましさを感じて、ほわっと胸が温かくなった直後、ぼくは現金を一円も持ち歩いていないことを思い出した。死ぬつもりだったから、クレジットカードやキャッシュカードも家に置いてきた。

「すみません。ここって、Ｓｕｉｃａ使えますか」

慌てて立ち上がり、ハルさんに尋ねる。

「使えないけど、どうして？」

「あ、あのっ……これ、身分証です。パンケーキの代金、家まで取りに行ってきます。必ず戻ってきますから、許していただけませんか」

　スマホに表示された電子学生証を差し出す。ハルさんは『ことりあそび？』と首を傾げた。

「あ、いえ……『小鳥遊（たかなし）』。たかなしひびき、と読みます」

「響希（ひびき）くんか。いい名前だね」

　さらりと褒められ、照れくささに頬が熱くなる。

「ＸＸ大学音楽学部、附属音楽高等学校二年、か。響希くんは音楽家の卵なんだね。ちょうどよかった。お代はいらないよ。その代わり、翔太にオルガンの弾き方を教えてあげて欲しい。この家には古い足踏みオルガンがあるんだけど、僕らは弾けないから。教えてあげられなくて困ってるんだ」

「ごめんなさい。ぼくも、教えられません」

「どうして？　なにも難しいことを教えてくれなくてもいいんだよ。基本的な弾き方を教えてくれるだけで……」

「ぼく、お金、取りに行ってきますっ。すぐに戻りますから！」

ハルさんの言葉を遮り、逃げるようにキッチンを飛び出す。

「あ、ちょっと待って、響希くん。――カイ、彼を捕まえて！」

古い民家を改築したとおぼしきカフェ。ガラス張りの引き戸を目指して全力で駆け出したぼくに、カイさんが迫ってくる。

引き戸を開き、店の外に出ようとしたそのとき、思いきり誰かにぶつかってしまった。

「わ、ごめんなさ……っ」

慌てて後ずさると、カイさんのたくましい腕に羽交い締めにされた。身動きがとれなくなったぼくの目の前で、ぶつかった相手がゆっくりと顔を上げる。

新月の夜みたいな、深い闇色の髪。少し長めの前髪から覗く青い瞳に、思わず息を呑む。ハルさんやカイさんみたいな、澄んだ明るい青じゃない。光の届かない昏い海の底。引きずり込まれそうな、凄みのある青だ。

漆黒の髪と青の深さに、周囲の気温が数度下がったような、不思議な錯覚をおぼえる。

「死相が出ている」

深い青色の瞳を細め、彼はぽつりと呟いた。

真夏だというのに少しも焼けていない白い肌。長袖のシャツと長ズボンをまとっているのに、汗ひとつかかず、涼やかな顔をしている。

切れ長の瞳と、無駄なものがすべてそぎ落とされたみたいな、シャープな顎のライン。

同い年くらいだろうか。整いすぎていて無機質な感じがする中性的な顔だちは、冷ややかな声や眼差しと相まって、他人を徹底的に拒絶するかのようなオーラを放っている。

「死相？　お前、どこか悪いのか」

ぼくを拘束するカイさんの腕から、ふっと力が抜ける。

「違うよ、カイ。こいつは自分で自分を、殺そうとしているんだ」

ぼそりと呟いた少年の声に、心臓が跳ね上がる。いったいどうしてわかったんだろう。凄みのある声で指摘され、うっすらと背中に冷たい汗がにじむ。

「この子が、自殺をしようとしてるってことか」

店内にはお客さんがいるのに。こんな物騒な話をして大丈夫だろうか。

どさくさに紛れてカイさんの腕から抜け出すと、目の前の黒髪少年に手首を掴まれた。

「痛い、離せっ！」

「離したら、死にに行くんだろう。別にお前が死のうが死ぬまいが、どうでもいい。だけど、この島で自殺なんかされて、客足が遠のいたら困る。よそでやってくれ」

誰にも打ち明けたことのない、死にたいという願望。

知らない人たちの前で言い当てられ、かぁっと頭に血が上った。

「ぼくは、自殺なんかしない！」

震える声で叫び、彼の手を振り払う。

「響希くん、待って！」

少年の横をすり抜けて店の外に飛び出そうとして、また誰かにぶつかりそうになった。

「す、すみませんっ……」

顔を上げると、そこには不安そうな顔をした二十代後半くらいの女性と、幼い少年が立っていた。

「あの……『お忘れ処OHANA』って、このお店のことですか」

おずおずと尋ねられ、聞き慣れない言葉に首を傾げる。『おわすれどころ』。いったいなんのことだろう。戸惑うぼくの背後から、ハルさんが彼女たちに声をかけた。

「ええ、ウチのことですよ。ただ、まだ昼間の店『おやすみ処OHANA』の営業中なんです。十八時には閉店しますから。よかったら、二階で少しお待ちいただけませんか」

おやすみ処とお忘れ処。ふたつ名前があるってことは、昼と夜で営業内容が変わるのだろうか。

「怜、お客さんをカウンセリングルームにご案内して」

無愛想な黒髪の少年に、ハルさんはそう告げる。怜と呼ばれた少年は、不満そうに眉を寄せながら、女性を一瞥した。

「こっちだ。来い」

明らかに年下の少年に敬語もなしに命令され、女性は不安げにハルさんを見上げる。

ぎゅ、とかたわらに立つ幼い少年を抱き寄せる仕草に『母親らしさ』を感じ、ぼくはちりっと胸の端っこを炙られたような、落ち着かない気持ちになった。

「響希くん、悪いけど、君の話は『仕事』が終わってからゆっくり聞かせてもらうね」

ハルさんはぼくをふり返り、にっこりと微笑む。とてもきれいな笑顔なのに、目が少しも笑っていない。まっすぐぼくを見据える青い瞳は、自殺しようとしていることを強く非難しているかのようだ。

「カイ、響希くんが逃げないよう見張っておいて。一人で帰したら危険だ。親御さんに、迎えに来てもらわなくちゃ」

やわらかだけど、有無をいわせない強い声音だ。カイさんは「ラジャー」と答え、ぼくの腕を掴んだ。


連れて行かれたのは、さっきの和室だった。

傾き始めた太陽。窓の外に生い茂る木々が、室内に濃い影を落としている。そのせいだろうか。カナカナカナ……と啼(な)くひぐらしの声が、先刻以上にもの悲しく感じられた。

カイさんにスマホを出すようにいわれ、渋々ズボンのポケットから引っ張り出す。

「親御さんの電話番号は？」

「別に教えても構いませんけど……ロサンゼルス在住なので、迎えには来ません」

ため息交じりに答えると、怪訝(けげん)な顔をされた。

「じゃあ、お前は誰と暮らしてるんだ？　じーさんばーさんか」

「一人暮らしです。今年の四月から」

本当なら、今ごろ母といっしょにアメリカにいるはずだった。現地の音楽学校に編入することになっていたけれど、右腕を故障したせいで、編入を取り消されてしまったのだ。

腕の具合が本格的に悪くなったのは、去年の冬。長年のハードな練習がたたったのだと思う。肘から手首にかけて激しい痛みが生じ、まともにピアノを弾けなくなった。

『少しお休みすれば、きっとよくなるわ』

母はぼくを励まし、名医と呼ばれる医師の診察を受けさせてくれた。だけど、どんなに有名な医師に診てもらっても、右腕の不調は治らない。

『アメリカには行かない。こっちで治療を続けるよ』

三月の終わり。母にそう告げた。ぼくが日本に留まれば、母もアメリカでの仕事を断って、日本に残ってくれるかもしれない、と期待していたのだ。

けれども母は一人で渡米した。『仕事が終わったら、すぐ戻ってくる』と言い残して。

あれから四か月。母の仕事は一向に終わる気配がない。このままずっと、向こうにいるつもりなのかもしれない。

「親と離れて暮らすようになったことと、お前が死のうとしてることは関係があるのか」

直球で尋ねられ、カイさんから目をそらす。ぎゅっと拳を握り、小さく首を振った。

「関係ないです」

嘘は吐(つ)いていない。いちばん辛(つら)いのは、ピアノが弾けないことだ。ピアニストへの道が閉ざされてしまったこと。

物心がつく前から、ピアノがすべてだった。ピアノを失ったぼくは、空っぽの抜け殻みたいなものだ。ただ生きているというだけで、中身はなにもない。

ピアノのことを考えたせいだと思う。ずきんと右腕に激痛が走る。

こんなに長い間、安静にしているのに。痛み止めを飲んで、リハビリも頑張っているのに。それなのにちっとも治らない。

もしかしたら母は、ピアノを弾けないぼくに愛想を尽かし、捨てたのかもしれない。

「あのな、響希」

カイさんが穏やかな声音で切り出したそのとき、室内の空気を切り裂くような、甲高い子どもの叫び声が響いた。

「かーさんをいじめないで！」

悲痛な声に、ぼくとカイさんは顔を見合わせる。

「わりぃ、お前の話は後でゆっくり聞く。ようすを見に行くぞ。いっしょに来い」

ぼくの手を掴み、カイさんは立ち上がる。

引きずられるように向かった隣の部屋。そこには、無愛想極まりない顔で突っ立った怜と、床にしゃがみこんで泣き崩れる女性、彼女を守るようにめいっぱい手を広げた、幼い少年の姿があった。

「おい、怜。いったいなにをしたんだ。お客さん、大丈夫ですか」

カイさんは怜の頭を軽く小突き、女性にやさしく声をかける。

「私がいけないんです。無茶な依頼をしたから……」

濡れた頬をぬぐい、女性はふらりと立ち上がった。

「無茶だという自覚があるのなら、さっさと帰れ。他人の記憶は消せない。俺が消せるのは本人の記憶だけだ」

冷ややかな声で言い放つと、怜はくるりとぼくらに背を向けた。

記憶を消す……？　なんの話をしているのだろう。

「どうしたんだい？」

叫び声は階下まで聞こえたようだ。心配顔のハルさんが階段を駆けあがってきた。

部屋を出て行こうとする怜の腕を、ハルさんは素早く掴む。細身に見えて力持ちなのかもしれない。怜がどんなに振りほどこうとしても、彼の手はびくともしなかった。

「この女、『夫の記憶を消して欲しい』とかいいやがるんだ。『他人の記憶は消せない』と何度いっても、納得しない」

「怜、言葉の使い方に気をつけなさい。『この女』だなんて失礼ですよ。お嬢さん、お名前はなんとおっしゃるのですか」

やさしい笑顔で手を差し出すハルさんに、女性は困惑したように視線を泳がせる。

年上に対して敬語を使わない怜もおかしいけれど、母親とおぼしき女性に向かって『お嬢さん』なんて話しかけるハルさんも、どうかしている。

日本語が理解できていないのか、あえてしているのか、いったいどちらなのだろう。

「加藤茉莉沙と申します。この子は息子の波瑠斗」

「茉莉沙さん。きれいな名前ですね。僕はＯＨＡＮＡの店主、ハルと申します。弟の怜が無礼な態度をとり、大変失礼いたしました。改めてお話を聞かせていただけませんか」

　にっこりと爽やかな笑顔を向けられ、茉莉沙さんはおずおずと頷く。

「では、お飲み物を用意してきますね。怜、この部屋を勝手に出たら、今後一週間、夕飯は毎晩納豆かけごはんだよ。それでもいいなら、好きにしなさい」

　茉莉沙さんにはやさしい声で、怜には有無をいわせない強い声音でいうと、ハルさんは部屋を出て行った。

　納豆が苦手なのだろうか。苦虫をかみつぶしたような顔で、怜は畳に腰を下ろした。

「お待たせしました。どうぞ、お召し上がりください」

　ほかほかと湯気をたてるグラスに、きれいな蜂蜜色の飲み物が入っている。ふわりと鼻先をくすぐる、爽やかなレモンの匂い。

「ホットレモネード、ですか？」

　ぼくがそう尋ねると、ハルさんは笑顔で頷いた。

「夏場は冷たいものばかりとって、身体を冷やしがちだからね」

「れもんのジュース？」

　すっぱいのが苦手なのか、不安そうな顔をする波瑠斗くんのマグカップに、ハルさんはたっぷりと黄金色のシロップを垂らしてあげた。やけどしないよう気遣っているのか、彼のカップだけは大きな持ち手つきのプラスチック製で、湯気もほとんど上がっていない。

「響希くんのも、たくさん蜂蜜シロップを入れてあげますね」

お子さまと同じ扱いをされている……。ハルさんはぼくや翔太のグラスにも、たっぷりとシロップを注いだ。

甘すぎるんじゃないか、と不安になりながら、そっとひとくち飲むと、口いっぱいに蜂蜜のやさしい甘さが広がった。さっぱりしたアイスレモネードもとてもおいしかったけれど、ホットも負けないくらいおいしい。

ほわっと全身をやさしさに包まれるような素朴な味わいに、思わずため息が漏れる。

レモネードの効果はてきめんのようで、茉莉沙さんの顔から、険しさが消えた。

「では、お話を聞かせていただきましょうか」

ハルさんに促され、茉莉沙さんはこくり、と頷く。

「私の夫、加藤慶斗（けいと）は、一年前までプロのサーファーだったんです。ですが、交通事故で片足を失って……海に入ることができなくなってしまいました」

スポンサー契約を解除され、大会にも出られなくなった。今は義足をつけて生活しているのだと茉莉沙さんはいった。

「ずっと、サーフィン一筋の人でした。それが三十歳を目前にして、いきなりすべてを失って……心が壊れてしまったのだと思います……」

自宅に引きこもり、外に出ようとしない。心配して声をかけてくれる以前の仲間たちからも距離を置き、誰の言葉も受けつけない。

そんな慶斗さんを、茉莉沙さんは、なんとか立ち直らせようと頑張ったのだそうだ。

けれどもどんなに言葉を尽くしても、慶斗さんの心の痛みを和らげることはできない。

「段々と、いさかいが増えました。息子の前で不仲なところを見せてはいけない。頭ではそう思うのに、顔を合わせるたびに衝突するようになって……」

慶斗さんの引退後、家計を支えるためにパートの仕事を掛け持ちしているという茉莉沙さん。彼女の顔には、くっきりと疲労の色が浮かんでいる。

精神的にも肉体的にも、限界なのかもしれない。

「慶斗は、車道に飛び出した波瑠斗を守ろうとして、足を負傷したんです。目の前で車に轢(ひ)かれる父親を、この子は見てしまいました。とてもショックだったのだと思います。それ以来、毎晩うなされるようになって……」

「夜泣きをするのですか」

「二十二時ごろ、いつも泣きじゃくって目を覚ますんです」

「それは、夜泣きじゃない。おそらく『夜驚症』だろうな」

腕組みをしたまま、むっつりと押し黙っていた怜が、突然口を開いた。

「やきょうしょう……？」

「夜泣きってのは、浅い眠りの途中で泣きだすこと。多くの乳幼児に見られる自然な現象だ。それに対して夜驚症は、幼い子どもが、深い睡眠の途中で泣き叫ぶ症状。強いストレスを感じたり、恐ろしい経験をしたりした後に起こりやすいといわれてる」

「どうしたら、治るんですか」

すがるような瞳で尋ねた茉莉沙さんに、怜はそっけない声で答える。

「心の問題が引き起こす現象だ。具体的な治療方法はない」

「怜は、どうしてそんなことを知ってるんだろう……？」

ぼくが漏らした疑問に、翔太が小声で答えてくれた。

「怜は医学生だからね。そういうの、詳しいんだよ」

「医学生?!　怜ってぼくとそんなに年、変わらないよね?!」

「十六歳だよ。本来なら高二だけど、怜は十三歳でアメリカの高校を卒業して、今は日本の国立大学の医学部に通ってるんだ」

「すごい。怜、そんなに頭がいいの……？」

「頭がいいっていうより、怜の場合は『執念』かなぁ……。どうしても急いで日本の医師になる必要があるから、必死で頑張ってるっていうか……」

どうしても日本の医師にならなくてはいけない理由。いったいなんだろう。気になるけれど、人差し指を唇の前に立てたハルさんに、静かにするよう視線で促され、口をつぐんだ。

「成長とともに、自然と治ることが多い。不眠のせいで著しく衰弱しているようなら、睡眠薬を処方してもらうのも手だが、見たところ、このガキはそこまで弱ってないだろう」

「でも、すごく辛そうなんです。見ていられないくらい毎晩激しく泣きじゃくって……」

火がついたように泣きだした波瑠斗くんは、茉莉沙さんがどんなにあやしても泣きやまない。泣きわめきながら、「とーさん、とーさんっ」と苦しげな声で、ひたすら父親を呼ぶのだそうだ。

自分のせいで息子を苦しめている。波瑠斗くんが泣き叫ぶたびに、慶斗さんも追い詰められてゆく。両手で耳を塞ぎ、泣き声から逃れるように、酒の量が増えていったらしい。

「辛い気持ちは痛いほどわかります。それでも追い詰められてゆく慶斗を、これ以上、見ていられなくて……」

ぎゅ、とこぶしを握りしめ、茉莉沙さんは細い肩を震わせる。そんな彼女をいたわるように、波瑠斗くんはめいっぱい手を伸ばし、母親の身体を抱きしめた。

「一昨日(おととい)、酔っ払った慶斗が、不注意で波瑠斗の大切にしていたおもちゃを壊してしまったんです。波瑠斗が大泣きしているのに、あの人、私たちを置いて家を飛び出して……」

翌朝、帰ってきた慶斗さんは、茉莉沙さんに土下座をして謝った。けれども、どれだけ謝られても、茉莉沙さんは彼を信用することができなかったのだそうだ。

「もし、自分が仕事に出かけている間に波瑠斗がぐずったら、泣きじゃくる息子を置いて、慶斗はどこかに行ってしまうかもしれない。そう思うと、不安でたまらなくて……」

波瑠斗くんを抱きしめ、茉莉沙さんは振り絞るような声でいった。

「この子と二人、実家のある千葉に帰ることに決めました。だから最後に……彼を苦しみから救ってあげたい。慶斗の記憶のなかから、いっそのことサーフィンの記憶を消してあげたいって思ったんです」

大好きだったサーフィンを失い、酒に溺れている慶斗さん。

「事故に遭うまで、いつだって明るくて、家事や子育ても積極的に行ってくれる、やさしい人だったんです。お酒だって付き合いで飲む程度で、晩酌もしなかった。サーフィンの記憶さえなくなれば、彼は立ち直れると思うんです」

切実さのにじむ声で、茉莉沙さんはそう訴えた。

「なるほど。お話はわかりました」

神妙な顔つきで頷き、ハルさんは茉莉沙さんに向き直る。

「ですが残念ながら、お忘れ処では、依頼人ご自身の記憶しか消すことができないのです」

穏やかな声音で発された言葉に、ぼくは思わずレモネードの入った耐熱グラスを落としそうになった。

「記憶を消す……？　いったいどうやって?!」

かろうじてグラスを握り直し、疑問を口にする。ハルさんはちらりとぼくに視線を向け、「後でゆっくり説明してあげるよ」といって、再び茉莉沙さんのほうを向いた。

茉莉沙さんもハルさんも真剣な表情をしていて、ふざけているようには見えない。

だけど『記憶を消す』って……実際問題として、本当にそんなこと、できるのだろうか。

「そこをなんとか、お願いできませんでしょうか。このままではあの人は……一生立ち直れず、酒に飲まれて人生を終えることになってしまいます」

すがるような目でハルさんを見上げる茉莉沙さんに、怜が冷ややかな眼差しを向けた。

「無理なものは無理だ。本人の許可なく記憶を消すなんて、許される行為じゃない」

「でも……っ」

「想像してみろ。勝手に記憶を消される側の気持ちを。たとえば離婚後、もしそのガキを旦那が引き取ることになったとして、会えないのは辛いだろうからといって、旦那がお前のなかの息子の記憶を、許可なくすべて消してしまったらどう思う」

「そ、それとこれとは話が……っ」

反論しようとする茉莉沙さんの言葉を、怜は強い声音で遮る。

「違わない。まったく同じことを、お前はしようとしているんだ。旦那に勝手に記憶を消されたせいで、息子との楽しかった思い出もなにもかも、全部消えちまうんだぞ。それでもお前は、平気でいられるのか」

なにも言い返せず、唇を噛みしめて俯いてしまった茉莉沙さんを、怜は睨みつける。

「どう考えたって、最低最悪の行為だろう。わかったら、さっさと出て行け」

一方的に告げると、怜は話を切り上げるかのように、すくっと立ち上がった。

「怜、待ちなさい。夕飯、本当に納豆かけごはんにしますよ！」

「勝手にしろ。今後一週間、夕飯は外で食って帰ってくる！」

ハルさんも怜も恐ろしく顔が整っているから、いがみあう二人の姿はものすごい迫力だ。

けれども、交わされている会話の内容は、小学生の喧嘩(けんか)レベル。兄弟のいないぼくにはよくわからないけれど、『兄弟喧嘩』というのは、こういうものなのだろうか。

「かーさん、だいじょぶ？　ボク、あのおにーちゃんきらい！」

母親にぎゅ、と抱きつき、波瑠斗くんは、怜が出て行った扉を睨みつける。

そんな彼に、ひょこっと翔太が近づいた。

「ごめんね。ウチのにーちゃ、意地悪で」

突然現れた自分よりも少し背の高い少年の姿に、波瑠斗くんは目を丸くして驚く。

「ほわ、おめめ、まっさお……！」

「ん。ボクら兄弟はね、みんな青い目なんだよ。お姉ちゃんや妹は青くないのに。ペレに仕えるボクらだけが、海みたいに青い目をしているんだ」

「さっきの人、おにーちゃんなの？」

「うん、ボクのにーちゃだよ。ちなみにね、ハルもカイも、ボクのにーちゃ！」

右手でハルさんを、左手でカイさんをぎゅ、と掴み、翔太は自慢げに胸をそらす。そんな翔太を見上げ、波瑠斗くんはしょんぼりと肩を落とした。

「いいなー……」

「波瑠斗は、ひとりっこ？」

　こくっと頷いた波瑠斗くんに、翔太はにこっと無邪気な笑顔を向ける。

「じゃあ、ボクが波瑠斗のにーちゃになってあげる！　波瑠斗、腹ぺこ？」

　戸惑った顔で、波瑠斗くんは茉莉沙さんを見上げる。

「ハルにーちゃ。波瑠斗、腹ぺこだって。おやつあげて！」

　翔太は波瑠斗くんの手を掴み、そう叫んだ。

「茉莉沙さん、波瑠斗くん、アレルギーはありますか？」

「あ、いえ、ありませんけど……」

「お時間に余裕があるようなら、ぜひ食べていってください。おいしいものは心の痛みを和らげてくれますよ」

　茉莉沙さんは波瑠斗くんに「お腹空いてる？」と尋ねる。彼はこくっと頷いた。

「しゅっぱつ、しんこー！　おーっ！」

　ぴょこん、と飛び跳ね、翔太は拳を天に突き上げる。波瑠斗くんの手をぎゅっと握りしめ、歌うような声でいった。

「波瑠斗はー、どんな電車が好き？　翔太にーちゃはねぇ、江ノ電(えのでん)がいちばん好きだよ！江ノ電のねー、300形『304F』チョコ電！」

「ボク、モノレールのが好き……」

「湘南(しょうなん)モノレール？　500形、かわいかったよね！　カクカクしてて好きー」

「波瑠斗くん、電車がお好きなんですか」

ハルさんに問われ、茉莉沙さんは、おずおずと頷く。

「夫の実家が西鎌倉(にしかまくら)にあって、よくモノレールに乗って三人で遊びに行ったんです」

夢中になって、自分の好きな車両の話をする翔太。彼の熱にあてられたのだろうか。

硬い表情をしていた波瑠斗くんが、ようやく少し笑顔を見せるようになった。


「あふっ。あち、あち！」

ほかほかと湯気をたてる揚げ菓子にかぶりつき、翔太が悲鳴をあげる。

「こら、熱いから気をつけなさいっていっただろう」

ハルさんに叱られ、翔太はぷうっと頬を膨らませた。

「だって、ハルにーちゃのマラサダ、揚げたてがいちばんおいしいんだもん！」

翔太の隣で、波瑠斗くんも、おずおずとかぶりつく。

「おいし……」

「でしょ。にーちゃのマラサダ、世界でいちばんおいしいんだよ！」

翔太は得意げに胸を張った。

「茉莉沙さんも、響希くんもどうぞ」

こんがりときつね色の生地に、雪のような粉砂糖をまとった、こぶし大のまん丸な揚げ菓子。ひとくち囓(かじ)ってみると、さっくりとジューシーで、口いっぱいに幸せな甘さが広がった。見た目はドーナツに似ているけれど、なかはふかふかで、もっちりしている。食欲をそそるシナモンの香りと、爽やかな甘酸っぱさ。揚げてあるのにさっぱりしていて、止まらないおいしさだ。

「気に入ってもらえたかな」

ハルさんに問われ、こくこくと頷く。

「初めて食べました。これが、マサラ……」

「マラサダ、だよ。元々はポルトガルのお菓子だったんだけど、移民の人たちが広めて、今ではハワイの定番おやつなんだ。生地にレモン果汁とレモンピールをたっぷり混ぜこむのは、僕オリジナルのレシピだよ。おいしいお菓子だけど、日本の人には少し重たく感じられるかなーと思ってね。爽やかさをプラスしてみたんだ」

「ネットですっごく人気が出て、テレビや雑誌にも取り上げられたんだよ！」

口いっぱいにレモン味のマラサダを頬張ったまま、翔太が、むいっと手を挙げる。ハルさんのアイデアは、大当たりだったようだ。

「あまりにも行列ができすぎて、ランチ営業に支障が出ちゃうから。今はおやつタイムだけの、持ち帰り限定販売にしているんだ」

そういえば、さっきこれと似たお菓子を、屋外で見かけたような気がする。倒れる前の記憶を呼び起こそうとしたけれど、頭にモヤがかかったみたいに、うまく思い出せない。

「波瑠斗、壊れちゃったのって、どんなおもちゃ？　電車？」

マラサダを食べ終わった翔太が、砂糖のついた指をしゃぶりながら尋ねる。波瑠斗くんも真似して指を咥えようとして、茉莉沙さんに止められた。

「シーキャンドルのおもちゃ。ボタンを押すと、ぴかぴか光るの」

「シーキャンドル！　かっこいいよね！　ボクも大好きー」

　ぐっと身を乗り出し、翔太が同意する。自分の好きなものを『好き』といってもらえて嬉しいのだろう。波瑠斗くんの頬が、ほんのりと赤く染まった。

「シーキャンドルって、なんだっけ……」

　子どもが大はしゃぎするような、かっこいいものなのだろうか。首を傾げたぼくに、茉莉沙さんが教えてくれた。

「江ノ島のてっぺんにある、灯台の名前ですよ。展望エリアから、富士山や相模湾を一望できるんです。夫もこの子もそこから眺める景色が大好きで、よく家族三人で見に来ていたんです」

　お父さんの実家に行くときに乗るモノレールに、家族みんなで遊びに来ていた展望灯台。波瑠斗くんの好きなものは、お父さんに関係のあるものばかりだ。

　ぼくには父親がいないし、どんな人なのかも知らない。だから想像でしかわからないけど、いきなり会えなくなったら、辛くてたまらないのではないだろうか。

「今からシーキャンドル、登りに行く？」

　翔太に問われ、波瑠斗くんは勢いよく立ち上がった。

「登りたい！」

「波瑠斗、シーキャンドルのらせん階段って、歩いたことある?」

「ないよ。いつもエレベーター」

「じゃあ、翔太にーちゃが連れてってあげるよ!」

兄弟ごっこが楽しくて仕方がないのか、波瑠斗くんにキラキラした眼差しを向けられ、翔太はとても満足そうだ。

「茉莉沙さん、せっかくですし、最後に登っていきませんか」

ハルさんに勧められ、茉莉沙さんはおずおずと頷いた。

「僕は店の片づけがあるから。カイ、案内してきてくれないか」

「はいよ。行くぞ、響希」

「え、ぼくも、ですか?!」

困惑するぼくに、ハルさんはにっこりと笑顔を向ける。

「少し腹ごなしをしておいで。戻ってきたら、じっくり君の話を聞いてあげるからね」

別に、話なんか聞いて欲しくない。隙を見て、逃げ出そう。そう思ったのに――

「スマホは僕が預かっておくね。はい。いってらっしゃい」

ぼくの手からすっとスマホを抜き取り、ハルさんはぞっとするような美しい笑みを浮かべた。外見はとてもやさしそうなのに。中身は悪魔みたいな人だ。

「ハルに逆らおうとしても無駄だ。ほら、響希、行くぞ」

カイさんに背中を押され、ぼくはぐったりしながら店の外に出た。

引き戸を開くと、むっとした熱気に包み込まれる。汐の香りが、さっきより濃くなったようだ。にわか雨でも降ったのだろうか。地面がしっとり濡れている。

いつのまにか、あたりは夕闇に包まれていた。薄藍色の空。茜色の夕焼けと、夜の闇のグラデーションがとてもきれいだ。

白くぼんやりと光る星。翼を広げ、ゆったりと空を旋回する大きな鳥。蝉の声の代わりに、遠くで啼く哀しげな鳥の声や、じりじりと空気を震わせる、鈴虫の声が聞こえる。

ゆるやかなカーブを曲がると、視界いっぱいに青い光を放つ美しい灯台の姿が飛び込んできた。名前のとおりキャンドルのような、円柱形のすらっとした姿。ずんぐりした印象のふつうの灯台と違い、外壁はなく、柱がむき出しのスタイリッシュな外観をしている。

「わ、すごい！」

思わず歓声をあげたぼくに、翔太が誇らしげに胸をそらす。

「すごいでしょ。昼間もきれいだけど、夜はもっときれいなんだ！　行こ、波瑠斗」

波瑠斗くんの手を引き、翔太は元気いっぱい駆け出してゆく。すっかり打ち解けた二人の姿に、茉莉沙さんは瞳を潤ませた。

「あの子、事故に遭ってから、ずっと塞ぎ込んでいたんです。保育園に行く以外、家の外にもほとんど出なくなって……」

「車が怖くなっちまったんだろうな。安心してくれ。見てのとおり、この界隈は石段だらけで車の乗り入れができないし、自転車やバイクもごく稀にしか通らない」

カイさんは茉莉沙さんに穏やかな声音で告げた後、波瑠斗くんたちを守るように、彼らのそばを歩いた。とてもやさしい人なのだと思う。こんなふうにカイさんにいつも守られている翔太は、きっと幸せ者だ。

シーキャンドルは、OHANAから歩いて五分ちょっと。江ノ島のてっぺんにある植物園、サムエル・コッキング苑の敷地内に建っている。入場券の売り場に並ぼうとした茉莉沙さんが、ふいに足を止めた。

「慶斗……」

植物園のゲートの前、シーキャンドルの模型を手にした、背の高い男性が立っていた。翔太と走り回っていた波瑠斗くんは、一瞬、その男性のもとに駆け寄りそうになって、けれども表情を曇らせて茉莉沙さんの後ろに隠れた。小さな手のひらで、ぎゅっと母親のシャツを掴み、おそるおそる背中越しにようすをうかがっている。

「あんたが、加藤慶斗か」

カイさんに声をかけられ、慶斗さんが目を見開く。

「カイ・モニーツ?!」

「えっ、似てるなーとは思ったけど、彼、本物のカイ・モニーツなの?!」

驚いた茉莉沙さんに、慶斗さんは食い気味に頷いた。カイさんは有名人なのだろうか。

二人は目を輝かせ、とても興奮している。

「どう見ても本人だろ。この体格、脛（すね）のトライバルタトゥー。見間違えるわけがない。プロサーファーのカイ・モニーツさんですよね？　おれ、大ファンなんです。どうしてカイさんが日本にいるんですか？　この時期、毎年南アフリカですよね」

「ああ、今シーズンはワールドツアーに参戦しないことに決めたんだ」

「どこか、具合が悪いんですか」

「いや、家庭の事情でな。この夏は片瀬西浜の海水浴場でライフセーバーをしているよ」

「ライフセーバー?!」

慶斗さんは驚きの声をあげた後、慌てて表情を改める。

「その……カイ・モニーツさんが、いったいなぜ、おれの名前を」

「お前の嫁さんが、ウチの店に来たんだ。お前のなかのサーフィンの記憶を消して欲しいって。これ以上、苦しまずに済むようにしてあげたいって依頼に来たんだよ」

「記憶を消すって……あの、失礼ですが、新興宗教かなにかを、されているんですか？」

慶斗さんの発した声に、周囲の人たちの視線が集まってくる。カイさんは小さく肩をすくめると、慶斗さんの背中を軽く叩いた。

「そう思うのも無理ねぇよな。ま、立ち話もなんだ。ウチの店に来いよ。茉莉沙さん、波瑠斗、シーキャンドルはお預けだ。まずはお前らの父ちゃんとじっくり話をしよう」

ぎゅ、と茉莉沙さんのシャツを掴んだまま、波瑠斗くんはその場を動こうとしない。そんな波瑠斗くんと慶斗さんを見比べ、翔太は邪気のない声でいった。

「おじさん、そのシーキャンドルのおもちゃ、波瑠斗に買ってあげたの？」

「ああ。同じモノは買えなかったけど、似たのがあったからね」

手にした模型をそっと差し出し、慶斗さんはぽつりと答える。

「波瑠斗。波瑠斗のとーちゃ、おもちゃ壊しちゃったこと、悪いことしたって思ってるみたいだよ。おじさんは、波瑠斗にごめんなさい、したいんだよね？」

つぶらな瞳で見上げる翔太に、慶斗さんは大きく頷いた。

「ああ、謝りたいよ。波瑠斗にも、茉莉沙にも。このとおりだ。すまなかった。心を入れ替えて頑張る。だから、もう一度だけチャンスをくれないか」

慶斗さんの謝罪に、波瑠斗くんはなにも答えない。茉莉沙さんの背中に額を押しつけ、顔を隠してしまった。

「来いよ、こっちだ」

気まずい沈黙を破って、カイさんはそんな彼らを、ＯＨＡＮＡに連れて行こうとする。

顔を隠したままじっと動かない波瑠斗くんの腕に、翔太がそっと触れる。

「行こ、波瑠斗」

ふるふると首を振って、波瑠斗くんは翔太の手を振り払おうとする。

「ふーん、そっか。波瑠斗は、とーちゃいらないのか。ボクのとーちゃはね、事故で死んじゃったの。だからどんなに会いたくても、もう二度と会えないんだよ。波瑠斗がいらないなら、波瑠斗のとーちゃ、ボクがもらっちゃおっかなぁ」

「だめーっ！」

慶斗さんに抱きつこうとした翔太を、波瑠斗くんは、思いきり突き飛ばす。よろけて転びかけた翔太を、カイさんが素早く抱き留めた。

「こら、波瑠斗。なんてことするんだ！」

慶斗さんに叱られ、波瑠斗くんは茉莉沙さんの背後に逃げ込む。誰かにとられるのは嫌だけれど、父親と顔を合わせるのも嫌。複雑な心境なのかもしれない。

「確かに父さんは波瑠斗に酷いことをした。だけど、それとこれとは別だ。暴力は、絶対にふるっちゃダメなんだ。波瑠斗、おにいちゃんに謝りなさい」

慶斗さんの言葉を無視して、波瑠斗くんは、むぎゅーっと茉莉沙さんに抱きつく。

「申し訳ありません、ウチの波瑠斗が……」

「気にしなくていい。友だち同士、どつきあうのなんか、ガキのころは挨拶みたいなモンだったろ」

深々と頭を下げた慶斗さんの肩を、カイさんは無造作に抱き寄せる。そしてもう片方の手で、軽々と波瑠斗くんを抱き上げた。

「よし、行くぞ。みんなウチで夕飯食ってけ。ハルのメシ、めちゃくちゃうまいから」

波瑠斗くんを抱き、慶斗さんを拘束したまま、カイさんはのしのしと歩き始める。

「ずるいー！　カイにーちゃ、ボクもだっこ！」

カイさんの広い背中に、翔太が勢いよく飛びついた。

幾らなんでも、二人同時は無理だろう。そう思ったのに。カイさんは慶斗さんから手を離すと、右手で波瑠斗くん、左手で翔太を抱き上げたまま、平然と帰路についた。

おやすみ処、閉店後のＯＨＡＮＡ。向かい合わせに座った茉莉沙さんと慶斗さんの間に、重い沈黙が流れている。不安げな表情で、茉莉沙さんにしがみつく波瑠斗くん。彼の背中を、翔太が勇気づけるように一生懸命さすっている。

彼らの隣のテーブル席に腰を下ろす。ぼくの向かいには、むすっとした顔の怜と、波瑠斗くんたちを見守るようなやさしい目をしたカイさんが座った。

「記憶を消すって……いったいどういうことですか？」

コーヒーの載ったトレイを手にやってきたハルさんに、慶斗さんが警戒気味の眼差しを向ける。

「お話の前に、まずは当店自慢のコナコーヒーをどうぞ。ハワイ島のケアラケクアにある、知人の農園から取り寄せた豆を使っているんです。品評会でも何度も賞を獲った、極上の豆ですよ」

慶斗さんと茉莉沙さんの前には砂糖とミルクを別添えにしたブラックコーヒーが、波瑠斗くんには、ほんのりコーヒー色に染まったミルクコーヒーが置かれた。そしてぼくの前にも、ミルクコーヒー。やはり、ハルさんからお子さま扱いされている。

怜はブラックコーヒーなのに。なんだか納得がいかない。

「響希、お前もブラックコーヒーが飲みたいのか」

ぼくが不満を感じたことに気づいたのだろうか。カイさんが自分のコーヒーと交換してくれた。

ほわっと湯気をたてる、琥珀(こはく)色の液体。ソーサーには、砂糖もミルクも添えられていない。どうしよう。ブラックコーヒーなんて、飲んだこと一度もないのに。だけど今さら、砂糖やミルクをくれなんて、いえそうにない。

ぎゅ、と目を閉じ、おそるおそるカップを口元に近づける。ふわりと包み込む、やさしい香り。まろやかで深みがあって、ぼくの知っている苦みの強いコーヒーの香りとはまったく違う。

でも味は苦いのだろう。そう思い、覚悟して飲んでみると、口のなかに広がったのは、苦みではなく、爽やかさだった。

「え……なに、これ」

爽やかなのに、コクがある。おいしいチョコレートを食べたときのような、こっくりしたなめらかさ。だけどチョコレートほど重くないし、渋みやえぐみもない。

生まれて初めての味だ。すっきりしていて、それなのに後味はしっかりあって、口のなかだけでなく、喉や胃まで、幸せに包まれる感じ。

コーヒーがこんなにも爽やかで、やさしい味のする飲み物だなんて、信じられない。

「おいしい、です」

「確かにうまいですね。ノースで修行していたとき、向こうのコーヒーも色々と飲んだんですけど、ここまで透明感のある、クリアな味わいの豆は初めてです。一度飲んだら、一生忘れられなくなりそうだ」

　慶斗さんが、うっとりしたように目を細める。

「気に入っていただけましたか。雑味やえぐみがなく、すっきりとした飲み口なのに、深みのある豊かな余韻が味わえる。それがこの豆の特性なんです」

　温かい飲み物には、心をほぐす効果があるのかもしれない。険しい表情をしていた慶斗さんの眉間から、いつのまにかしわが消えている。

「ノースで修行をされていたということは、ハワイの文化や風習には詳しいですか」

　ハルさんに問われ、慶斗さんは、照れくさそうに頭を掻く。

「いや、そんなに詳しくはないです。十代のころ、二年ほど住んでいましたが、波乗りばかりで、観光もまともにしませんでしたから……」

「では、ペレの伝説もご存じないですか」

「ペレって、火山の女神、ペレのことですか」

「ええ、そうです。信じられないかもしれませんが、僕たち兄弟は、ペレに仕える神官（カフナ）の末裔なのです」

　慶斗さんの表情が、にわかに曇る。そのことに気づいたのだろう。ハルさんはにっこりと微笑んだ。

「日本の方たちにも、神様を祀る文化があるとはいえ、どんなに『信じてください』といっても、なかなか信じられないだろうと思います。ですから、話半分に聞いてくださって構いません。おとぎ話かなにかだと思ってください」

「はぁ」と気のない返事をした慶斗さんに、ハルさんはにこやかな笑顔のまま続ける。

「火山の女神ペレは、ハワイ神話のなかでも最も有名で、多くの人たちから愛されている神さまです。ですが気性が荒くて激昂しやすく、一度怒りだすとなかなか収まらない。彼女が怒るたびに火山活動が活発化し、最悪の場合、大噴火を起こしてしまうんです」

あまりにも突飛な話に、慶斗さんだけでなく、ぼくまでぽかんと口を開けてしまった。

大昔、津波や洪水など、人間にとって脅威となる自然現象を『神の怒り』だと信じ、生贄や祈りを捧げる風習があったことは知っている。だけど、文明の発達した現在、未だに本気で信じている人がいるなんて、ちょっと考えられない。

「ペレの怒りを鎮めるために、祈りを捧げ、彼女に特別な真珠を奉納する。それが我ら一族の定めなのです」

しんと静まりかえった店内。ぼくや慶斗さんが呆気にとられるなか、ハルさんは口元に笑みを湛えたまま、さらに続けた。

「ペレに捧げる真珠は一般的な真珠と違って、『人々の記憶』から作り出されるものなのです。その真珠を作れるのは、現在、僕の弟、怜のみ。彼がこの店、『お忘れ処OHANA』にやってくる依頼人の記憶を消して、真珠を精製しているんですよ」

人々の記憶から、神に捧げるための真珠を作る。ものすごくうさんくさい話だ。霊感商法のような感じで、高価なものでも売りつける気なのだろうか。

「信じられないって顔をしていますね。じゃあ、実演してみせましょうか。怜、ちょっと慶斗さんの記憶を消してあげてよ」

おかわりを持ってきて、というような気軽さで、ハルさんは怜に声をかける。怜は思いきり眉間にしわを寄せ、「断る」と即答した。

「なにも、大きな真珠を作れなんていってない。砂粒くらいでいいんだ。たとえばさ、今飲んだコーヒーの記憶を消してみてよ」

「面倒くさい」

「いいからやりなさい。消してくれたら、明日の朝はクランベリースコーンを焼いてあげるから」

怜は真面目くさった顔で「む」と小さく唸り、慶斗さんの前に立った。クランベリースコーンというのは、そんなにもおいしいものなのだろうか。

「目を閉じろ」

明らかに年下の怜に命じられ、慶斗さんが眉をひそめる。

「お願いします」

ハルさんが頭を下げると、慶斗さんは渋々目をつぶった。

すっと白い手を伸ばし、怜は慶斗さんの額に触れる。そしてゆっくりとまぶたを閉じ、低い声でなにかを呟き始めた。

いったいどこの言葉だろう。聞いたことのないイントネーションの言葉が、心地よいリズムで発せられる。それはまるで、寄せてはかえす波のようで。やさしく穏やかなのに、すべてを飲み込み、取り込んでしまいそうな凄みがある。

歌のようになめらかな言葉の波がやみ、怜が目を開く。涙をぬぐうみたいに目頭をこすって、彼はその指をぬっとハルさんに突き出した。

「ちっちゃいねぇ」

「仕方ないだろ。コーヒーの味なんて、どんなにおいしくたって、そこまで重要な記憶にはならない」

記憶の重要さと、真珠の大きさには関係があるのだろうか。そもそも、本当に真珠ができたのかも怪しい。

「慶斗さん、どうぞ目を開けてください。これが、あなたの飲んだコナコーヒーの記憶を、真珠に変えたものですよ」

ハルさんの手のひらの上。目を凝らさないと見えないくらい、小さな粒が乗っていた。正直にいえば、まったく信じられない。どう見ても詐欺だ。とりあえずカイさんはいい人そうに見えたのに。彼もこんなうさんくさい商売の片棒を担いでいるのだろうか。

「慶斗さん、このコーヒーの味、思い出せますか」

ハルさんの青い瞳に見据えられ、慶斗さんは訝(いぶか)しげに首を傾げる。

「コーヒーなんて、おれ、飲んでいませんよ」

「いいえ、飲みましたよ。ほら、かすかに残っていませんか。舌に、コーヒーの後味が」

「いわれてみれば確かに……。いや、だけど……っ」

本当に、コーヒーを飲んだ記憶が、きれいさっぱり消えてしまったかのような狼狽ぶりだ。

いったいどんなトリックを使ったんだ。コーヒーにおかしな薬でも混ぜたのかもしれない。

「茉莉沙が飲んだんじゃないですか」

自分の前に置かれた空っぽのカップを見下ろし、慶斗さんは呆然と呟く。

「そのカップには口紅がついていませんよ」

「じゃあ、他の誰かが……」

「そのテーブルに座っているのは、あなたと茉莉沙さん、波瑠斗くんだけです。波瑠斗くんには、ブラックコーヒーを飲むのは難しいんじゃないですかね」

戸惑いを隠せない慶斗さんに、波瑠斗くんがぼそっと呟く。

「とーさん、コーヒー飲んでたよ」

ハルさんの言葉は信じられなくても、息子の言葉は信じられるようだ。慶斗さんはこめかみを押さえ、「むむ」と低くうめいた。

頭がついていかず、ぼくは慶斗さんと、玲やハルさんを見比べる。

怜もハルさんも、少しもふざけている様子はない。何度も双方を見比べた後、ぼくはぽかんと口を開けたまま、ハルさんの手のひらの上に乗った、小さな粒に視線を落とした。

ハルさんが『真珠』と呼ぶとおり、乳白色のそれは、確かに真珠のような艶と光沢をまとっている。だからといって、涙が真珠に変わるだなんて。おとぎばなしでもあるまいし、そんなの信じられるわけがない。

「このとおり、怜には人の記憶を真珠に変える、特殊な能力があります。その能力を使って『お忘れ処ＯＨＡＮＡ』という、記憶を消すサービスをしているんです」

「どうやっておれを惑わしたのかわからないが、そんなデタラメを信じ込ませて、大金をぼったくるつもりなのか」

慶斗さんの語気が荒くなった。ぼくと同じように、彼の目にも疑念の色が浮かんでいる。

「大金なんてとんでもない。記憶を消す際にいただくお代は、このカフェでの飲食代のみ。さっきもいったとおり、ペレは怒りやすい。むしろお金を払ってでも、記憶を消させてもらいたいくらいなのです。一粒でも多く、真珠が欲しい」

「茉莉沙、こんなうさんくさい店、いったいどこで知ったんだ」

「オアフの有名な占い師さんに、教えてもらったの。あなたとのことで悩んでいて……オンラインの占いサービスで相談に乗ってもらっていたんだけど。色々打ち明けるうちに、このお店のことを教えてくれて」

「茉莉沙、占いなんか信じるタイプじゃなかったよな。そんな非科学的なものに頼らなくちゃいられないほど、おれはお前を追い詰めていたのか……」

申し訳なさそうに、ぐったりとうなだれた慶斗さんに、ハルさんはやさしい声でいう。

「茉莉沙さんは、あなたのことを心から心配しているのです。別れる男のことなんか、放っておけばいいのに。一人残されたあなたが、酒に溺れて落ちていくのを放っておけなかった。なんとしてでも立ち直らせたいと願い、この店を尋ねてきたんですよ」

テーブルの上に置かれた慶斗さんの拳が、微かに震えている。ぎゅっと握りしめたまま、彼はゆっくりと顔を上げて茉莉沙さんを見つめた。

「茉莉沙……お前の気持ちはありがたいよ。だけどサーフィンはおれにとって、お前たち家族の次に大切なものなんだ。おれはもし茉莉沙に捨てられても、お前たちのことを忘れたいなんて思わない。同じように、サーフィンにどれだけ愛想を尽かされたって、サーフィンのことを忘れたくないんだ」

掠れた声で、慶斗さんは茉莉沙さんに語りかける。憐れむような瞳で、茉莉沙さんは慶斗さんを見つめかえした。

「でも、忘れない限り、あなたはずっと苦しいままよ」

「わかってる。それでも忘れたくない。ちゃんと自分の力で、乗り越えてみせるから」

「だけどもう、一年以上も抜け殻のまま、苦しみ続けているじゃない」

ほろりと涙を溢れさせた茉莉沙さんに、慶斗さんは真摯な声で告げる。

「さっき面接に行ってきた。由比ヶ浜（ゆいがはま）にあるダイナーの店員の仕事だ。外国人の客が多いらしくて、英語で接客できるスタッフを探してるんだ」

「ダイナーって……飲食の仕事をするの？　義足で？　立ちっぱなしの仕事よ」

　心配そうに身を乗り出し、茉莉沙さんは口早に問う。慶斗さんは彼女を安心させるかのように、口元に笑みを浮かべた。

「それくらい、平気だ。体力には自信がある」

「しかも由比ヶ浜って。サーファーのお客さんが多いんじゃないの。そんなところで働いたら、苦しくなるだけでしょ」

　茉莉沙さんの不安は消えないようだ。瞳を潤ませた彼女の手のひらに、慶斗さんはそっと触れた。

「苦しくても、海のそばにいたいんだよ。海のそばで、お前たちといっしょに生きていきたい。茉莉沙、カフェを併設した小さなサーフショップを持つのが夢だっていってただろ。おれにはもう、サーフィンを教えることはできない。だけど、板や波の知識には自信があるし、なにより、海が好きだって強い想いがある。おれが店番しつつカフェの店員やって、お前がサーフスクールの講師をする。そんな店を、いつか持ちたくないか」

「でもっ……波瑠斗があなたのことを……っ」

　毎晩のように、うなされ続ける波瑠斗くん。慶斗さんの姿を見るたびに、事故のことを思い出してしまうせいではないか、と茉莉沙さんは考えているようだ。

「んー、でも波瑠斗、とーちゃんのこと、嫌いじゃないよね」

　ぴょこん、と波瑠斗くんの隣に立ち、翔太が尋ねる。波瑠斗くんは、ぎゅっと茉莉沙さんのシャツを掴んだまま、なにも答えなかった。

「さっき、とーちゃ見たとき、すっごく嬉しそうな顔してた」

「してないもん！」

「してたよ」

　ぷいっと顔を背け、波瑠斗くんは顔を真っ赤にして小さな身体を震わせる。

「とーちゃにおもちゃ、壊されたの怒ってるの」

「それだけじゃないもん！　いつもお酒ばっか飲んで、かーさんのこと泣かせて……」

「波瑠斗のとーちゃ、お酒に酔っておもちゃ壊したんだっけ。だけど波瑠斗もかーちゃも、あざとかないよね。酔っ払って暴れて、ぶたれたこととかないの？」

「――ない」

「お酒に酔っても、波瑠斗のとーちゃは絶対に、波瑠斗やかーちゃをぶたないんだね」

　翔太に問われ、波瑠斗くんはこくっと頷いた。

「波瑠斗、なんでぶたないかわかる？」

「知らない」

「波瑠斗やかーちゃのことが、大好きだからだよ。足をなくすって、きっとものすごく辛いことだと思う。ボクがもし波瑠斗のとーちゃなら、やけになっちゃうと思う。いっぱいお酒飲むし、暴れるし、全部壊しちゃえって思うはずだ。でも、波瑠斗のとーちゃは、そうは思わなかった。辛くて飲んだくれても、壊したくないって思った。波瑠斗やかーちゃのことも、波瑠斗の大事にしてるおもちゃのこともね。だから反省して、わざわざここまで買いに来たんだ」

　波瑠斗くんの顔がぐにゃりと歪む。翔太を突き飛ばそうとして、彼はぎゅ、と自分の拳を握りしめた。

「や！　ボク、もう消えちゃいたい。全部、ボクのせい。ボクがあのとき飛び出したから……っ、ボクのせいで、とーさんの足が……ッ」

　火がついたように泣きじゃくる波瑠斗くんを、茉莉沙さんがぎゅっと抱きしめる。慶斗さんは二人の身体をまとめて抱きしめようとして、波瑠斗くんに思いきり引っかかれた。

「怜、消すべき記憶は、波瑠斗のとーちゃの記憶じゃない。波瑠斗の記憶だよ。波瑠斗の事故の記憶を消して、全部忘れさせてあげて欲しい」

　大人びた口調で、翔太が訴える。怜は無言のまま、泣き続ける波瑠斗くんを一瞥した。

「なあ、本当に記憶を消せるのか」

　慶斗さんに問われ、怜はそっけない声で答える。

「それが、ペレに仕える俺の仕事だ」

　慶斗さんは苦しげにぎゅ、と唇を噛みしめると、怜の足下に跪き、深々と頭を下げた。

「頼む。波瑠斗の記憶を消してくれ！　毎晩うなされているんだ。あの日のことを思い出して、泣きじゃくってる。きっと、ものすごく辛いんだと思う。金なら幾らだって払う。だからっ――」

「何度もいうようですが、お忘れ処の代金はカフェの飲食代のみ。コナコーヒー二杯とコナミルクコーヒー一杯、合計二千六十円です」

ハルさんは満面の笑みでキャッシュトレイを差し出す。ハイビスカスの花の描かれたかわいらしいトレイに、慶斗さんは無言で千円札を三枚載せた。

「本当に、こんなに安くていいのか」

「もちろんです。あ、ちゃんとおつりもご用意しますね」

にこっと微笑み、ハルさんは慶斗さんの手に小銭を握らせる。

「カイ、カウンセリングルームの準備を。怜、しっかり頼むよ」

「ラジャー！」

「面倒くさい……」

カイさんは朗らかに、怜はだるそうに答え、二階へ続く階段を上っていった。

カウンセリングルームに消えた茉莉沙さんと波瑠斗くん。ＯＨＡＮＡの店内に置いていかれ、落ち着かないようすの慶斗さんの顔を、翔太がぴょこっと覗き込む。

「おじさん、二階のようす、気になる？」

「そ、そりゃ気になるけど……」

慶斗さんは、心配そうに階段を見上げる。翔太は彼の腕を掴み、むいっと引っ張った。

「じゃ、覗きに行こう！　響希にーちゃも行く？」

無邪気な声で問われ、ぼくは困惑する。さっきは目の前で実演してみせたのに。あえて二階に移動したということは、おそらく波瑠斗くんの記憶を消すところを、見られたくないということだ。それなのに勝手に覗いたりして大丈夫だろうか。

一階に残っているのは、ぼくと翔太、慶斗さんとカイさんだけだ。ちらっとカイさんのようすをうかがうと、「行きたいなら行ってこい」と軽い口調でいわれた。

「いいんですか……？」

おずおずと尋ねた慶斗さんに、カイさんはにっと笑ってみせる。

「大事な息子がどんなことをされるのか、気になって仕方がないんだろ」

「おれのときはその場で消したのに。どうして波瑠斗だけ二階に連れて行かれたのか、どうしても気になって……」

不安顔の慶斗さんに、カイさんは親指と小指を立て、にっと微笑む。なにかのサインだろうか。慶斗さんにはちゃんと伝わったようだ。こくりと頷き、階段を見上げる。

足音を忍ばせ、翔太と慶斗さんは階段を上ってゆく。どうしよう。すごく気になる。もう一度、ちらっとカイさんのほうを見ると、彼はぼくにも、同じハンドサインをした。

『行っていいぞ』という合図だと思うことにして、席を立った。

おそるおそる、階段を上る。足音を忍ばせたつもりだったけれど、みしっと音がして、どくんと心臓が跳ね上がった。

できるだけ音をたてないように、ゆっくり、ゆっくり上る。すると、ふすまに額をくっつけるようにして、翔太と慶斗さんが、なかのようすを覗き見していた。

「響希にーちゃも、見なよ」

小声で囁（ささや）き、翔太はぼくにスペースをゆずってくれた。

ふすまの狭間。そっと覗いてみると、椅子に腰かけた波瑠斗くんと、彼の前に跪く怜、そんな二人を少し離れた場所から見守るハルさんと茉莉沙さんの姿が見えた。

面倒くさそうに前髪をかき上げ、怜はゆっくりと目を閉じる。凄みのある青い瞳がまぶたに覆われると、彼のまとう硬質なオーラが、幾分やわらかくなった。

白く澄んだ肌と、艶のある漆黒の髪。彼が目を開けているときには怖くて直視することができないけれど、こうして観察してみると、伏せたまつげの長さや、すっと通った鼻筋、形のよい唇、すべてのパーツが怖いくらいに整っているのがわかる。

ハルさんの容姿が、太陽のようなまばゆさだとすると、怜は、月の光を浴びてひっそりと輝く、静まりかえった夜の海のようだ。

見てはいけないものを見ているような気分になって、だけど視線をそらせない。

怜の白い指が、波瑠斗くんの額に触れる。

しばらくすると、呪文のような低い声が聞こえてきた。全身を震わせる、よくとおる声。心のやわらかい場所をぎゅっと締めつけられる、不思議な力のある声だ。聞いていると落ち着かなくなって、だけどずっと聞いていたい。

こんなすごい声、どうやったら出せるんだろう。一流の演奏家の神がかった演奏を聴いたときにも匹敵する圧倒的な迫力。全身の毛がざぁっと逆立って、ぞわぞわした震えが止まらなくなる。

「ぁ……！」

思わず、声が漏れた。波瑠斗くんに触れた怜の指先が、ぱぁっと白い光を放つ。

見間違いだろうか。違う。目の奥が痛くなるくらいに強い光だ。いったい、なんの光だろう。怜は手のひらを広げていて、怪しげな道具を隠し持っているわけでもない。

呆然と光に見惚（みと）れていると、ふいに呪文がやんだ。閉ざされた怜のまぶたから、ほろりとなにかがこぼれ落ちる。小さな、小さな雫（しずく）。涙なのだ、と理解するまで、しばらく時間がかかった。

「怜が、泣いてる……？」

ツンとしていて、涙なんか無縁だと感じられるのに。

ほろほろとこぼれ落ちる雫。思わず息を呑み、見つめていると、ひと粒だけ、今までの雫とは比べ物にならないくらい大きく、光り輝くものがこぼれ落ちてきた。

コロン、と転がり落ちた大きな雫は、床にぶつかって小さく跳ねる。二人のそばに控えていたハルさんは、それを拾い上げ、ねぎらう声音で怜になにかを告げた。

不快げに眉をひそめ、怜がゆっくりとまぶたを開く。波瑠斗くんが脱力したように体勢を崩し、ハルさんが素早く彼を支えた。

「まずい、こっちに来る……！」

怜がふすまに向かって歩いてくる。ぼくらは慌ててその場を離れ、階段を駆けおりた。

「翔太、また盗み見していたのか」

背筋が凍りつきそうな、恐ろしい声が頭上から降ってくる。

「だって、気になったんだもん！」

翔太は悪びれることなく、唇を尖（とが）らせた。足がすくんだぼくのすぐそばを、怜が無言のまま通り過ぎてゆく。

彼はぼくや慶斗さんを無視し、翔太の頭だけを軽く小突いて、キッチンに消えて行った。

「おう、お疲れ、怜。なにか食うか」

「必要ない。水を取りに来ただけだ」

そっけない声でカイさんに答え、怜は冷蔵庫からミネラルウォーターのボトルを取り出し、二階へと戻ってゆく。入れ替わるように、ハルさんと茉莉沙さんが下りてきた。

「波瑠斗は……？」

勢いよく身を乗り出した慶斗さんに、ハルさんがにっこりと微笑む。

「すやすや眠っていますよ。重大な記憶を手放すと、精神に大きな負荷がかかるのです。目覚めるまで少し時間がかかると思います。それまで、ごいっしょに夕飯をいかがですか」

不安そうに階段を見上げる慶斗さんの背中に、茉莉沙さんがそっと触れた。

「本当に、気持ちよさそうな寝顔よ。あんなにぐっすりと眠っている波瑠斗、どれだけぶりかわからないわ」

彼女の言葉を聞き、ようやく安心したようだ。慶斗さんはシーキャンドルのおもちゃを抱きしめるようにして、その場にしゃがみこむ。

「ハルにーちゃ、今日の夜ごはん、なに？」

ぴょこん、と飛び跳ね、翔太が元気いっぱい尋ねる。

「手巻きずしだよ。地魚ポケが余ったからね」

「やった！　てっまきーずしぃ！　くるっくるー、みぃんなぁでー、くるっくるー！」

嬉しいことがあると、翔太はなんでも歌にするみたいだ。その歌がうまいかどうかは別として、本人はとても楽しそうだ。

子どものころはぼくも歌が好きでよく歌っていたけど、いつのまにか照れくさくて歌わなくなっていた。今となっては、副科声楽や合唱の時間に、嫌々歌わされるだけだ。

のり巻きのつもりだろうか。両手を挙げてくるくると回り続ける翔太を、ひょい、とハルさんが抱え上げた。

「こら、翔太。危ないよ。踊ってないで、配膳のお手伝いしなさい」

ぷうっと頬を膨らませながらも、翔太は素直にハルさんに従う。

「響希くんはこっち。人数分、取り皿と箸を並べて」

「えっ……。あ、ぼくはそろそろ……」

店の外に逃げ出そうとして、スマホを返してもらっていないことを思い出す。

「響希にーちゃ、ハルにーちゃの手巻きずし、すっごくおいしいよ！」

自殺をするために、江ノ島に来たのに。いつのまにか、彼ら兄弟のペースに巻き込まれている。気づけば指示通りに皿を並べ、翔太の隣に座らされて、彼らとともに手を合わせていた。

「いっただっきまーす！」

翔太のかけ声に合わせ、頭を下げる。日本式の食前の挨拶をした後、ハルさんとカイさんはそろって目を閉じ祈りの言葉らしきものを唱え始めた。

お祈りが終わると、翔太は飛びつくように、のりと酢飯に手を伸ばす。

テーブルの上には、生魚の切り身を漬けにしたもの、カニカマのマヨネーズ和え、卵焼き、レタスやきゅうり、トビッコや釜揚げしらすなど、たくさんの皿が並んでいる。

そこまでは、なんとなく理解できる。だけどその隣には、エビマヨや唐揚げ、魚やイカのフライ、こんがり焼かれたスパム、アボカドやチーズ、トマトやパクチー、海藻、オニオンスライスやキムチなど、手巻きずしの具とは思えない、謎の具材が鎮座していた。

こっちの具は巻かずに、単体で食べるものかもしれない。そう思った矢先、翔太がエビマヨとアボカド、生魚の漬けとチーズをごはんの上に載せて巻き巻きし始めた。

隣の席ではカイさんが、生魚の漬けに釜揚げしらすとオニオンスライス、唐辛子をかけ、パクチーと海藻、キムチを山盛り載せて巻いている。

具材の奇抜さに戸惑っているのは、ぼくだけだった。慶斗さんや茉莉沙さんも、生魚にキムチやアボカドを載せ、おいしそうに食べている。

「もしかして響希くん、具材に引いてる？　大丈夫だよ、意外と日本人の口にも合うから。食べてみて」

ハルさんに勧められ、おずおずと取り箸に手を伸ばす。だけどやっぱり、謎の具を巻くのは怖くて、無難に生魚の漬けだけを載せて巻いてみた。

「響希にーちゃ、遠慮しちゃダメだよ。いっぱい具をのっけなくちゃ」

シンプルな具材だけののり巻きをひょい、と奪い取って、翔太は勝手にぼくのための手巻きずしを作り始める。

「や、いいよ、大丈夫だからっ……」

戸惑うこちらに構わず、カニカマのマヨネーズ和えや生魚の漬け、アボカドやトビッコ、レッドオニオンやかいわれ大根、次々と具材を重ねてゆく。仕上げに辛そうな赤いソースをたっぷりかけ、翔太は太く巻かれたすしを「はい！」と差し出した。

「おいしいよ！」

満面の笑みを向けられ、困惑しながらも拒絶することができなかった。おそるおそる齧ってみると、口いっぱいにいろんな味が広がった。謎のソースやかいわれの辛さ、アボカドやマヨ和えのマイルドさ、トビッコのプチプチした食感に、弾力のある生魚の食感。

「あれ……おいしい……」

意外だ。絶対におかしな味になると思ったのに。和洋折衷、カリフォルニアロールみたいなものだろうか。ぼくの知っているすしとは全然違う味だけど、これはこれで、とてもおいしい。

「おいしいでしょ。ハルにーちゃの地魚ポケ！」

「ぽけ？」

聞き慣れない言葉に、首を傾げる。

「ポケっていうのはね、生魚をごま油と醤油や塩で和えて、鷹の爪やレッドオニオン、海藻などを加えたハワイ料理だよ。ほら、ポケ単体で食べてごらん」

ハルさんは、小皿に取り分けた生魚の漬けを差し出した。

「これはカワハギで、こっちはシマアジ。ハワイでは近海で獲れたフレッシュなマグロを使った『アヒポケ』が定番なんだけど、江ノ島はマグロが獲れないからね。旬の地魚を使うことにしているんだ」

正直にいうと、刺身はあまり好きじゃないんだけど……。こんなふうに勧められたら断れそうにない。渋々口に運び、思わず目を見開く。

「ん、おいしい！」

ぷりっぷりの食感と、ピリッと辛い味つけ。コクがあって、肉を食べているみたいなおいしさだ。トロみたいに脂がのっているわけでもないのに。淡泊な感じはまったくしなくて、とてもまろやかな味がする。白米の上にのっけたら、箸が止まらなくなりそうだ。

「気に入ってくれたかな。今のは醤油味。塩味も食べてごらん。元々ハワイではね、塩味のポケが主流だったんだ。日本からの移民が増えて、醤油味の新しいポケが生まれた。今ではどちらも大人気だよ」

塩味の生魚なんて、生まれて初めてだ。いったいどんな味がするのだろう。おずおずと口に運ぶと、舌の上でとろりととろけそうなほど、口当たりがよくて濃厚だった。

「すごい！　めちゃくちゃおいしいですっ」

食事中なのに、思わず興奮して叫び声をあげてしまった。

初めて食べた、塩味のポケ。生臭さのまったくない新鮮な地魚は、ぎゅっと旨味が濃縮されていて、今までに食べたどんな魚よりもおいしい。

しっかりとした味わいなのに、汐風のような爽やかさと、かすかな甘みを感じる。生魚がこんなにもおいしいなんて、目から鱗(うろこ)が落ちた気分だ。

「でしょ。にーちゃの作るポケは、世界でいちばんおいしいんだよ！　にーちゃの料理はぁ、せっかいいっちー！」

椅子の上に立ち上がろうとした翔太を、「行儀が悪い」とハルさんが叱る。

二人のやりとりを眺め、茉莉沙さんと慶斗さんが、微笑ましそうに顔を見合わせた。

「僕はハワイ産の天然塩を愛用しているんだけどね。昔からハワイでは、塩は料理だけでなく、儀式や病気の治療などにも使われる、特別なものだったんだよ」

「塩は女神ペレの恵みだもんね。知ってる？　響希にーちゃ。塩の作り方ってね、ペレが教えてくれたんだよ！」

　翔太の言葉に、茉莉沙さんが相づちを打つ。

「それ、私も聞いたことがあるわ。確かカウアイ島にある、塩田に伝わる昔話でしょ」

「よく知っていますね。そう、カウアイ島の塩づくりにまつわる神話です。ハワイは暑い地域だから、冷蔵庫のない時代には、食材の保存がとても難しかった。昔はその日食べる魚以外、獲ってはいけない決まりがあったんです」

「その決まりを、破っちゃった子がいるんだよね」

　もぐもぐと手巻きずしを頬張りながら、翔太がいう。

「わざと破ったわけじゃないよ。その子はつい釣りに夢中になって、自分たち家族だけでは食べきれないくらい、たくさんの魚を釣り上げてしまったんだ」

　ハルさんは小皿の上に、ほんのりとピンクに色づく結晶を並べながら続けた。

「やさしい子だったんだろうね。大切な命を無駄にしてしまった、と彼女は泣きじゃくったんだ。それを見た女神ペレは彼女に同情し、地上に姿を現した。『砂浜に穴を掘って湧き出てきた海水が、太陽の光で干上がるのを待てば、きれいな結晶ができるわ。これを魚にすり込めば、何日も保存できるの。ほら、私が作った結晶をあげるから泣かないで』と、ペレは彼女を慰め、桜貝のようにきれいな淡いピンク色の結晶をくれたんだ」

「それが、この塩ですか？」

「そう。恐ろしい逸話の多い女神ペレの、やさしさを伝える昔話はとても人気があってね。

火山性の赤土を含んだこの塩は『ペレの結晶』と呼ばれ、人々から愛されているんだ。冷蔵庫のなかった時代、塩がなければ肉や魚は保存できなかったし、なにより暑さで大量に汗を掻くハワイの人たちにとって、塩分補給は命に関わる大切な行為だった。暑さにバテてしまった病人に、薬として処方することもあったんだよ」

「塩って、そんなに大切なものだったんですね……」

「響希にーちゃ、舐めてみて。おいしいよ！」

翔太に勧められ、指先でちょっとつまんでみる。しょっぱいだろう、と身構えながら舌の上に乗せると、想像よりずっとマイルドだった。

「あれ……そんなに、しょっぱくない……？」

「塩辛さよりも、旨味が強いでしょう。ほのかな甘みもある。どんな食材もおいしく変えてしまう、魔法の塩なんだ」

火山の女神ペレが与えてくれた、ピンク色の塩。そんな話を聞くと、ますます塩味のポケをおいしく感じてしまう。

「塩味のポケだけのすしが食べたいな」

シンプルなのり巻きを作ろうとしたのに。

「遠慮しちゃだめー！」と、翔太にいろんな具材をてんこ盛りにされてしまった。

「そういえば……怜は夕飯食べないんですか」

「記憶を消す側も霊力（マナ）を消耗するからね。しばらく休んで回復したら、下りてくるんじゃないかな。心配しなくていいよ。怜の分はちゃんと取ってあるから。やさしいね、響希くんは」

「あ、いえ、そういうわけでは……」

別に心配したわけじゃないのに。ハルさんに褒められ、照れくさい気持ちになる。

「どうだ。お前さんたちの口にも合うか」

カイさんに声をかけられ、慶斗さんは大きく頷（うなず）いた。

「実は茉莉沙も元プロサーファーで、おれたち、ノースで知り合ったんですけど。向こうで食べてハマって、二人ともポキが大好物なんです。懐かしいです。ハワイ、長いこと行けていないので……」

「ハワイはもっぱらノースショア専門か？」

「ええ、オアフ島ばかりでした。自分の場合、ワールドツアーに参加できるような成績ではなかったので、若いころ、個人的に修行しに行っていただけですけど」

照れくさそうに頭を掻き、慶斗さんは答えた。

「オレのホームはハワイ島だから、そんなに詳しいわけじゃねぇけどな。もしまた行くことがあったら、ノースをホームにしている、オレの仲間を紹介してやるよ。トレーニング中、鮫（さめ）に食われて片足を失ってな。義足でサーフィンしているやつがいるんだ」

「義足でサーフィン、ですか……？」

「ああ。不自由な足で、波に挑み続けているよ。プロ生活には戻れなかったけど、今もサーフカメラマンとして、海に入り続けているんだ」

「そんなこと、可能なんですか」

驚いたようすで、慶斗さんは目を見開く。

義足でサーフィンをするなんて、ぼくも初耳だ。義足をつけたまま海水に入っても大丈夫なのだろうか。サーフィンをするような大きな波の来る場所で、外れたら大変そうだ。

「可能だよ。パラサーフィンって知ってるか。障がいのあるサーファーのための、世界大会があるんだ。そいつはパラの金メダル常連だ。バスケットボールやテニスのパラ選手が使うカーボン製の義足を、サーフィン用にカスタマイズしたやつを使ってる。もしお前が望むなら、その義足を作った技師も紹介してやるよ」

慶斗さんの瞳から、ほろりと大粒の涙が溢れる。唇を噛みしめ、声を押し殺して泣く彼の背中を、茉莉沙さんがやさしくさすった。

「茉莉沙。絶対に、お前と波瑠斗を幸せにすると誓う。だから挑戦させてくれないか。ダイナーの仕事、頑張るから。もう一度、夢を追わせて欲しい」

茉莉沙さんの瞳からも、涙が溢れ出す。彼女は泣き笑いの顔で、ぎゅ、と慶斗さんを抱きしめた。

「ダメだなんて、いうわけないじゃない。ごめんね、勝手にあなたからサーフィンを奪おうとして」

「おれのほうこそ、ごめん。どれだけ謝っても謝りきれない。もう、二度と酒は飲まない。だからこれからもずっと、そばにいて欲しい」

「絶対に酒に逃げないって、約束して」

茉莉沙さんの差し出した小指に、慶斗さんは自分の小指を絡める。指切りげんまんの歌を歌う茉莉沙さんの姿に、なぜだかぼくまで涙腺が熱くなった。


夜が更けても、波瑠斗くんが目を覚ます気配はなかった。いつも彼がうなされて飛び起きるという、二十二時。愛らしい寝顔で、すやすやと寝息を立てている。

「やはり、事故の記憶が彼を苦しめていたんですね」

やさしい瞳で波瑠斗くんを見つめるハルさんに、慶斗さんは深々と頭を下げる。

「本当に……ありがとうございます。どれだけお礼をいっても、言い切れないです。あの、飲食代だけでなく、もう少し払わせていただけませんか」

財布を取り出す慶斗さんを、ハルさんはやんわりと制した。

「そんなお金があるのなら、波瑠斗くんや茉莉沙さんに、おいしいものを食べさせてあげてください。この先、仕事をしながら表彰台を目指すのでしょう。だったら一円だって、無駄にしてはダメです」

「ですがっ……」

「ほら、あんまり大きな声を出すと、波瑠斗くん、起きてしまいますよ」

形のよい唇の前に人差し指を宛てがい、ハルさんはにっこりと微笑む。慶斗さんは渋々財布をしまうと、もう一度、深々と頭を下げた。

「お言葉に甘えさせていただきます。その代わり、家族三人でこのカフェに通います。料理、とてもおいしかったですし、飲食店経営の勉強もさせていただきたいので」

「いつでもお待ちしていますよ。店を開くのなら、あなた方もハワイアンカフェにするといい。お二人が出会ったノースショアの街にも、おいしい店がたくさんあったでしょう」

「ありましたね。サーフィンで腹ぺこになって飛び込むと、笑顔で出迎えて、心も身体も満タンにしてくれる、最高の店」

波瑠斗くんを抱き上げ、慶斗さんはそう答える。

「お二人の作る店も、地元の皆から愛される店になるといいですね。応援していますよ」

「ありがとうございますっ……！」

眠ったままの波瑠斗くんをおんぶした慶斗さんと、彼に寄りそう茉莉沙さん。二人は何度も頭を下げ、OHANAを去って行った。

「ばいばーい！」

彼らの背中が見えなくなるまで手を振り続けた翔太は、なんだかちょっと寂しそうだ。

「なんだ、父親が恋しくなっちまったか」

ひょい、と翔太を抱き上げ、カイさんは肩車した。

「べ、別に恋しくなんかないよっ」

否定しながらも、翔太は甘えるような仕草で、ぎゅーっとカイさんにしがみつく。
そういえばさっき、翔太は波瑠斗くんに、自分の父親は事故で亡くなった、といってい
た。家のなかを見る限りでは、母親らしき人もいない。カイさんたち兄弟が親代わりにな
って、翔太を育てているのだろうか。
「にーちゃがいっしょだから、大丈夫！」
むいっと天に拳を突き出した翔太の背中を、ハルさんが愛しげに撫でる。仲のよい兄弟
なのだと思う。彼らを眺めているうちに、自分だけが独りぼっちに思えてきた。
ぼくが右腕を故障して辛い思いをしているのに、母は息子よりも仕事を優先し、アメリ
カに行ってしまった。たった一人の家族なのに。母にとって自分は、仕事以下の存在なん
だ。そう思うと、無性に胸が苦しくなる。
「ごちそうさまでした。ぼく、そろそろ帰りますっ」
冷静に考えてみれば、自殺をするのにスマホは必要ない。OHANAの面々に背を向け、
駆け出そうとして、襟首を掴まれた。
「お待ちなさい。まだ精算が済んでいませんよ」
ハルさんに険しい声音で咎められ、たじろぎながら答える。
「ぼくのスマホに、電子マネーが一万円分チャージしてあります。そのお金を代金に充て
てください」
「一万円じゃ足りませんよ」

「え、嘘だ……。さっき、慶斗さんは二千円ちょっとでしたよね」

「飲食代と、あなたが意識を失っている間に呼んだ、医師の診療代。足したら四万円を超えます」

「そ、そんな……っ。あの、下ろしてきます。ATMで」

そう告げた後、キャッシュカードを持っていないことを思い出した。どうしよう、お金、下ろせない。だけどいつまでもここにいたら、死ぬことができなくなる。

「この島には、夜間にお金の下ろせるATMなんてありませんよ」

「じゃあ、島の外にっ……」

食い下がるぼくを鮮やかな青い瞳で一瞥した後、ハルさんは翔太の顔を覗き込んだ。

「翔太、〝真実の目〟を持つあなたに問います。彼を島の外に出して、ちゃんと帰ってくると思いますか」

「んー……怪しいんじゃないかな。そのまま逃げて、自殺しちゃいそう」

「そんなことないっ……！」

図星を指され、慌てて否定する。嘘を吐き慣れないせいか、声が震えて上ずってしまった。ぎゅっと拳を握りしめ、小さく深呼吸する。

できるかぎり平静を装おうとしたけれど、全身の震えを抑えることができない。

「響希にーちゃ、もしかして、入水自殺とかしようとしてる？」

自殺の方法まで当てられ、びくっと身体が跳ね上がった。ばくばくと心臓が暴れて、反論の言葉がうまく出てこない。

「知らないみたいだから、教えてあげるね。江ノ島の周りってね、実は鮫がすごく多いんだ。特にこの先の稚児ヶ淵はね、鮫がウヨウヨいるんだよ」

「えっ、そうなの?!」

「うん、いっぱいいるよ！　ちなみに鮫ってね、一撃では獲物を仕留めないの。人間を襲うときは、手や足をがぶっと噛んで、そこから血がいっぱい出て弱るのを待ってから食べるんだって。だからね、すぐに死ねないの。痛いのや苦しいのが、ずっと続くんだよ」

無邪気な笑顔を向けられ、さぁっと血の気が引いた。

ギザギザの鮫の歯に、手や足を噛まれるところをリアルに想像して、ぶるっと震え上がる。嫌だ。殺すならいっそ、苦しむことなく一瞬で殺して欲しい。

飛び降りや飛び込みが痛そうだから、入水自殺にしようと思ったのに。そんな話を聞くと、海で死ぬのも怖くなってくる。いったいどうしたら、苦しまずに死ねるのだろう。

「ところで響希くん、誕生日はいつ？」

唐突にハルさんに尋ねられ、ぼくは戸惑いつつ答える。

「え？　あ、えっと、五月二十日です」

「ふうん。五月二十日ね」

ハルさんはぼくのスマホを取り出すと、画面に数字を打ち込んだ。

「まさか自分の誕生日をパスワードにしているなんて。響希くん、電子機器が苦手なお年寄りみたいだね！」

にっこり微笑み、ハルさんはぼくのスマホを操作し始めた。

「わ、わーっ。見ちゃダメですっ」

慌てて飛びついたけれど、遅かった。

ハルさんはロックを解除すると、まっさきに電話帳を開く。友だちのいないぼくのスマホには、ほとんど連絡先が登録されていない。ピアノの先生と母親。それだけだ。

「親御さんに連絡するね。響希くんが自殺しようとしていたこと、報告しなくちゃ」

「だ、だめですっ！　やめてください。お願いしますっ……」

ぼくが自殺をしようとしていると知れば、さすがに母も仕事を放り出して日本に帰ってくると思う。自分より仕事を選んだ母親。腹が立つけれど――ハリウッド映画が大好きな彼女が、『いつかアメリカで映画音楽の仕事をしたい』と、ずっと夢見ていたことを、ぼくは知っている。

途中で仕事を投げ出して帰ってきたら、母の夢は永遠に絶たれてしまうだろう。

寂しい。けど、母の夢を壊したくない。

「お願いしますっ。なんでもいうことをききますから。だからどうか、母に自殺のことだけはいわないでくださいっ」

深々と頭を下げたぼくの頭上に、悪魔みたいに恐ろしくて、きれいな声が降ってくる。

「本当に、なんでもきく？」

「なんでもききますっ」

ぞくっと背筋が震える。どうしよう。とんでもない要求をされるのかもしれない。

「よかったぁ。実はね、このお店を手伝ってくれる人を探していたんだ」

「お店って、ＯＨＡＮＡを？　人気のあるお店みたいですし。求人を出せば、幾らでも人が集まるのでは……」

首を傾げると、ハルさんではなくカイさんが答えてくれた。

「ダメなんだよ。ハル、こんな見た目だろ。おまけに長男だけあって『ペレの器』、オレたちの母親の能力をいちばん強く受け継いじまってってな」

「どんな能力ですか？」

人の記憶を消し、真珠を作ることのできる怜。ハルさんにも、同じような特殊な力があるのだろうか。

「ペレの器はね、代々多産なんだ。特定のパートナーを持たず、次から次へと、特別な才能を持つ男との間に子どもを儲(もう)ける。カイの父親は世界的に有名なレジェンドサーファーだし、怜の父親はハワイでも随一のフラダンスの師匠、クムフラだ。翔太の父親は天文学者で、僕の父親は著名なハリウッドスター。彼とペレの器の間に生まれた僕の特殊能力はね……」

もったいつけたようなハルさんの隣で、カイさんがうんざりした顔をする。

「〝魅了(チャーム)〟だよ。老若男女、誰彼構わず夢中にさせちまう能力だ。短時間ならまだなんとかなるが、半日以上いっしょにいたら、大抵の人間は、すっかりハルの魅力にまいっちまう。とてつもなく厄介な能力だ」

「え、そうなんですか……？」

「ああ、お前みたいに、その能力が効かない人間は、オレたち兄弟以外、まず存在しない。響希、ハルにまったく惹かれてないだろ」

ハルさんは確かにきれいな人だ。だけど同性だし、中身がものすごく危険な感じがする。恋愛的な意味で彼に惹かれることは、天地がひっくり返ってもありえないだろう。

「貴重なんだよ、そういうやつは。今までバイトに雇ったやつら、ことごとくハルの能力にやられていたからな」

「頼むよ、響希くん。夏場はいつも妹たちにヘルプに来てもらっていたんだけど、今年は出産や進学で、誰も来られそうにないんだ」

年中人気の江ノ島だけれど、夏は特に観光客が増える。いちばんのハイシーズンに人手が足りないのは、確かに大問題だ。

「ひと夏働いてくれたら、借金はチャラにするよ。当然、借金を差し引いた後のバイト代は払うし、衣食住完備、三食おやつ、昼寝つき。どうかな」

鼻先が触れるほど顔を近づけられ、ぼくはたじろいで後ずさる。

「おお、すげぇな。ハルにこんなに顔を近づけられても、まったく顔が赤くならない」

「すごいねぇ、響希にーちゃ。大抵の人は、鼻血を吹いて倒れちゃうんだよ」

そんなの、褒められてもちっとも嬉しくない。大体、幾ら見た目がいいからって、こんな悪魔みたいな人に、魅了される人の神経がわからない。

「よし、さっそく契約書にサインしてもらわなくちゃね！」

にっこりと微笑み、ハルさんはぼくの背中を押す。

「え、ちょっと待ってください。ぼく、まだ働くなんていってませんよっ……」

「君に拒否権はないよ。親御さんの携帯番号はしっかり暗記させてもらったから。もし、勝手に消えたらすぐに連絡するよ。『息子さんが自殺しようとしています』ってね」

「や、それだけはやめてくださいっ……！」

「それが嫌なら、ウチで働くことだね。代金を踏み倒して逃げても、なにもいいことはない。翔太の能力は『真実の目』。どんなに嘘を吐いても、彼の目はごまかせないんだ」

細身に見えて、ハルさんはものすごく力が強い。あっというまに店内に引きずり込まれ、強引にテーブル席に座らせられてしまった。

目の前には生まれて初めて見る、雇用契約書。内容を読む前から、親指に朱肉を押しつけられ、勝手に拇印(ぼいん)を押させられてしまう。

「はい、契約成立！　今日から夏が終わるまで、響希くんはＯＨＡＮＡのスタッフです」

「やったー！　明日からも、響希にーちゃといっしょ！」

ぴょんぴょんと飛び跳ね、翔太が飛びついてくる。

どうしよう。死に場所を探すために、この島に来たのに……。

日中はカフェ、夜は消したい記憶を抱えた人たちが訪ねてくる『お忘れ処』。不思議な四兄弟が営む『OHANA』で、ぼくは流されるまま、住み込みのアルバイトをすることになった。

Interlude ①

「ふじっさわー、いしがみー、やなぎこおーじー。はーしぃれぇ、えのっでんー。しおかぜうーけーてー！」

全部の音がきれいにフラットした残念な音程で、けれどもとても楽しそうに、翔太は江ノ電の歌をくちずさむ。

「翔太。待って。速いよ」

軽やかに石段を駆けおりてゆく彼を、慌てて呼び止めた。

「ボクが速いんじゃない。響希にーちゃが遅すぎるんだよ！」

ぷう、とほっぺたを膨らませ、彼は青い瞳で睨みつけてくる。

「仕方ないだろ。これ、すっごく重いんだ。お客さんはハルさんの料理を楽しみにしているんだから、ひっくり返したり、傾けたりするわけにはいかないんだよ」

肩に食い込む保温ケースの重さに負けそうになりながら、翔太に言い返す。

江ノ島のてっぺん近くにあるハワイアンカフェ『おやすみ処　ＯＨＡＮＡ』。

観光客から絶大な人気を誇るこの店は、島民や、島内で働く人たちからも愛されているようだ。島内各所から、デリバリーの注文が舞い込んでくる。

石段だらけの江ノ島では、平坦な街中のように自転車で移動するわけにはいかない。そのため、こうして徒歩で届けに向かうのだ。

じっとりと汗ばむ肌。耳障りな蝉の声のせいで、不快指数は今日もＭＡＸだ。道幅の狭い急な石段を下ると、ふいに視界が開けた。

眼下に広がる青い海。真夏の日差しを浴びてきらめく水面に、思わず目を細める。

さぁっと吹き抜ける潮風が頭上の木々を揺らし、額に張りついた前髪をふわりと浮かび上がらせた。緑の匂いと汐の香。都会では感じたことのなかった鮮烈な色と香りに、めまいがしそうだ。

観光客でにぎわう江ノ島も、最奥の社、奥津宮を過ぎたとたん、人の姿がまばらになる。そのぶん、海や緑の存在感が、ぐっと増す。潮騒(しおさい)と肌を撫でる汐風、波間に散る水しぶきに、ここが島なのだということを改めて実感させられた。

今日は一段と風が強い。砕け散った波が強風にあおられ、雨粒のようにほてった肌を濡らす。岩肌の露わな海岸にかかる橋を渡って海食洞窟『江ノ島岩屋』に近づくと、チリン、リン、と涼やかな音色が聴こえてきた。

「波の音と風鈴の音を同時に聞けるなんて、趣があっていいね」

大人びた口調でいって、翔太は気持ちよさそうに、大きく伸びをする。

「翔太、『趣』なんて難しい言葉、よく知ってるね」

「響希にーちゃだって知ってるよね？」

ぴょこ、とかわいらしく飛び跳ね、翔太はなんでもないことのようにいった。

「ぼくと翔太じゃ、全然年が違うよ」

「そんなに変わらないよ。ハルにーちゃやカイにーちゃと比べたら、ずっと近い」

翔太にとって、ぼくや怜は、あまり年上という感じがしないようだ。だからこそ、こんなふうに人なつっこく接してくるのだろう。小さな子どもに懐かれるのは初めてで、なんだかちょっとくすぐったい。

「こんにちはー。OHANAです。ランチをお届けに来ました」

岩屋の入り口で中年の女性スタッフに告げると、「暑いなか、ありがとね」とやさしい笑顔で出迎えられた。

「あら、あなた、見ない顔ね。新しいアルバイトの子？」

「あ、はい。今日からOHANAで働くことになった、小鳥遊響希といいます」

「アロハシャツ、とっても似合ってるわね」

OHANAの制服はアロハシャツとハーフパンツ。アロハなんて、今まで一度も着たことがなかったし、そもそも派手な柄のシャツは苦手だ。照れくささを感じながら、ランチボックスを差し出す。

「今日のランチ、なあに？」

「ヘルシープレートはノンフライのモチコチキンと夏野菜のグリル。まんぷくプレートはオレンジチキンとフライドライスで……デザートはどちらも、ココナッツミルクを使ったハワイの伝統的なデザート、ハウ……えっと、ハウピアのパイナップルソースがけです」

幼いころからピアノに真剣に取り組んでいたおかげで、記憶力には自信がある。だけど、この店のメニューはハワイ料理がベースのものが多く、聞き慣れない料理名だらけだ。

このハウピアというのも、今朝、生まれて初めて食べた。杏仁豆腐のような白くてぷるぷるしたデザートだけど、杏仁ほど甘みが強くないし、後味がとてもさっぱりしている。ココナッツミルクのやさしい甘さとつるんとした食感が素朴で、やみつきになりそうだ。甘酸っぱいパイナップルと合わせると、爽やかで夏らしさ満点の極上デザートになる。

「まあ、おいしそうね！」

ランチボックスのふたを開き、彼女は歓声をあげる。

ほかほかと湯気をたてるノンフライのモチコチキンは、ハルさんの自慢料理のひとつだ。鶏肉にモチ粉をまぶして揚げたハワイで大人気の料理を、ハルさんは水蒸気と熱風で加熱調理する特別なオーブンを使って、油で揚げずにヘルシーに再現している。

さっき味見をさせてもらったけれど、こんがりきつね色の衣はサクッとクリスピー、なかは肉汁たっぷりのジューシーさで最高においしかった。ミックススパイスとハーブ、おろしにんにくの風味が効いていて、ノンフライとは思えない、ガツンとした味わいだ。

「ハルさんのモチコチキン、胸やけしないのがいいのよね。この年になると、揚げ物はもたれてねぇ。その点、ＯＨＡＮＡのは安心して食べられるから、とっても助かってるの」

嬉しそうに目を細め、彼女は「ここまで運んでくれたお駄賃よ」と、冷えひえのお茶をくれた。猛暑でほてった身体。半分凍ったペットボトルを首筋に宛がうと、ひやっと冷たさが全身を駆け抜け、一気にだるさが吹き飛ぶ。

「うぅ、生きかえる……！　ありがとうございます」

「今年は暑い日が多いから。しっかり水分とって、倒れないようにね」

笑顔で送り出され、いったんOHANAへと戻る。ランチを詰めなおし、今度は石段を下った先、江島神社の参道入り口にあるスパへと向かった。


「新顔くんね。OHANAで働けるなんていいなぁ。まかない、最高でしょ」

相模湾を一望できる屋外温水プールのある温浴施設、『江ノ島アイランドスパ』。保温ケースを背負ったぼくを見るなり、スタッフの女性たちは顔をほころばせる。

「OHANAのおかげで、体重が減って、肌もとてもきれいになったのよ！」

OHANAなしでは生きていけない、と熱弁する姿を眺め、羨ましい気持ちになった。

「すごいね、ハルさんって。みんなに感謝されて、愛されてる」

エアコンの効いた館内。自動ドアが開いたとたん、ねっとりした熱風に包み込まれる。人が多く、緑が少ないせいだろうか。島のてっぺん付近より、不快指数が高い。

「響希にーちゃだって、感謝されてるよ。みんな、配達してもらえてすごく喜んでる！

今年の夏は、ねーちゃ、手伝いに来られないから。秋までデリバリーをお休みする予定だったんだ。だけど響希にーちゃが来てくれたから、再開することができたんだよ！」

両手をバンザイして、翔太はぴょこんと飛び跳ねる。慰めようとしてくれているのだろうか。かわいらしい仕草に少しだけ心が晴れたけれど、心の奥にあるモヤモヤは完全には消えてくれない。

「されてないよ。運ぶだけなんて、誰にでもできるんだから」

たくさんの人に絶賛される料理を作ることのできるハルさん。世界中の人に愛される楽曲を生み出すことのできる母。

どんなに頑張っても、ぼくは彼らのような、特別な人間にはなれそうにない。

自分にしか弾けないピアノを、弾けるようになりたかったのに。夢は遙か遠く、近づくこともできないまま、消えてしまった。

ぐったりとうなだれたそのとき、むいっとアロハシャツの裾を引っ張られた。

「響希にーちゃ、待って。しらすパン買って。しらすパン食べたい！」

ぼくのアロハシャツを掴んだまま、翔太はずいずいと弁天橋方面に歩いて行く。

江ノ島の入り口、青銅の鳥居周辺には、今日もたくさんの観光客が集い、夏祭りのようなにぎやかさだ。イカ焼きにソフトクリーム、かき氷に冷やしパイン。香ばしく焼ける海産物の匂いや、威勢のいい呼び込みの声に誘われ、皆が出店に吸い寄せられてゆく。

デザートからごはん系まで、いろんなものが売っているけれど、なかでも翔太はしらすパンというおやつが大好きなようだ。半ズボンのポケットから引っ張り出した電車の形をした紙箱をぼくに押しつけ、彼はしらすパンを買って欲しいとねだった。

江ノ電を模した地元の銘菓、『江ノ電もなか』の空き箱。色あせてぼろぼろになった箱はずっしりと重く、振るとジャラジャラと音がする。貯金箱代わりにしているのだろうか。ふたを開くと、なかには小銭がたくさん詰まっていた。

「わかったよ。買ってくる。一袋でいいよな」

「うん!」

こくっと頷き、彼はぼくの背後に隠れる。人見知りとは無縁そうな性格なのに、どうして自分で買わないのだろう。

「すみません。しらすパンを一袋ください」

箱から小銭を取り出し、支払いを済ませる。その店には生のしらすも売っていた。ぎっしりと敷き詰めた氷の上に小皿が並び、つやつや光る透明の生しらすが盛られている。太陽の光を浴びて輝くしらすは、ぷりっとしていてとても新鮮そうだ。

「生しらす、おいしそうだね」

「響希にーちゃ、生しらす食べたことないの?」

「ないよ」

「食べてみたい? ボクが奢(おご)ってあげるよ!」

「え、い、いいよっ……」

自分より年下の翔太に、ごちそうになるわけにはいかない。ぼくは生しらすに後ろ髪を引かれつつ、店員さんからしらすパンの袋を受け取った。

「遠慮しなくてもいいのに」

「遠慮なんかしてないよ！」

パンの入った紙袋を手渡してやると、翔太は嬉しそうに飛び跳ねる。

「ありがと、響希にーちゃ！」

嬉しいことがあるたびに、跳び跳ねたり、歌を歌ったりする翔太。感情がそのまま言動に表れる彼を見ていると、幼いころの自分を思い出し、ぎゅ、と胸が苦しくなる。

いつも忙しそうな母と、二人暮らしだったからかもしれない。ぼくは自分の想いを伝えるのが苦手だ。表情にも言葉にも出さないよう、一人で飲み込む癖がある。

なんでもストレートに表に出せる翔太を、とても羨ましく思った。

「ほら、小銭入れ。落とさないように、ポケットにしまわないと」

「だいじょぶ。ちゃんとしまったよ！」

大事、大事、と歌うようにくり返し、翔太はパンパンに膨らんだポケットをさする。

「せっかくここまで下りて来たんだし。そんなに好きなら、江ノ電見に行く？」

ここから江ノ電江ノ島駅まで、歩いて十五分ほど。少し足を伸ばすだけで、本物の江ノ電を見ることができる。

「別にいい」

そっけなく答え、翔太は、まん丸いしらすパンに、はむっとかぶりついた。

「響希にーちゃも食べる?」

「いいよ、一人で食べな」

断ったのに。「はい!」とパンの入った紙袋を押しつけられた。三個セットで売っている、しらすパン。コロンと小さくてかわいらしい、ひとくちサイズのパンだけれど、翔太は二つ食べただけで、満足げに腹をさすっている。

「仕方ないなぁ。でもありがと。どんな味がするか、ちょっと気になってたんだ」

袋からつまみあげ、ぱくりと頬張る。外側はかりっと揚がっていて、噛むともっちりした食感の生地から、とろとろ熱々のチーズクリームと釜揚げしらすが溢れ出してくる。

なんのチーズを使っているのだろう。少し癖のある味わいだけれど、もったりとした濃厚さが、しらすの塩気とマッチして最高においしい。

「シュート! よし、おやつも食べたし、帰ろっか」

空っぽになったパンの袋を丸めて店先に置かれたゴミ箱に放り投げると、翔太は観光客であふれかえった江島神社の参道を駆け抜けてゆく。

「翔太、待ってよ。そんなに走られたら、追いつけない!」

すばしっこいサッカー選手みたいに、翔太はすいすいと人々の間を縫って走る。暑さにやられたぼくは、周りの人にぶつからないよう、よろよろと進むことしかできなかった。

まっすぐ延びた参道は、江島神社に向かってゆるやかに上昇している。エスカー乗り場まで一気に駆けあがった彼は、「遅いよ!」とほっぺたを膨らませて、こちらを見下ろした。

ハルさんからもらったフリーパスを使い、江ノ島名物、有料屋外エスカレーター『エスカー』に乗り込む。翔太はなにも見せないのに、係の人に止められなかった。もしかしたら、島民は無料で利用できるのだろうか。

屋外なのにエスカレーターなんて、なんだか変な感じだ。壁には海の生き物の写真がたくさん飾られていて、子どものころに行った水族館の海中トンネルを思い起こさせる。物珍しさに周囲を観察していると、あっというまに江ノ島のてっぺんまで辿り着いた。

エスカーの終着駅まで登れば、ＯＨＡＮＡはすぐそこだ。店内に戻ると、涼やかな笑顔のハルさんが出迎えてくれた。

「おかえり。外は暑かったでしょう。手を洗っておいで。氷を削ってあげるから」

「やった。ハルにーちゃのシェイブアイス大好き！　ふわっふわー、お口のなかで、しゅっと消えちゃうシェイブアイスー！」

ぴょこんと飛び跳ね、翔太は謎の歌を歌いながら、洗面台へと駆け出してゆく。

ハワイのかき氷（シェイブアイス）というと、原色のシロップが虹のように何色もかかっているカラフルなものが主流のようだけれど、ハルさんのシェイブアイスは、合成着色料を使わない果汁１００％。ふわふわの氷にやさしい色味の果汁と鮮やかな果肉がたっぷりトッピングされている。味は日替わりで、今日はマンゴー味だ。

こっくり濃厚なマンゴーシロップと、舌に触れたとたん、すうっと消える軽やかな氷、とろけるような完熟マンゴーの舌触りが絶品だ。

「おいしい……！」

暑さでほてった身体に、氷の冷たさと果実の瑞々しい甘さが染み渡ってゆく。

厨房の脇で翔太といっしょに食べる、ハルさんの手作りおやつ。強引に押しつけられたＯＨＡＮＡでの住み込みバイトだけれど、こんなにおいしいものを食べられるのなら、炎天下での労働も悪くない。

「響希くん、おやつを食べ終えたら、翔太にオルガンの弾き方を教えてあげてよ」

ハルさんに乞われ、びくっと身体がこわばる。ピアノから逃げ出し、すべてを終わりにするために、この島にやって来た。それなのに鍵盤楽器を弾くなんて、絶対に無理だ。

「ごめんなさい、ぼく、鍵盤は……もう、弾けないんです」

ぎゅうぎゅうと痛む心臓。やっとのことで声を絞り出すと、夢中になってシェイブアイスを食べていた翔太に、青くつぶらな瞳でじっと見つめられた。

「どうして。右腕が痛いから？」

腕の不調のこと、教えていないのに。どうしてわかるんだろう。そういえば翔太は、ぼくを引っ張るとき、絶対に腕に触れない。偶然かもしれないけれど、いつもぼくの身体ではなく、シャツを掴むのだ。

ハルさんが、翔太にはなんでも見通す『真実の目』の能力があるといっていた。だからぼくの抱えている痛みも、見抜けてしまうのだろうか。

なにも答えられず唇を噛みしめていると、翔太がにこっと無邪気に笑った。

「大変だったら、響希にーちゃ、オルガン弾かなくてもいいよ。ボクが弾くのを見て、言葉で説明してくれるだけでいい。それなら、大丈夫だよね？」

本当は、鍵盤楽器を見るのさえ嫌だ。そばに近づくだけで、胸が押し潰されそうになる。だけど、子犬のように懐いてくる翔太を邪険に扱うのは、とても難しい。

「無理のない範囲で、お願いできないかな」

ハルさんにまで頼まれ、断りの言葉が出てこなくなる。

まだなにも答えていないのに。翔太は満面の笑みで、謎の踊りを踊りだした。

「やったー！　おるがんー！　おるがんー、ごー、ごー！」

ぎゅっとアロハシャツの裾を引っ張られ、連れて行かれたのは、二階にある、お忘れ処のお客さんを案内する部屋、カウンセリングルームだった。和室の片隅に、色あせた布のかかった物体が鎮座している。翔太が勢いよくその布をめくると、小振りな四角い箱のようなものが姿を現した。

木製のそれは、楽器というより、家具かなにかのように見える。曲線的なフォルムのピアノとは対照的に、板きれを組み合わせたみたいな、直線的でそっけない外観。踏みやすく足の形にフィットするようデザインされたペダルがついているピアノと違って、足元にも、まな板みたいに巨大で真っ平らな板が二枚並んでいるだけだ。

だけど、持ち主にとても大切にされてきたのだと思う。磨きこまれて飴色に艶めく年季の入った筐体は、つい触れてみたくなる、不思議な魅力を感じさせた。

気づけば、自然と手が伸びていた。鍵盤楽器になんか、二度と触れたくないのに。自分の意思とは裏腹に、勝手に身体が動いてしまう。

鍵盤のふたとおぼしき長細い板に触れると、ひんやりとなめらかな感触がした。つうっとなぞると、ところどころに点在する傷や裂け目が指先にひっかかる。

「これ、本当に音出るの？」

「ばーちゃが弾いてるの、聴いたことあるよ。すっごくかわいい音がするの」

ぴょこんと飛び跳ね、翔太は懐かしむような表情で、オルガンを見つめた。

「翔太は？　弾いたことないの」

「ないよ。どうしたら音が出るのかわからないし……」

しょんぼりと肩を落とし、翔太は答える。相変わらず、喜怒哀楽のすべてが、全身に現れるお子さまだ。いったいどれくらい前のものなのだろう。何十年、もしかしたら百年近く前に作られたものなのかもしれない。

「響希にーちゃ、弾き方、教えて！」

「ぼくだって、足踏みオルガンの弾き方なんてわからないよ」

ぐるっと見回してみたけれど、どこを探しても電源コードのようなものはついていない。ふたをあけたけれど、スイッチらしきものもない。学校の授業で観た、戦時中の映画。確か、足でギコギコとペダルを踏みながら、音を鳴らしていたような気がする。

スマホを引っ張り出し、『足踏みオルガン 弾き方』と入力してみる。すると、ずらりと足踏みオルガンを弾いている動画のサムネイルが表示された。タップして再生すると、映画で観たのと同じように、ペダル部分を左右交互に踏みながら、鍵盤を弾いている。

「たぶん、このペダルを踏みながら鍵盤を押さえると、音が出るんだと思う」

「響希にーちゃ、やってみて！」

「え、無理だよ、そんなのっ……」

嫌だ。絶対に弾きたくない。死ぬほど辛くて、ピアノから逃げてきたのに。それなのにどうして、こんな場所まで来て、鍵盤楽器を弾かなくちゃいけないんだろう。

「お願いだよ、どうしても聴きたいの。ばーちゃが弾いてくれたオルガンの音。大好きだったんだ」

つぶらな瞳でじっと見上げられ、ぎゅ、と胸が苦しくなる。

昨晩泊まらせてもらったけれど、この家には翔太とハルさんたち兄弟以外、誰も住んでいる気配がなかった。翔太の父親は事故で死んだといっていたし、おばあさんも、きっともうこの世にはいないのだろう。幾ら兄弟がたくさんいても、親や祖父母の死は、幼い子どもにとって、とても辛いことなのだと思う。

「わかったよ。音を鳴らすだけだぞ。曲を弾いたりとかは、しないからな」

ただ鍵盤を押さえて音を鳴らすだけなら、腕の痛みに苛(さいな)まれることはないはずだ。

今にも泣きだしそうな翔太にせがまれると、突き放すことができなくなった。

「やった！」

満面の笑みを向けられ、ぎゅうぎゅうと胸が痛む。

手のひらを鍵盤にのせる。もう何か月もまともに弾いていないのに。自然と手がピアノを弾くときの形になった。身体にしみついた、鍵盤を弾くという行為。呼吸をするのと同じくらい、ぼくにとって当たり前の行為になってしまっている。

震える指先で、そっと鍵盤を押さえる。C7sus4。適当に押さえただけなのに、指はちゃんと和音の形に配列されていた。きこきことペダルを踏みながら、もう一度押さえると、なんの電気も流れていないのに、本当に音が出た。

「すごい……」

ふぁん、と鳴り響いたオルガンの音色は、アコーディオンや鍵盤ハーモニカに少しだけ似ている。温かみがあって、懐かしい感じのする、やさしい音だ。

へこっ、へこっとぎこちなく動く鍵盤。端から端までたどってみると、押さえ続けているのにすぐに減衰する音や、音程の狂っている音があった。

翔太の歌声のように、一律、同じだけ狂っていればまだいいけれど、それぞれが微妙に違う音程でずれていて、和音を押さえると、ずれっぷりが大変なことになる。

だけど、少し狂った和音と、気の抜けたような音色が妙にマッチして、とても味わいがあるように感じられた。心のやわらかな部分をぎゅうぎゅう締めつけられて苦しいのに、ずっと聴いていたくなる不思議な魅力がある。

音楽なんて、もう聴くのも嫌だ、って思っていたのに。こうして興味深い音色に出会うと、惹かれずにはいられない。大嫌いになりたいのに、どうしても求めてしまう。忘れたいのに。身体に刻み込まれた記憶が、ちっとも消えてくれない。

この苦しさから逃げ出すには、やはり命を断つ以外、道はないのだろうか。

「響希にーちゃ、どーしたの？」

「え、あ、いや、どうもしないよっ……」

翔太の声に、我にかえる。ぎこちなく笑顔を作ったぼくに、翔太はもふっと飛びかかってきた。こんなときでさえ、彼は右腕に触れないよう、気をつけてくれているみたいだ。なにも考えていないように見えて、ちゃんと気遣ってくれている。そのやさしさに、無性に胸が苦しくなった。

「オルガン、翔太も弾いてみる？」

「どうやって弾いたらいいの？」

瞳を輝かせ、翔太がちょこん、と隣に座る。小さな木製の椅子に二人分の体重がかかり、ぎぃっと悲鳴のような音が響いた。身長は低いのに、翔太は手足がとても長い。そのおかげで、ちゃんとペダルに両足が届くようだ。

「ペダルを踏みながら鍵盤を押さえるんだよ。鍵盤ハーモニカ、吹いたことある？」

「あるけど、弾き方、忘れちゃった」

へにゃっと情けない顔で笑う翔太の手をとり、まんなかのドの音に導く。

「この音が、ド。ちょっと音程が怪しいけど、気にしないで。黒い鍵盤が二つ並んでるのの左側、ここだよ」

「どー?」

「うん。どー。右手の親指で、ど、ど、どー。左の親指で、ど、ど、どー」

一生懸命、翔太はドの音を押さえる。右手、左手、と交互に押さえるうちに、楽しくて仕方ないというようすで、左右に大きく身体を揺すり始めた。

「ど、ど、どー。親指でー、ど、ど、どー、押さえるのー、ど、ど、どー。右手さんー、ど、ど、どー、左手さんー、ど、ど、どー。いっしょにひーくと楽しいね!」

即興で歌までつけて、ゆっさゆっさと身体を揺すっている。嬉しそうな翔太につられ、気づけばぼくも鍵盤に触れていた。

自分は弾かない。翔太が弾くのを見るだけ。心に決めていたのに。目の前に鍵盤があると、どうしても勝手に手が伸びてしまう。弾いたら、後で腕が痛んで辛い思いをする。わかっているのに、止まらなかった。

彼の歌に少しだけ伴奏をつける。左手でベースラインをなぞるだけ。そのつもりだったのに、結局、右手で和音まで押さえてしまった。

ピリッと腕に痛みが走る。やめなくちゃ。頭をよぎる思いとは裏腹に、指や耳が、鍵盤を渇望して暴走してしまう。

「ど、ど、どー。ど、ど、どー。どこまでもー、ど、ど、どー、駆けてゆくー、ど、ど、どー、江ノ電はぁ、ボクをのせぇー」

「これも江ノ電の歌なの？」

「うん！　江ノ電の歌だよ」

　よっぽど江ノ電が好きなんだな。翔太の謎の歌は、止まることなく続いてゆく。

　音程の危うげなオルガンと、調子っぱずれな翔太の歌声。気づけば知らない間に、ぼくまで自然と身体を揺すっていた。和音を押さえていただけの右手が、合いの手のようにアルペジオを刻み始める。

「っ……！」

　ビリッと右腕に激痛が走り、思わずうめき声をあげた。

「響希にーちゃ、だいじょぶ？」

「へ、へいき……」

　心配そうに顔を覗き込まれ、慌てて笑顔を作る。だけど、右腕はびくびく痙攣（けいれん）して、叫びたくなるくらい激しい痛みが生じている。

「響希にーちゃ、きゅーけいする？」

「だ、大丈夫だよ……」

　心配をかけないようにしようと思ったのに。翔太はぴょこんと椅子から飛び上がり、「おやつたーいむ！」と叫んで部屋の外に飛び出していった。

今のうちに鎮痛剤をとりに行かなくちゃいけない。

間借りしている部屋に戻ろうとして、あまりの痛さに耐えきれず、その場にくずおれる。腕を押さえてじっとうずくまっていると、誰かが階段を上がってくる気配がした。

できることなら、こんなみっともない姿、誰にも見られたくない。慌てて立ち上がり、目の前の部屋に駆け込むと、そこは仏壇の置かれた部屋だった。

仏壇にかっこいい男の人と、やさしそうな老女の写真が飾られている。二人とも日本人のようだ。翔太の父親と祖母だろうか。

「っ――」

激痛に耐えきれず、情けなく畳に転がったそのとき、ふすまの開く音がした。

「こんなところで、なにをしている」

冷ややかな声音に、びくっと身体がこわばる。起き上がろうとしても、うまく身体に力が入らない。声の主、怜は凄みのある青い瞳でぼくを見下ろすと、形のよい眉をひそめた。

「お前のその姿勢、どうにかならないのか」

ピアノを弾く上で、姿勢はとても大切なものだ。椅子に腰かけるとき、いつだって背もたれを使わず、背筋をピンと伸ばすよう心がけている。ピアノを弾くときだけじゃない。食事のときも、授業中も、常に意識して、よい姿勢を保ってきた。

「ぼくの姿勢の、どこが悪いっていうんだよ」

昨日からツンケンされすぎて、正直、我慢の限界だ。怒りにまかせて怒鳴りかえすと、呆れた顔でため息を吐かれた。

「鏡の前に立って、自分の姿勢を客観的に観察したことがあるか」

「そんなの、いちいち観察しないよ！」

「来い」

怜はぼくの左腕を掴み、どこかに引っ張ってゆく。細身に見えて、ものすごい力だ。振りほどきたいのに、どんなに頑張っても抗うことができない。

足踏みオルガンのある部屋、カウンセリングルームに戻された。カーテンをロールアップすると、壁一面に張られた巨大な鏡が露わになる。

「ここに立ってみろ」

鏡の前に立たされ、渋々背筋を伸ばす。鏡のなかに、仏頂面の怜と、それに負けないくらい不機嫌な顔をした、ぼくの姿が映し出されている。怜はぼくよりずっと背が高くて、股下もありえないくらい長い。並んでいる姿を目にすると、劣等感に押し潰されそうだ。

「自分で自分の姿を見て、なにか気づいたことはないか」

えらそうな口調で問われ、無性に腹がたった。鏡越しに、怜と視線がかち合う。青い瞳から、ふいっと目をそらした。

「別に、ない」

「全体的に無駄な力が入りすぎている。四六時中、ガチガチに硬くしていたら、身体を壊して当然だ」

　怜はぼくの両肩を鷲掴みにし、「こんなに胸を開く必要はない」と肩甲骨を丸めるように内側に引き寄せた。

「背中もだ。力を入れすぎて腰が反ってる。上半身に力が入りすぎているから、腕や手首に負担がかかるんだ。痛みを抑えたかったら、力の抜き方を覚えろ」

「なんでそんなこと、怜にいわれなくちゃいけないんだよ」

　怜は単なる医大生だ。飛び入学で医大に通っているのはすごいけど、ベテランの名医が診ても治せなかったぼくの腕を、学生が治せるはずがない。

「信じるも信じないも、お前の勝手だ。だけど人間の身体は、お前が思っている以上にずっと繊細なんだ。朝から晩まで無駄な力を入れ続けていれば、どうしたってガタがくる。少しは自分の身体をいたわってやれ」

　余計なお世話だ、って言い返したかったのに。不意打ちのように、グッと肩甲骨のきわを押され、「ひぁっ!」と情けない声が漏れた。

　シャツ越しにもわかるほど冷たい、怜の指先。もみほぐすように、肩甲骨まわりの筋をなぞられる。一回、二回……と、さすられるうちに、少しずつ肩から力が抜けてゆく。

　力を抜け、といわれても、どうしたら抜けるのかわからなかったのに。なぜ、ぼく自身ができないことを、怜はあっさりできてしまうのだろう。

　肩甲骨まわりをなぞっていた怜の指が、もう一度、ぼくの肩を掴む。胸を広げて、閉じて、広げて、閉じて。肩を掴んで大きく回され、ゴキゴキと不快な音が鳴った。

「こんなになるまで放置して。演奏者というのは、アスリートと同じなのだろう。身体が資本なのに。なぜ、自分の身体を大切にしない？」

「べ、別に大切にしてないわけじゃない……っ」

「してないだろう。どう考えても」

ぐ、と背中を押され、「うぐっ！」とみっともない声が漏れる。

「がむしゃらに過度なトレーニングを積むことは、誰にだってできる。適切なタイミングで切り上げてしっかり身体を休め、翌日にダメージを残さない。それが、一流の証しだ」

悪かったな、二流で。って、言い返したいのに。片方の手で首を揉まれ、もう片方の手で背骨をさすられると、まともに声もでないほど、全身から力が抜けてしまう。

「リラックス」

日本語とは違う発音で呟くと、怜はぼくの両肩をぶらぶらと揺する。

いつのまにか、腕の震えが収まっていた。痛み止めを飲んだわけでも、注射を打ったわけでもないのに。ちぎれそうに激しかった腕の痛みも、知らないうちに消えている。

「ありがと……なんか、すごく楽になった」

「別に、お前のためにしたわけじゃない。ただ単に、身体の使い方が下手な人間に、視界をちょこまかされるのが、目障りなだけだ」

そっけない声でいうと、怜はふいっと顔を背け、部屋を出て行ってしまった。

夕方からは店の手伝いをする予定だったのに。

「店は僕一人で大丈夫だから、怜を手伝ってあげて」とハルさんに頼まれた。

できれば怜とはあまり関わりたくないけれど。居候のぼくに、選択権はなさそうだ。

「いってらっしゃい」

ハルさんに凄みのある笑顔で見送られ、渋々ＯＨＡＮＡの外に出る。足取りの重いぼくに構うことなく、怜はすたすたと先に歩いて行ってしまった。

「怜、どこに行くんだよ」

なんの返事もない。おまけに巨大なひょうたんでできた打楽器のようなものや、紙の束が入ったかごを運ばされ、足元が覚束(おぼつか)ない状態だ。

「だいじょぶ？　響希にーちゃ」

心配そうな顔をしながらも、隣を歩く翔太は、まったく手伝うつもりがないらしい。ふらふらしながら、ぼくは怜の後を追いかけた。


向かった先は、展望灯台シーキャンドルのある植物園、サムエル・コッキング苑前の広場だった。エスカーの最終地点で、江ノ島のほぼてっぺん。近くに見晴らしのよい公園やカフェ、フードスタンドなどがあり、島内でも有数の人気スポットだ。

観光客とおぼしき家族連れやカップルに交じって、キャミソールにふんわりしたロングスカートを合わせ、頭にハイビスカスの飾りをつけた女性たちが集まっている。

若い女性や年配の女性、小さな子どももいる。二十人近い集団が、怜を見るなり「よろしくお願いします」と一斉に頭を下げた。

ぺこっと頭を下げかえし、怜はきれいに手首のスナップをきかせて、タン、と巨大なひょうたんを叩く。思った以上に大きな音だ。周囲の空気を震わせる鋭い打音に、道ゆく人々が足を止める。

ロングスカートの女性たちが広場全体を覆うように等間隔に広がり、両手を腰に当てた揃いのポーズをとった。

いったいなにが始まるのだろう。人々の視線が、彼女たちに集中する。

タタタンッ……。ドンタンタタータ、ドンタンタタータ、ドンタンタタータ、ドン、タータ……。

まつたけのようなずんぐりした形のひょうたんの楽器。叩き方で大きく音色が変わるようだ。手のひら全体で叩くとズンと全身に響き、指先でグリッサンドのように撫でると、軽やかで表情豊かな音が生まれる。さらに、地面に叩きつけて低い音を出すこともできるようだ。薄い座布団のようなものを敷き、怜はドン、とひょうたんを振り下ろす。

三種の音色を操り、巧みに強弱をつけた力強いリズム。

なんだろう、これは。聴いていると、自然と身体が動きだす。じっとしているのが辛いくらい、強い力を持つグルーヴだ。

怜のリズムに合わせ、女性たちは中空に向かって手を伸ばす。この動き、この服装。そうか、これはフラダンスなのか……？

「フラダンス……？」

そういえば、意識を失う前にも、フラダンスを見かけた気がする。炎天下のなか、打楽器の音色に導かれるように石段を登った先。確か、ちょうどこの場所だったはずだ。

「うん、フラダンスだよ。怜はカフナであり、クムフラだからね」

ぴょこんと飛び跳ね、翔太は大きく頷いた。

「それ、どういう意味？」

「カフナってのはね、ハワイの先住民の社会で、専門的な技術を持ち、高い地位についていた人たちのことだよ。医師や呪術師、預言者、色々いるけど、怜の場合は、神官だ」

「しんかん……？」

「神に仕える人のこと。神のために祈りを捧げる役目を担っているんだ。ペレに捧げる祈りは、いつの時代も歌と踊りがとても重視されてきたの。怜はボクらペレのカフナ一族に代々伝わる、祈祷を伝承する者なんだよ」

「クムフラっていうのは……」

「フラの先生のことだよ。神に捧げる踊りは門外不出だけどね。現代的なアレンジを加えた踊りを、怜はみんなに教えているんだ。これはＯＨＡＮＡ名物、屋外レッスン。人前で踊ることによって、生徒さんは緊張感を持ってレッスンに挑めるし、興味を持って入会してくれる人も多いから、一石二鳥なんだよ」

「怜が先生をしているの？　そういうの、すごく嫌がりそうなのに……」

ツンケンしていて、年上にさえ敬語を使おうとしない怜。誰かにものを教えているところなんて、正直、想像がつかない。

「嫌でもお金を稼がなくちゃいけないからね。今はもう、ハワイには王朝は存在しないから、カフナの一族だって、仕事をしなくちゃ食べていけないいんだ。ましてやこの家は、ボクのせいでいっぱいお金がかかっちゃうから……」

「翔太のせいで……？」

「ほら、響希にーちゃ、静かにしていないと、怜に叱られるよ」

翔太の指さす先に目を向けると、怜がものすごく怖い顔でぼくらを睨んでいた。慌てて口を閉じ、怜から視線をそらす。

打楽器のリズムに合わせて踊る女性たちは、上手な人もいれば、ぎこちない人もいる。全員に共通しているのは、誰もがとても姿勢がよいということだ。リラックスしているようすなのに、すらりと背筋が伸びていて、安定感のある立ち姿をしている。

怜の奏でる打楽器の音。二小節でひとつのシンプルなパターンをくり返しているだけなのに、いつまでも聴いていたくなる不思議な魅力がある。力強くて、だけど包み込むようにやさしい。どうしたら、こんなにすごいリズムを奏でることができるのだろう。

「怜の演奏、すごくいいでしょ」

翔太に問われ、素直に頷く。正直、怜の性格は大嫌いだけれど、彼の生み出すグルーヴが素晴らしいものだということに異論はない。

「パーカッションもすごいけどね、歌や踊りはもっとすごいよ」

自分のことのように、翔太は誇らしげに胸をそらした。

「歌や踊り……見てみたいな」

「最後までここにいれば見られるよ。はい、響希にーちゃ、これ配って」

むい、と翔太は紙の束を押しつけてきた。表面には海の写真と、フラスクールOHANAという文字。裏面にはレッスンの概要や、怜の写真、プロフィールが掲載されている。

「ただ配るだけじゃダメだよ。ちゃんと体験レッスンにお誘いしてね」

「そ、そんなの無理だよっ……！」

チラシを返そうとしたけれど、翔太は受け取ってくれない。

「これも大事なOHANAのお仕事だよ。ハルにーちゃにいわれたでしょ『怜を手伝って』って」

ハルさんの名前を出されると、なにも言い返せなくなる。だけど習い事の勧誘なんて、いったいどうやってしたらいいのだろう。

「ほら、表情が硬い。響希にーちゃ、笑顔。笑顔で大きな声を出さなくちゃダメだよ」

翔太にダメ出しされながら、ぎこちなく笑顔を作る。

「えぇと、フラスクールOHANAです。よかったら体験レッスンを受けてみませんか」

知らない人に話しかけるなんて、大の苦手なのに。ハルさんに逆らえば、自殺しようとしていたことを、母に報告されてしまうかもしれない。

「うぅ……どうしてこんなことに……」

ぐったりとうなだれたぼくの背中に、翔太が体当たりしてくる。

「響希にーちゃ、笑顔！」

「わ、わかったよっ……」

頬が引きつりそうになりながら、ぼくは必死で笑顔を作り、声を張り上げ続けた。


しばらく踊り続けた後、細部指導の時間になった。

怜は巨大なひょうたんを叩くのをやめ、代わりに小振りなまん丸い打楽器を叩いて彼女たちを踊らせ、気になる部分があれば止めて指導してゆく。

立ち姿、手の伸ばし方、動かし方、ステップの踏み方。ふだんはあんなに無口で無気力な感じなのに。レッスン中の彼はとても饒舌(じょうぜつ)だ。

「おい、お前、俺のリズムに合わせてイプヘケを叩け」

感心して眺めていると、怜がずいっと楽器を押しつけてきた。イプヘケというのは、このまつたけのような形をした、巨大なひょうたんでできた楽器のことのようだ。

くびれの部分に布を編んで作ったストラップのようなものがついている。怜は強引にぼくを地面に座らせると、わっかになった部分に手を通させ、「こうやって構えるんだ」とイプヘケの構え方を教えてくれた。

「この布、カウラで固定された手首を地面に振り下ろして、低音を鳴らすんだ」

怜はぼくの手首ごと、イプヘケを地面に叩きつける。ドーン、ドーン、ドーンと地響きのような振動が、ぼくの全身を駆け抜けた。間近で聴くと、想像以上に大きく、残響をたっぷり含んだ豊かな音色だ。身体の芯まで響くような、迫力のある低い音。

「イプヘケ本体を掴んではダメだ。手のひらの触れる面積が広ければ広いほど、音が死んでしまう。あくまでもカウラを使って、こう、指を添える感じで」

冷たい指で、怜はぼくの指を、正しい場所に導く。

「たくさん触りすぎると、ミュートされちゃうってこと？」

「そうだ。あくまでも軽やかに。間違ったフォームで力任せに叩きつけても、大きな音は鳴らない。鳴らすことを意識して、できるかぎり遠くまで響かせられるようにするんだ」

いち、に、さん、ウン、いち、に、さん、ウン。心臓の鼓動みたいな、四分の四拍子。三つ叩いて、最後のひとつは休符(ブレイク)だ。

「西洋音楽でいうところの、バスドラムの役割だな。そこに、右手で細かなリズムを加えてゆく。手首のスナップを使って。これも力の問題じゃない。軽やかに叩くんだ。力を入れる必要はない。左手で構えて右手で叩けば、右腕にはそんなに負担はないはずだ」

怜の動きを見ながら、ぼくも真似てみる。叩くというより、撫でているかのように見える。なめらかに鋭くイプヘケを奏でる怜の指はとてもきれいで、真似しようとしてもちっともうまく動かない。

「振り下ろすのがバスドラなら、手で叩くのはスネアドラム？」

「ああ、ドラムセットでいうところの、スネアとハット。叩き方によって音色は大きく変わる。指先、指全体、手のひら。親指を主軸に、その他の指で色をつける。わかるか？」

ドントタカタ、ドントタカタ、ドンッ、タータ……ドントタカタ、ドントタカタ、ドンッ、タータ。

リズムだけじゃない。怜は音の強弱で大きく抑揚をつけている。この絶妙な強弱がうねりを作り出し、たゆたう波のような心地よさを生み出しているようだ。

「む、無理……。難しすぎるよ！」

「無理じゃない。ほら、俺がイプを叩いて引っ張る。だから、ついてこい」

コロンと丸い小振りなメロンサイズの楽器は、イプという名前のようだ。同じリズムを、怜は手のひらと指を使って、イプで奏でる。

ドントタカタ、ドントタカタ、ドンッ、タータ……ドントタカタ、ドントタカタ、ドンッ、タータ。

ぼくの知っているフラダンスのイメージとは、まったく違う。

のんびりしたテンポでゆらゆら揺れているイメージだったのに。怜の奏でるリズムは、身体の奥底から力が湧き上がってくるみたいな、躍動感に溢れている。

ドントタカタ、ドントタカタ、ドンッ、タータ……ドントタカタ、ドントタカタ、ドンッ、タータ。

最初のうちは追いかけるのに精いっぱいで、自分の音を客観的に聴く余裕がなかった。だけど段々と怜に引っ張られ、巻き込まれながら、彼の音に合流できてゆくのがわかる。

ドン、と怜が手のひらでイプを叩くのと同時に、イプヘケを地面に振り下ろす。怜がイプを指で叩くのに合わせ、ぼくも指でイプヘケをかき鳴らす。

しばらくすると、怜がぼくをふり返り、視線で合図を送ってきた。すうっと彼が大きく息を吸い込むのがわかる。

そして、第一声。

朗々とした怜の声が広場に響き渡る。

わぁっと、そこかしこから歓声があがり、さぁっと、全身の毛が逆立つみたいな感覚に襲われた。

ドントタカタ、ドントタカタ、ドンッ、タータ……ドントタカタ、ドントタカタ、ドンッ、タータ。

足踏みをし、イプを叩きながら、怜は伸びやかな声で歌い続ける。

「これ、あのとき聴いた声だ！」

誰が歌っているのか、知りたくてたまらなかった声。

まさか、あの歌を歌っていたのが怜だなんて。会話をするときの無気力な声とはまるで違う、とてつもなく力のある声だ。

穏やかで深みがあって、だけと芯の部分はすごく強い。一度聴いたら忘れられなくなるような、凄みがある。

この感覚、いったいなんだろう。大きな波に飲み込まれ、ぐいぐいと運ばれてゆく。自然と身体が動き、気づけば怜の奏でるリズムや歌声とともに、ぼくの叩くイプヘケも大きなうねりを作り出していた。

「すごい……！」

感情の起伏をまったく見せない、無気力そうなやつなのに。どうしてこんなにも心地よいリズムを生み出し、周りの人間まで巻き込むことができるのだろう。

彼のグルーヴに飲み込まれているのは、ぼくだけじゃなかった。フラを踊る女性たちも、一体化してひとつの波を作り出している。

それだけじゃない。見学している人たちも、いつのまにか身体を揺すり、手拍子をしている。

「すごいでしょ。元々こっちが本職だからね、怜は」

リズムに合わせて手を叩いていた翔太が、誇らしげな顔をする。

誇りに思うのも、無理もない。リズム感にも歌声にも、同年代の少年が発しているものとは思えない、迫力と貫禄がある。

原始的な衝動に身体が内側から突き動かされ、心まで激しく揺さぶられる。いったいどうやったら、こんなにも素晴らしく、力強い音を奏でられるようになるのだろう。

「最後に俺も踊る。イプを叩くのをやめるから、お前が一人で引っ張ってくれ」

唐突な無茶ぶりに、慌てて首を振った。

「無理いうなよ、今のだって怜が導いてくれていたから、なんとか叩けていたんだし」

こんなにもたくさんの人の前で、専門外の打楽器を自分一人で演奏するなんて無理だ。ただでさえ、今のぼくは音楽と向き合う気力が完全に枯渇しているのに。長年弾き続けてきたピアノでさえ、モノにできないまま故障してしまった身体。途中で右腕が痛くなるかもしれないし、さっき初めて触った未知の楽器を、上手に使いこなせるわけがない。

「大丈夫だ。お前ならできる。そう思ったから、任せるんだ。腕が痛くなったら、後でちゃんとケアしてやる」

一方的に告げると、彼はきびすをかえし、女性たちの中央に立った。

すっと姿勢を正した姿は、それだけで周囲を圧倒するようなオーラを放っている。

道ゆく人たちが息を呑み、足を止める。ふり返ってぼくの目を見ると、怜はこくっと頷いた。

スタートしろ、という合図なのだろう。どんなに拒んでも無駄なのだと思う。笑顔で無茶ぶりするハルさんとは違った種類の威圧感を、怜は常に放っている。

(仕方ない。やるしかないんだ……)

すうっと息を吸い込み、ぼくはイプへケを地面に振り下ろした。

ドントタカタ、ドントタカタ、ドンッ、タータ……ドントタカタ、ドントタカタ、ドンッ、タータ。

八小節ぶん、ぼくの刻むリズムを見送った後、怜は伸びやかな声で歌い始める。歌に合わせ、一斉に女性たちが身体を揺すり始めた。同じ動きをしているのだと思う。だけど明らかに、怜だけが、他の人とは違う輝きを放っている。

フラダンスのことを知らないぼくが見ても、一人だけ別格であるということがすぐにわかった。一見なめらかな動きをしているようで、すべての動きにキレがある。

そして、ちゃんとリラックスしているように見えるのに、まるで頭のてっぺんから一本の糸で吊り上げられているように、どんな動きをしても身体の軸がぶれない。中腰になっても、くるりと優雅に回っても、腰を振っても、なにをしても、軸が揺らがない。

手拍子をしているわけでも、地面を踏みならしているわけでもない。それなのに、怜の踊りを見ていると、まるで彼が奏でる音が聞こえてくるかのようだった。

指先が、腰の動きが、ステップが、全身の動きすべてが、聞こえるはずのないリズムを響かせているかのように見える。

目から音が飛び込んでくる。こんな経験、生まれて初めてだ。怜の発する強烈なビートに飲み込まれ、打ちのめされそうになる。

「すごい……」

あまりのすごさに、思わずぽかんと見惚れ、イプヘケを叩く手が止まりそうになったのを、ぼくは慌てて戻した。

傾き始めた太陽。やわらかな日差しが、祝福するように怜を照らし出している。その姿は神々しく輝き、まるで彼のすぐそばに異国の神さまが降臨しているかのように見えた。

「火山の女神、ペレ……？」

「うん。ペレだよ。怜のもとに、ペレが降臨したんだ。響希にーちゃにも、見える？」

翔太に尋ねられ、ぼくは首を振る。見えない。だけど、そこにいる、と実感できる神秘的なエネルギーが、今、この場に満ちているのはわかった。

神がかった演奏を前にしたときだけ感じる、不思議な震え。指先だけでなく膝までがくがくと震えて、全身の力が抜けてしまいそうだ。

だけど自分がリズムを止めたら、女神は消えてしまうかもしれない。尊き女神のためにも、叩くのをやめてはいけない気がした。

必死で叩き続けていたから気づかなかったけれど、いつのまにか広場はたくさんの観客で埋め尽くされていた。

歌が終わり、怜から演奏を止めるよう目配せされる。心をこめて最後の一音を響かせると、割れんばかりの喝采が響き渡った。

「響希にーちゃ。なにぼーっとしてるの。はい、ちらし」

余韻に飲み込まれ、すっかり放心したぼくに、翔太はちらしの束を押しつける。顔を上げると、怜の足元にはトロピカルな花飾りのついたかごが置かれていた。かごのなかに、次々とお金が投げ込まれてゆく。

「神の使いが、投げ銭をもらっていいの？」

「いいのいいの。はい。響希にーちゃ、向こうの人たちにも、ちらし配って！」

翔太に背中を押され、ちらしを手に勧誘に向かう。

怜の周りにはたくさんの女性たちが群がっていた。彼を取り囲み、質問をしたり、いっしょに写真を撮って欲しいとせがんだりしている。

そっけない言葉遣いではあるものの、決して邪険にすることなく、彼はしっかりと彼女たちに応対しているようだ。

（そんなにお金が必要なのかな。翔太にお金がかかるって、いったい、なににかかるんだろう……）

不思議に思い首をひねると、後ろから小さな声で誰かが声をかけてきた。

ふり返ると、そこには真夏だというのに長袖のカーディガンと足首まである長いスカートをまとい、つばの大きな帽子を目深に被った少女が立っていた。

「あの、お忘れ処ＯＨＡＮＡというお店を探しているんですけれど……」

控えめな彼女の声に気づき、怜もふり返る。

「お忘れ処の客か。今、手が離せない。その女を店で待たせておいてくれ」

「その女、って……。怜、初対面の女性に失礼だぞ。――すみません、無礼なやつで」

ぼくが深々と頭を下げると、彼女は力なく微笑んだ。

「大丈夫ですよ。きつい言葉をかけられるの、慣れているんです」

そんなことに慣れているなんて。いったいどんな環境で生活しているのだろう。お金を払ってまで、消したい記憶を抱えた人。きっと、色々と苦労しているのだと思う。

「じゃあ、行きましょうか。こっちです」

イプヘケを抱え、ぼくは彼女をＯＨＡＮＡへと案内した。

第二話　七夕の邂逅

ＯＨＡＮＡの二階にあるカウンセリングルーム。ぼくらより十五分ほど遅れて帰ってきた怜は、室内に入ってくるなり本題を切り出した。

「で、どんな記憶を消せばいいいんだ」

前置きもなしにいきなり尋ねられ、依頼人、今井七星さんは助けを求めるようにぼくの顔を見る。

「怜、七星さんは高校三年生、ぼくらより年上なんだ。お客さまだし、せめてまずは名前を名乗るとか、敬語を使うとか、もうちょっと……」

「うるさい」

ぴしゃりと遮り、怜は七星さんに向き直った。青く鋭い怜の瞳に射抜かれた彼女が、びくっと身体をこわばらせる。

「あ、あの、えっと……実は私、あるご当地アイドルのメンバーだったんですけど……」

「ご当地アイドル?!」

ぼくが思わず声をあげると、七星さんは照れくさそうに目を伏せた。

「私、アイドルっぽくないですよね……華がないっていうか」

　正直にいえば、彼女は確かに華やかなタイプには見えない。なんとかフォローしようと言葉を探すぼくの隣で、怜は冷たく言い捨てた。

「そうだな。立ち方もなっていないし、滑舌も悪い。とてもではないが、人前に出る仕事をしているようには見えない」

「ちょっと、怜。なにもそんな言い方しなくても……っ」

「私の所属していたグループ、この夏、メジャーデビューすることになったんですけど、プロデューサーからも同じことをいわれました。『メジャーで活動するには、お前だけ輝きが足りていない』って」

　彼女が所属していたのは結成三周年を迎える、湘南エリアのご当地アイドル『湘南シャイニーエンジェルス』。新しくプロデューサーに就任した神林(かんばやし)は、メジャーデビューの条件として、七星さんをグループから追放するよう提言したのだそうだ。

　彼女はおずおずとスマホを差し出す。画面には愛らしい制服風のコスチュームをまとった、七人の少女が映し出されていた。

「私以外のメンバーは、それぞれタイプは違うけれど、すっごくかわいいんです。特にセンターを務める江ノ島出身の桃杏奈(もあな)は、メジャーデビュー前からＳＮＳのフォロワー数も五万人を超えていて、日本中から人気を集めているんですよ」

　七星さんのいうとおり、他の少女はモデルのようにスタイルがよく、華やかな顔だちをしている。そんな彼女たちに交ざると、確かに七星さんだけ、平凡に見えた。

「最初は、仕方ないって思ったんです。諦めて、みんなを応援しようって気持ちを切り替えるつもりだった。でも……私が脱退を決意した直後、神林プロデューサーは、新メンバー募集の告知を打ち出したんです。しかも私の地元、平塚(ひらつか)で行われるミスコン、『織り姫セレクション』とコラボレーションしたオーディションで選考するっていうんです……」

「七星さんをクビにした直後に、あえて七星さんの地元のミスコンで、新メンバーを選ぼうとしている、ってことですか」

ぼくの問いに、七星さんは今にも泣きだしそうな顔で、こくん、と頷いた。

芸能界のことはよくわからないけれど、もし故意にしているのだとしたら、どう考えても七星さんに対する陰湿な嫌がらせだ。

「『織り姫セレクション』は平塚の『七夕(たなばた)まつり』にちなんだ老舗のミスコンなんですけど……私の実家は古くから地元で商売をしていて、親族みんな『七夕まつり』に対する思い入れが強いんです。私の名前『七星』も、『いつか地元のミスコンに勝ち抜いて、光り輝く七夕の星、織り姫になれますように』って祖父母が願いをこめてつけた名前なんです。せっかく地元のアイドルになれたのに、グループをクビになって、そのポジションを新しい織り姫に奪われるなんて……」

『お前にはメジャーで活躍する資質がない。織り姫になる資質もない』

ダブルでジャッジを突きつけられたようで、たまらなく辛いのだという。

「織り姫って、そんなに栄誉のあるものなんですか」

「ええ、私にとって織り姫はなによりも憧れの存在だったんです。私、物心がついてから中学一年の冬まで、パンパンに太ってて……そのせいで、酷いいじめに遭っていたんですけど……」

そっと差し出されたスマホを覗き込んで見ると、画面にはまん丸な顔をした、ぷくぷくの少女がはにかんだ顔で目を伏せていた。

「え、これ、もしかして……」

「子どものころの私の写真です。引いちゃいますよね。仮にもアイドルが、こんな姿をしていたなんて」

「引いたりしませんよ！　このころだってかわいいですし、それに頑張ってダイエットしたってことですよね？　それってすごいことだと思います」

精いっぱいフォローしたつもりだった。だけど七星さんの表情は暗く沈んだままだ。ぎゅっと眉根を寄せ、激しく首を振る。

「そんなにいいものじゃないんです。本当に。辛くて辛くて、毎日、死ぬことばかり考えてて……中一の春に不登校になって、一年近く引きこもっていたんです」

自室に籠もってネットを見たり、漫画を読んだりして過ごしていたとき、あるアイドルの動画が目に留まったのだという。

「平塚出身で、織り姫に選ばれたのをきっかけに、アイドルになった人なんですけど。その人も小中学生のころ、太っているせいでいじめられてたっていうんです。悔しくて、みんなを見返したくて、ダイエットを頑張ってアイドルになったって。私、その人の歌う歌が大好きで、いつか、彼女みたいにステージに立てたらいいなぁって思って、必死でダイエットしたんですよ」

その人が自分を勇気づけてくれたように、いつか自分も誰かを勇気づけることのできるアイドルになりたい。織り姫になりたい。そう思い、今まで頑張ってきたのだという。

「七星さんの好きなアイドルって……」

「間宮彩音（まみやあやね）さんです」

間宮彩音。芸能人に疎いぼくでも知っている、とても有名なアイドルだ。

「確か、間宮さんって……」

「乳がんで、一昨年（おととし）の夏、亡くなりました」

享年二十六歳。トップアイドルの訃報に、メディアが連日、彼女の話題を取り上げていた。ニュースサイトも電車の中吊り広告も、彼女の姿を見ない日は一度もなかった。

「きっとまだたくさん、やりたいことがあったはずなのに……」

いちばん辛かった時期に、支えになってくれた人。七星さんは、若くしてこの世を去った彼女の分も、みんなを勇気づけられるようなアイドルになりたかったのだという。

「彩音さんみたいに、なりたかったのに……。私にはその力はありませんでした」

「だから、記憶を消して欲しいんですか？」

「アイドルでいたい、織り姫になりたいって想いを、忘れてしまいたいんです……。この先、織り姫を見るたびに、新メンバーに差し替わったシャイニーエンジェルスを見るたびに、心が張り裂けそうになる。そんなの、耐えられそうにないんです」

目尻に涙を溜めて、彼女は震える声で訴えた。

「そんなに辛いのなら、お前も織り姫コンテストに出て、優勝すればいいじゃないか」

ぼそりと呟いた怜に、七星さんは困惑した眼差しを向ける。

「む、無理ですよっ……私じゃ務まらないから、新メンバーを選ぶわけですし……」

「まあ今のお前なら、確かに無理だろうな」

怜が即答すると、七星さんはぎゅっと唇を噛みしめて俯いてしまった。

「ちょ、ちょっと怜……」

二人の間に割って入ろうとしたぼくを無視して、怜が続ける。

「しかし、見た目なんてものは、努力次第で幾らでも磨くことができる。少なくとも俺には、お前の容姿が、他のメンバーと比べて著しく劣っているようには見えない」

「お世辞なんか、いってくださらなくても……」

「俺が世辞をいうように見えるのか。だとしたら、お前は相当、人を見る目がないな」

そっけない口調でいうと、怜はスマホの画面を七星さんに突きつけた。

「『織り姫セレクションの一次審査は動画配信サイトで行う』と書いてある。ネットでの審査なら、偽名で登録することも可能なんじゃないのか」

「偽名で登録なんて……無茶ですよ。バレたら大変なことに……っ」

「記憶を消すってのは、己の一部を『殺す』のと同じことだ。ましてやお前にとって『アイドルでいたい。織り姫になりたい』という願いは、なにより大切にしてきたものなのだろう。そんな大切なものを失うこと以上に、無茶で大変なことなんて、他にあるのか」

七星さんの瞳から、ほろりと涙がこぼれ落ちる。

「だけど、私だってことがバレたら……」

「バレないようにすればいい。女ってのは化粧で化けることができるのだろう」

「化けるっていっても、限界がありますよ……」

「安心しろ。その限界を突破できる、凄腕の技術者を知っている」

怜は形のよい唇を吊り上げ、おもむろに誰かに電話をかけた。

一時間後、カウンセリングルームに二人の人物がやってきた。ひとりは、モデルのような長身の美女で、もうひとりは……。

「いやぁん、この子、本当にかわいいわ。素材がいいと、メイクのしがいがあるわねぇ」

野太いのに、語尾にピンク色のハートマークが見える雄叫(おたけ)びをあげる大柄な男性を前に、思わず後ずさる。

「えぇと、彼は……」

水色のウィッグにド派手なメイク、たくましい胸筋ではち切れそうなキャミソールと、お尻の筋肉を包む短いショッキングピンクのホットパンツ。目の前の人物をどう呼ぶべきか悩み、『彼』と口にすると、隣に立つ美しい女性がさりげなく訂正した。

「『彼女』よ。エイミーはね、神奈川全域に何店舗もニューハーフパブや飲食店を展開している、やり手のMTFなの」

「MTF？」

「『Male-to-female』。私たちみたいに『心は女の子、身体は男の性で生まれてきた乙女』のことを、そう呼ぶの」

「私たち……？」

首を傾げたぼくに、怜がぼそっと呟いた。

「ぱっと見、美女に見えるかもしれないが、こいつもエイミーと同じだ」

「ええと、この方は……」

「ハルの幼なじみ。こいつの兄貴とウチの姉貴が結婚してるから、義理の兄貴でもある」

「姉貴でしょ、姉貴！　怜、眞凜お姉さまって呼びなさい！」

眉を吊り上げるその人は、すらりと手足が長く、小麦色の肌をしている。髪も瞳も色素が薄く、ほっそりした顔は化粧っ気がないのにとても華やかで、長いまつげと大きな瞳が印象的だ。髪を無造作にひとつにくくり、露わになったうなじはなだらかな弧を描いていて、どこからどう見ても女性にしか見えない。

「あら、君、だいぶ顔色がよくなったわね。肌つやもいいわ。しっかり眠れたのね」

長い手を伸ばし、彼女はぼくの頬に触れる。

「どこかで、お会いしましたっけ……？」

こんなに目立つ容姿の人。一度見たら絶対に忘れなそうだ。

「ふふ、よく眠っていたものね、響希ちゃん。覚えていないのも無理ないわ。私はね、あなたが熱中症で倒れたときに診察に来た医師よ。榊（さかき）眞凜。よろしくね」

「えっ、医師?!」

シンプルな白いタンクトップとデニムのホットパンツ。美人でスタイルがいいから、モデルや美容関係など、華やかな仕事のひとかと思ったのに。医師だなんて意外だ。

服装や容姿はまったく似ていないけれど、とても仲のよい友人同士のようだ。OHANAにもよく二人で遊びに来るのだ、と彼女たちはいった。

外見のインパクトは破壊力大だけれど、エイミーさんのメイクの腕前は抜群だった。

ブラシを動かすたびに、七星さんの控えめな顔だちが、まばゆいばかりの輝きを放ち始める。決して化粧が濃かったり、派手だったりするわけじゃない。けれども、白い肌は真珠のような艶をまとい、唇はもぎたてのサクランボのように、瑞々しい薄紅に色づいている。

「すごい……！」

「どんなに男らしいマッチョもたちまち美女に変えるミラクルテクニックで日々鍛えてい

るからね。アタシの手にかかれば、二次元のキャラクターにも負けない、パーフェクトな美少女になるわよ！」

つけまつげたっぷりの目でウィンクした彼、もとい彼女のメイク技術が、繊細かつ計算し尽くされた素晴らしいものであることは事実だ。

いったいどんな魔法を使ったのだろう。少し癖があった七星さんの黒髪はサラサラのストレートになり、天使のわっかのような光を放っている。

「お洋服も持ってきたわよ。ほら、向こうで着替えてきなさい」

エイミーさんに促され、七星さんは別室でコスチュームに着替えてきた。

胸元に大きなリボンをあしらったギンガムチェックのセーラー服をまとい、頭に同じ柄のリボンをつけて戻ってきた彼女は、カウンセリングルームの鏡の前で呆然と呟いた。

「なんだか、私じゃないみたい……」

「あなたみたいにちょっと控えめな顔だちの子のほうが、メイクやコスチュームで大きく化けることができるのよ。特に、自信がなくていつも俯いているような子はね、こうしてきれいにメイクしてあげると、生まれ変わったように美しくなるの」

ふふ、と微笑むエイミーさんの笑顔が、なぜだか愛らしく見えてくるから不思議だ。

身長はカイさんと同じくらい――おそらく一メートル九十センチを超える長身で、顔だちだって男らしいタイプに見えるのに。だからこそ、血のにじむような努力をして、女性らしくしているのかもしれない。彼女の施すメイクは、自分に自信が持てず、サナギに閉じこもっていた七星さんを、見事に美しい蝶へと変身させた。

「七星さん。これならきっと、大人気になりますよ！」

柄にもなく興奮気味に叫んだぼくに、怜が冷ややかな視線を向けてくる。

「オーディションは動画で行われるんだろう。幾ら見栄えをよくしたって、歌や踊りがイマイチなら、相手にされないぞ」

「七星さんはアイドルだったんだから、歌も踊りも得意に決まってるよ！」

メイクアップされた自分の顔を信じられないような目で見ながら鏡とにらめっこしていた七星さんが、消え入りそうな声で呟く。

「いえ……実は、どちらもあまり得意ではなくて。本当に恥ずかしいのですが、私がクビになったのは、外見だけでなく、アイドルとしての素養が足りないせいでもあるんです」

しょんぼりと肩を落とした七星さんに、エイミーさんがにっこりと笑顔を向けた。

「ダンスだったら、アタシ、教えることができるわよ」

エイミーさんは、経営しているパブで行われるショータイムの総合プロデューサーも務めているのだそうだ。スタッフに、ダンス指導もしているのだという。

「それに怜ちゃんはクムフラっていって、フラダンスの先生だからね。立ち居振る舞いや身体の使い方は、この子がきっちり指導してくれるはずよ」

「よかったですね、七星さん」

ほっとして七星さんに告げると、怜に呆れた顔をされた。

「なにを他人事みたいにいってるんだ。歌はお前が教えるんだぞ」

「えっ、無理だよ。ぼく、声楽科じゃないし。歌なら怜が教えればいい。あんなにすごい歌を歌えるんだから、適役だろ」

「馬鹿をいうな。俺の歌は、西洋音楽じゃない。お前は音楽高校に通っているんだろう。西洋音楽の専門家じゃないか」

「響希くん、音楽高校に通っているんですか？　すごい！」

七星さんが、メイクでキラキラ増量中の熱い眼差しを向けてくる。ぼくはしどろもどろになりながら後ずさった。

「音高っていっても、ピンキリだから……」

今通っている音楽高校は、私立のなかではレベルが高いといわれているけれど、母の母校である藝高に入れていない時点で、ぼくは彼女から見たら『失敗作』同然だ。

合格発表当日、ガッツポーズを決める受験生や、嬉し泣きして抱き合う母子の隣で、いつまでも見つからない受験番号を探し続けていた母の姿が脳裏によみがえる。右腕がずきずきと激しく痛み、こらえきれず前屈みになったぼくの肩に、冷たい手のひらが触れた。

「リラックス。何度いえばわかるんだ」

ガチガチに硬直した肩を軽く揺すり、怜は脱力させるように腕や肩甲骨まわりをさすってくれた。

あんなにも痛かったのに。怜に触れられると、すうっと痛みが消えてゆく。性格は最悪だし、大嫌いだけれど、痛みから救われると、自然と感謝の気持ちも芽生えてくる。

「あら怜、珍しいわね。あなたが家族以外の誰かを気遣うなんて。雪が降りそうだわ」

「これはウチの従業員なんだ。体調を崩されると、こき使えなくて困る。それだけだ」

面倒くさそうに眞凜さんに反論し、怜はふいっと背を向けて部屋を出て行こうとした。

「待ちなさいよ、怜。この子の指導は」

「指導をするにしたって、まずはエイミーからだ。エイミー、夕方には店に帰らなくちゃいけないんだろ。俺はその後でいい」

ふてくされた声で答えた怜の姿に、眞凜さんは目を細める。

「なんだかんだいって、周りを思いやれるいい子なのよね、怜は。響希ちゃん、怜と仲よくしてあげてね」

「いや……こっちから歩み寄ろうとしても、全力で拒絶されているような……」

「そうかしら。響希ちゃんのこと、あの子なりに大事にしていそうよ」

失礼なことばかりいうやつなのに。兄弟だけでなく、義理の姉にまで心配されている怜を、無性に腹立たしく思った。

音楽に関わることなんか、正直にいえば絶対にしたくない。だけど協力を拒めば、ハルさんは母にぼくが自殺しようとしていることをバラしてしまうだろう。そうなれば、母は夢だったハリウッドでの仕事を失い、二度と渡米できなくなるかもしれない。

「それに……七星さん、放っておけないよなぁ……」

いじめに遭いながらも、必死でダイエットを頑張り、アイドルを目指した七星さん。今は亡き、間宮彩音のようになりたいという彼女の夢を、できることなら叶えてあげたい。

歌唱指導をするには、正確な音程が取れる楽器が必要だ。翌日、ぼくはレッスンで使うためのキーボードをとりに、自宅マンションに戻った。

二度と帰るつもりのなかった場所。エントランスの扉を解錠するためにスマホをかざすとき、少し指が震えた。見慣れたエレベーターが、よそよそしく感じられる。押し慣れたボタンを押し、最上階、二十八階に向かう。

「ピアノ専攻のぼくが歌唱指導なんて、畑違い過ぎなんだけどな……」

自信がないけれど、やるからには少しでも役に立てるよう、頑張ろう。

低声用のコンコーネしかないけど、移調したら使えるだろうか。子ども向けのほうがいいかな。階数表示を目で追いながら、必要な教本を頭のなかでピックアップしてゆく。

久しぶりに足を踏み入れた自宅。当然だけど、しんと静まりかえっている。むっとする熱気にめまいを起こしそうになって、何日も閉めきっていたリビングの窓を全開にした。

すべての窓が厳重な二重サッシの、防音完備の部屋。楽器練習には最適だけれど、物音ひとつしない空間は、なんだかとても落ち着かない。生まれたときからずっと防音室のなかで生きてきたのだから、慣れているはずなのに。たったの数日間、にぎやかなＯＨＡＮＡで過ごしただけで、こんなにも無音を息苦しく感じるようになってしまった。

息苦しさから逃れるように、冷蔵庫から取り出したミネラルウォーターを一気に飲み干す。窓から入り込む新鮮な空気に幾分落ち着いて、キーボードが置かれている母の部屋に向かった。

「勝手に入って、ごめん」

分厚い遮光カーテンを開くと、キーボードやミキサー、パソコンが所狭しと並んだ、作業部屋のような寝室が露わになった。

（確か、クローゼットのなかだよな……）

いらないキーボードがあるから好きに使っていい、と以前、母にいわれたことがある。

「あった。たぶん、これだ。この赤いやつ」

持ち運びを重視して61鍵モデルを買ったものの、鍵盤が足りないストレスに耐え兼ね、母はすぐに同じ機種の73鍵モデルを購入し直した。用済みになった61鍵は、こうしてクローゼットで眠っているのだ。

「うう、重い……」

持ち上げてみると意外とサイズが大きくて、ずっしりと重い。よろめいた拍子に、クローゼットの脇に積み上げられた靴箱の山をひっくり返してしまった。

「まずい……！」

急いで拾い上げ、積み直そうとしゃがみこむと、クローゼットの最奥に、古めかしいトランクが置かれているのに気づいた。色あせた革製の鞄は、鮮やかな色を好む母の趣味から、かけ離れているように感じられる。

「なんだろう、これ……」

人の持ち物を勝手に見るなんてダメだ。そう思いながらも、どうしても好奇心に抗うことができなかった。クローゼットの外に引きずり出し、おそるおそるトランクを開けてみる。すると、なかにはCDやDVD、リサイタルのフライヤーや雑誌、新聞の切り抜きを集めたスクラップブックがぎっしりと詰めこまれていた。

「同じ人のばっかりだ。母さん……この人のファンだったのかな」

切り抜きは、すべての記事がきちんと時系列順に並んでいた。そのピアニストの受賞や初のリサイタル、CDデビュー、そして……。最後のページを開き、息を呑む。

「この人、死んじゃったんだ……」

十七年前の新聞記事に目を走らせる。華々しい過去の誌面とは違い、死亡の事実だけを伝える、写真さえない小さな記事だ。見てはいけないものを見てしまった気がして、慌ててスクラップブックをトランクのなかに押し戻す。

忘れよう。そう思うのに、ひと目につかないようにトランクにひっそりと詰めこまれていた記事やCD、フライヤーに書かれていた『浅茅環（あそうたまき）』という名は、脳裏に焼きつき、離れなくなった。

重たいキーボードと卓上スピーカーを背負い、覚束ない足取りで江ノ島へと戻る。

帰りの電車内、無意識のうちに、浅茅環の名をスマホの検索画面に打ち込んでいた。

十七年も前に亡くなったピアニストだけれど、名前が珍しいせいか、たくさんの動画がヒットした。ロシアの作曲家、ショスタコーヴィチの楽曲を好んで弾いていたようだ。特に『24のプレリュードとフーガ』の演奏が多い。

イヤホンから流れてきた音に、全身の毛がぶわりと逆立つ。

すごい。いや、すごい、なんて言葉じゃ足りない。静かな曲なのに、旋律に思いきり頭をぶん殴られたような、激しい衝撃が走った。呼吸をするのも忘れ、夢中で彼の奏でる音色に耳を傾ける。いったいなぜ、こんなにも心を揺さぶる音が出せるのだろう。

二十年以上前に撮影された、あまり画質がよいとはいえない動画。それなのに、ぼくの心に、彼のピアノは驚くほど鮮やかに刻み込まれてしまった。

「響希にーちゃ、その人、誰?」

OHANAに戻った後、寝室として使わせてもらっている二階の部屋で、畳に寝転がり、スマホで浅茅環の演奏動画を観ていると、「キーボード見せて!」と入ってきた翔太に不思議そうな顔をされた。

「昔、活躍していたピアニストだよ。ずっと前に亡くなってしまったみたいだけど」

「ふーん。ボク、てっきり響希にーちゃのお父さんなのかと思っちゃった」

予想外の言葉に驚き、手元のスマホを凝視する。

「だってその人、響希にーちゃにそっくりだよね」

「似てる、かな……？」

顔の部分をズームしてみると、確かに少しだけ、目鼻だちが似ているような気がした。だけど、自分の父親がピアニストだったなんて、そんな話、一度も聞いたことがない。

「気のせいじゃないかな……」

浅茅のＷｉｋｉｐｅｄｉａを見たけれど、彼には婚姻歴はなく、独身のまま亡くなったと書かれていた。

「そっくりだよ。顔だちもだけど、表情や雰囲気？　うん。雰囲気がすごく似てる」

クローゼットの片隅に、ひっそりと置かれていたトランク。だから母は、ぼくの目のつかない場所に、浅茅環に関するものを隠していたのだろうか。

他人のそら似だ。頭からぬぐおうとしても、ひとたび浮かんだ疑念は、どんなに頑張っても消し去ることができない。演奏が終わって、やかましいＣＭが流れ始めた。スキップボタンを押そうとするのに、指が震えてうまく押せない。彼の動画は観たくない。それなのに、気づけば『もう一度再生する』の文字に指が吸い寄せられていた。

「響希くん、翔太。ごはんだよ！」

ふすまの向こうから、ハルさんの声がする。急いでスマホをポケットに突っ込み、「今行きます！」と答えた。

OHANAの二階。初めての歌唱レッスンにやってきた七星さんは、ぼくが手渡した楽譜を見るなり、不安げにきゅっと肩を縮ませた。

「すみません。実は私、楽譜が読めなくて……小学生のころから、音楽の授業が大の苦手だったんです」

恥じているのか、どんどん俯いてゆく七星さんを励ましたくて、明るく声をかける。

「大丈夫ですよ。音符が読めないなら、カタカナでふりがなを振ります。音符というのは、音の高さを目で見えるようにビジュアル化したものなんです。五線の下に行けば行くほど音が低くなり、上に行けば行くほど高くなる。次の音が今歌っている音より高くなるか低くなるか。高くなるのなら、どれくらい高くなるのか。音符の行方を目で追いながら歌えば、音符が読めなくても、感覚的にわかるように作られているんですよ」

「私でも、わかるようになりますか……？」

「なりますよ。課題曲を練習する前に、まずはドレミの歌を歌ってみましょう」

「小学生の歌う歌で、レッスンするんですね……」

ショックを受けているのだろうか。七星さんは残念そうに目を伏せる。

「子どもの歌だからって、侮れませんよ。音の高さを勉強するのに最適なんです。音程を覚えるのは、友だちの声や名前を覚えるのと同じ。何度も聴いて歌えば、身体にしみついて忘れなくなります。一度覚えれば、どんな歌も正しい音程で歌えるようになりますよ」

音楽が苦手なせいで、気弱になって、しっかりした声を出せない七星さん。そんな彼女の歌唱力を向上させるには、自信をつけさせてあげることが肝心だ。

「まずは歌詞ではなく、ぼくが書いたカタカナ、ドレミで歌ってください。どー。どー、どー、この音が最初に覚える音です。ドの音をしっかり覚えるところから始めましょう」

ぎゅっと拳を握りしめ、彼女は小さく深呼吸する。張り詰めた表情から、とても緊張しているのだということが伝わってきた。

「緊張しなくて大丈夫です。ここにはぼくと七星さんしかいない。どんなに音を外したって、誰も笑う人はいません。力を抜いてっていっても、難しいと思うので。まずは大きく腕を回して、深呼吸しましょうか」

ラジオ体操の深呼吸のポーズみたいに、大きく腕を動かしてみせる。真剣な表情で、七星さんはぼくの真似をしてくれた。

「それじゃあ、声を出してみましょう。どー、どー、どー、はい」

彼女はすがるような目をしながらも、「どー」と鍵盤の音に合わせて声を出す。小さくて震えているけれど、音程はそこまで狂っていない。

「その調子です。とってもきれいですよ。どー、どー、どー。どーンれみー、どーンれみー。最初のフレーズは、ドからミへの移動です。どー、みー、どー、みー。その移動の途中にレがあります。休符のあるところは、この記号はン、こっちのひょろっとしてるのはウン。最初のうちは休符も声に出したほうが、リズムの取り方を覚えられますよ」

リズム感強化のために休符を加えてアレンジしたドレミンの歌。メトロノームを鳴らして伴奏しながらいっしょに歌い、彼女に拍子の概念と音程を覚えさせてゆく。戸惑いながらも、彼女はぼくの指導についてこようと、精いっぱい頑張ってくれた。

ダンスと歌のレッスンを立て続けにこなし、疲れ果ててしまったようだ。ぐったりした七星さんを、江ノ島駅まで送っていくことになった。

「わあ、とってもきれい！」

沿道に並ぶ灯籠に瞳を輝かせ、七星さんが歓声をあげる。

七月下旬から八月の終わりにかけて開催される『江ノ島灯籠（とうろう）』。島内各所に1000基もの灯籠が設置され、美しい光に島全体が彩られる、ロマンティックなイベントだ。

ふだんなら日没後は人気（ひとけ）のなくなる島内が、浴衣姿の観光客でにぎわっている。江島神社の境内やサムエル・コッキング苑内もライトアップされ、夜店のような華やかさだ。

石段の続く細い路地を二人でゆっくり歩く。建物の狭間から、青い光に包まれた展望灯台シーキャンドルを眺めることができる。華やかに輝くまばゆい灯台と、淡くやわらかな光を放つ灯籠たち。その対比がたまらなく美しく感じられた。

「羨ましいです。江ノ島には人気のあるイベントがたくさんあって……」

「七星さんの地元にはないんですか？」

「市外から多くの人が集まるイベントは、七夕まつりくらいですね……。その七夕まつりも、昨年や一昨年は中止になってしまって……」

都内に出るにも、ＪＲ東海道線一本で乗り換えなし。交通の便がよいため、ベッドタウンとして住宅は多いが、工場の撤退や景気低迷の影響で、駅前の商店街は活気を失いつつあるのだという。

「同じ海沿いの街でも、川向こうの藤沢や茅ヶ崎と比べると、平塚は人気があるとはいい難くて……行政上は間違いなく『湘南』エリアなんですけど、周りの市からは『自称湘南』『エセ湘南』なんて、からかわれることもあるんですよ」

そのことをプロデューサーの神林から揶揄され、「地元をかばおうとすると、余計にいやみをいわれたんです」と彼女は悲しげに目を伏せた。

「確かに人気の観光地がたくさんある、藤沢や茅ヶ崎のような華やかさはないかもしれません。でも、とってもいい町なんですよ。公営のきれいなビーチパークがあって、桜や紅葉の楽しめる大きな公園もある。都内に行きやすい割に、海も山もありますし。豊かな自然と、適度に栄えた街のバランスが最高なんです」

芸能人とは思えないくらい大人しい七星さんが、熱のこもった声で語り始める。生まれ育った町を、心から愛しているのだろう。瞳をキラキラさせて熱弁する彼女は、いつにも増して輝いて見えた。

「湘南シャイニーエンジェルスの一員として、もっとたくさんの人たちに、地元のよさを伝えたかったんです。それなのに、私に実力がないせいで……」

「七星さんがアイドルになった理由は、ご当地愛もあったんですね」

　今回の織り姫セレクションの出場条件は通常より対象年齢が低く、神奈川在住、または在学中の十四歳から十八歳までの少女。メジャーデビューがかかっていることもあり、川崎や横浜など、都市部からのエントリーが圧倒的に多く、地元平塚の応募者は、現在誰も上位には食い込めていないのだという。

「このままだと、地元出身じゃない織り姫が誕生する可能性が高い、ってことですか」

「ええ、織り姫は本来、地元のＰＲのためのものなのに……。ただアイドルとしてデビューしたいだけの子が、その座を射止めてしまう可能性が高いんです」

　元々は湘南エリアの活性化のために結成された、ご当地アイドル『湘南シャイニーエンジェルス』。メジャーデビューを機に、その存在がまったく違うものになってしまうことが、彼女はとても寂しいのだそうだ。

「絶対に勝ちましょう。勝って、七星さんの地元愛を、たくさんの人に届けるんです」

「ＯＨＡＮＡのみなさんにこんなに協力していただいているのに……アイドルをクビになるような私に、本当にできるか不安です」

　悲しげな顔で微笑み、七星さんは力なく肩を落とす。

　彼女を見ていると、腕の故障で打ちのめされた自分の姿と重なる。悲観してこの世を去ろうとしたぼくと違い、七星さんは挫折を味わいながらも、夢を諦めることなく再挑戦しようとしている。なんとかして優勝させてあげたい、と、心の底から思った。

オーディション本番に向けて歌やダンスのレッスンに取り組むのと同時に、配信サイトに魅力的な動画を投稿し、応援してくれるファンを増やさなくてはならない。本番までに生歌を向上させるとして、動画の歌声は、デジタル技術で補正する必要がある。

「音程補正ソフトって、色々あるんだなぁ……どれがいいんだろう」

閉店後のＯＨＡＮＡのカウンターで、ノートパソコンの画面を凝視するぼくの隣に、ずいっとハルさんが近づいてきた。相変わらず距離感が近い。ぼくはさりげなくハルさんから離れた。

「苦戦しているみたいだね。専門家に聞いてあげようか？」

「え、ハルさん、音楽に詳しい知り合いがいるんですか？」

「僕ね、ハワイ島に二軒、マウイとオアフに一軒ずつ、レストランを持ってるんだけど。本土からのお客さんが多くてね。音楽関係の仕事をしている人も結構いるんだ」

「そんなにたくさんお店を持ってるんですか?!」

「うん。この店は七号店。本土にも二店舗あるからね」

さらっとすごいことをいいながら、ハルさんはスマホで誰かにメッセージを送る。

「あ、返事来たよ。今、時間あるって。相談してみる？　響希くん、英語話せたっけ」

「少しなら」

ハルさんはぼくのノートパソコンを覗き込むと、音声通話アプリに自分のＩＤとパスワードを入力し、通話ボタンを押す。画面に映る人の姿を見て、ぼくは絶句した。

「ちょっと待ってください。この人は……！」

新曲をリリースするたびに全米ヒットチャート第一位を独占し続ける、世界でもトップクラスの超有名アーティストだ。

「彼、ウチの常連なんだよ」

にっこり微笑み、ハルさんは画面の向こうのスーパースターに親しげに話しかけた。

「ほら、響希くんもおいで」

「え、あ、あっ……な、ないすとぅーみーちゅー！」

思いっきりカタカタ発音で挨拶してしまい、かぁっと頬が熱くなる。神さまのような存在のアーティストを前に、あわあわと慌てふためくぼくの代わりに、ハルさんが音程補正ソフトに関して、色々と質問してくれた。

聞きたいことが山ほどあったのに。大好きな曲を作ったアーティストを前に完全に舞い上がってしまい、情けないことに『I'm a big fan of yours!』と告げるのが精いっぱいだった。


午前中は店の手伝いをしながらハルさんから魅力的な笑顔の作り方を学び、午後はエイミーさんや怜、ぼくからダンスと歌を学ぶ。七星さんがＯＨＡＮＡに通うようになって、十日が経った。

最終オーディションの行われる七夕まつりまであと三日。今日は織り姫セレクション、予選結果発表の日だ。一人で結果を見るのが怖いといって、七星さんは朝からOHANAに来ている。カフェの仕事を手伝いながらも、気になって仕方がないようだ。壁掛け時計にチラチラと視線を送っている。彼女の緊張が伝播してきて、ぼくまでドキドキしてきた。

「十時だよ！　結果発表の時間だ」

階段を駆けおりてきた翔太が叫ぶ。七星さんは笑顔でお客さんにパンケーキをサーブした後、緊張した面持ちで厨房に戻っていった。結果が気になり、彼女の後を追う。

「どうでしたか？」

こちらの問いに答えることなく、七星さんは無言のままその場にしゃがみこむ。俯いて小刻みに震え続ける彼女に代わって、ハルさんが教えてくれた。

「予選突破だ。しかも二位だよ！　やったね、七星ちゃん」

動画配信サイトで行われる人気投票。スマホでチェックすると、上位七名まで決勝に進むことができるその予選で、七星さんは二位にランクインしていた。

「すごい！　おめでとうございますっ」

「七星ねーちゃ、おめでとう」

ぼくや翔太がお祝いの言葉を告げると、彼女は声を押し殺して泣きだす。

「今日は盛大にお祝いしないとね。ダイエット中でも安心してお腹いっぱい食べられる、低カロリーでおいしい料理をたくさんごちそうするよ」

ハルさんにやさしくいわれ、七星さんは喉をぐっと詰まらせ、とうとう小さな女の子みたいに声をあげて泣きじゃくった。

閉店後のＯＨＡＮＡ。テーブルいっぱいに並んだ料理に、七星さんは瞳を輝かせる。

今日のメニューはシーフードづくしだ。この店の隠れた人気メニュー、ハワイ料理の『ロミロミサーモン』――新鮮なトマトと生のサーモンを交ぜてレッドオニオンや唐辛子を加え、ハワイ産の自然塩で味つけしたシーフードサラダで、さっぱりした味わいが夏にぴったりの一品だ――や、炭火でこんがりと炙った『アヒ（マグロ）のステーキ』。蟹（かに）のほぐし身を丸めてハンバーグのように焼いたジューシーな『クラブケーキ』に、三種の地魚を使った塩味、醤油味、ワサビ醤油味の『ポケ』。新鮮なレタスの上にざく切りのトマトやアボカド、ガーリックシュリンプやコーン、ゆで卵を載せた『ハワイアン・コブサラダ』など、彩りがよく、おいしそうな料理が勢揃いしている。

「すみません。私なんかのために……」

申し訳なさそうに何度も頭を下げる七星さんに、ハルさんは人差し指を左右に振る。

「『私なんか』って言葉は感心しないな。一生懸命頑張る君を見てきたから、全力でお祝いしたいって思ったんだよ。僕だけじゃない。エイミーさんや怜、響希くん、ここにいる皆が心から君を応援してる。投票したファンの人たちだって、きっと同じ気持ちだ」

「ありがとうございますっ。とっても嬉しいです……」

七星さんが深々と頭を下げたそのとき、「すみません」と店の外から誰かの声がした。

引き戸を開くと、三十代半ばくらいの眼鏡をかけた会社員風の男性と、帽子を目深に被ったほっそりした少年が立っていた。

「この店にシャイニーエンジェルスの七星さんによく似た少女が出入りしている、という噂を耳にしたのですが……」

まずい。もしやストーカー気質のファンだろうか。慌てて扉を閉めようとして、素早く少年に阻止されてしまった。

「七星。七星、いるんでしょ！」

思っていたより、ずっと高い声だ。細身なのにとても力が強く、あっというまに扉をこじ開けられて店内に突入される。

「桃杏奈！」

七星さんが、飛び込んできた人物を目にして驚きの声をあげる。

「もあな……？」

「彼女に見覚えありませんか。江ノ島出身、シャイニーエンジェルスのセンター、磯谷（いそがい）桃杏奈ですよ」

桃杏奈と呼ばれた少女が帽子をとる。栗色の、さらりと美しく長い髪が肩にこぼれた。

「わ、ポスターの人だ！」

島内の至るところに貼られている、水着姿の美少女のポスターを思い出す。写真とまったく変わらない美貌に驚愕し、まじまじと彼女の姿を見つめたぼくに、桃杏奈さんはにっと唇の端を上げて微笑んだ。

「サインを欲しがってもダメよ。今はそれどころじゃないの。ねえ七星、織り姫セレクションにエントリーしている『姫那』って、あんたでしょ」

図星を指され、七星さんがびくっと身体をこわばらせる。

「大丈夫、そんな怯えた顔しないで。あたしはあんたを責めに来たんじゃない。むしろ逆よ。あんたを優勝させるために来たの」

きっぱりと言い切ると、彼女は隣に立つ会社員風の男性に視線を向けた。

「この人、中川さんはね、平塚市の職員で、織り姫セレクションの責任者なの」

中川さんが名刺を差し出すと、七星さんは助けを求めるように、ぼくらをふり返る。

「七星、一位の子の動画、観た？　あの、香月遥香って子」

「観たよ。すっごくかわいい子だよね……？」

おずおずと答えた七星さんに、桃杏奈さんは大きなため息を吐いた。

「あれ、大手芸能事務所の会長の孫娘なの。神奈川在住なんて大ウソ。家は松濤。渋谷生まれの渋谷育ちよ。通ってる学校も都内のお嬢さま学校だし、アルバイトもしてない。織り姫セレクションの『神奈川在住または在学』って要件を満たしていないの」

「どうしてわざわざ都内の子が、決まりを破ってまで参加してるのかな。アイドルのオーディションは幾らでもあるのに……」

「今年の七夕まつりは、全国同時に行われることになってるの、七星も知ってるよね。織り姫セレクションの最終審査が、公共放送で大々的に生中継されることになってるのよ」

　一昨年、昨年と七夕まつりの中止が相次ぎ、三年振りに行われる今回。八月七日、旧暦の七夕にいちばん近い週末に、各地の七夕まつりを、全国ネットの公共放送で七時間にわたって放映するのだという。

「仙台や平塚、安城は特に規模が大きいから、中継の枠も長めに用意されているの。中継の大トリ、エンディング曲を新生シャイニーエンジェルスが務めることになってるのよ」

「すごい。メジャーデビュー決定と同時に、いきなり全国放送デビューするんですか」

　香月遥香の祖父は大手芸能事務所の会長。祖母も母も著名な女優で、父は広告代理店の役員だという。彼女を華々しくデビューさせるための道具として、プロデューサーの神林は、『シャイニーエンジェルス』や今回の『全国一斉七夕まつり』を利用しようとしているのだ。あこぎなやり口に眉をひそめていると、ハルさんや怜も不快感を露わにしていた。

「誰が優勝するか、最初から決まっているってことですか」

「このオーディション自体、神林が仕組んだデキレースなのよ。そうよね、中川さん」

　桃杏奈さんに同意を求められ、中川さんは重々しく頷く。

「七夕まつりが盛り上がるならと、さまざまな要求を呑んできましたが、ここまで来るとやり過ぎですよ。神林プロデューサーは我々に、八百長に加担するよう強要したんです」

　毎年七月に行っていた七夕を八月に変更されたことや、本来の織り姫セレクションの選考方法や選考基準を変更されたことだけでも、地元からは猛反発の声があがっていた。中川さんを始め、実行委員は事態を重く受け止めるようになったのだという。

「オーディションの決勝に進出が決まったのは、香月遥香と七星、残りの五人は横浜や川崎在住よ。湘南在住は、あんた以外、誰も残っていないの」

「湘南在住……平塚の私も、湘南在住を名乗っていいのかな」

「今さらなにいってんのよ。湘南シャイニーエンジェルスとして、ずっといっしょに活動してきた仲間じゃない。あんたの地元愛、私、何気に尊敬してんのよ」

「でも、決勝進出前に身分照会があるよね？　本名を明かしたら、私だってことがバレて失格になっちゃうんじゃないかな……」

怯え顔の七星さんを励ますように、中川さんが胸を張る。

「大丈夫です。僕がなんとかします。予選通過者への連絡や事務手続きは、実行委員に一任されているんです。神林氏に知られることなく、あなたを決勝のステージに立たせてみせます。どうか素晴らしいパフォーマンスで、八百長を阻止してください」

「八百長を阻止って……そんなこと、できるんですか」

ぼくは疑問を口にする。オーディション要項に『最終選考は来場者による投票と審査員の加点によって決まる』と書かれていた。現時点で負けている上に、審査員の加点という不透明な上乗せが行われるシステムでは、七星さんに勝ち目はないのではないだろうか。

「神林氏は投票数も操作する気でいます。ですが、観客の生の声までは、絶対に誰にもコントロールすることができません。七星さん、ご存じですか。シャイニーエンジェルスのファンが、あなたの脱退に怒りを感じていることを」

　中川さんが差し出したスマホに、SNSのタイムラインが映し出される。『受験勉強に専念するために脱退します』と発表された七星さんの引退が、実は新プロデューサー神林による一方的な解雇であること。神林が七星さんを目の敵にし、パワハラを行っていたことが記されている。

「芸能ニュースの記者のふりをして、私が匿名でリークしたの。それが一気に拡散して、ファンの間で『俺たちの七星を返せ！』って声があがっているんだよ」

　ぐっと身を乗り出し、桃杏奈さんが叫ぶ。

　派手さのない、控えめな容姿の七星さん。けれども、連日のレッスンで顔を合わせてきたからわかる。内面のやさしさがにじみ出た、おっとりした言動やファンに対する細やかな心配りに、熱狂的なファンがついているのだろう。

「私たちメンバーも七星を返せ！　って怒ってんの。平塚市の職員さんだってそうよね。七星、地元のPRすっごく頑張ってたもの。職員の人たちからも人気があるんでしょ」

「ええ、僕ら職員だけじゃありません。七星さんがPRしてくれた農家や漁師の方たち、職人さんや商店街の方たち、みんな七星さんのことが大好きなんですよ」

　七星さんの瞳から、ほろりと涙が溢れ出す。

「私は……熱心に応援してくださるみなさんや、いっしょに頑張ってきたみんなのことまで、忘れようとしていたんですね……」

「今さら気づいたか。いっただろう。記憶を消すことは、自分の一部を殺すことだと。苦しいからといって、安易にしていいことじゃない。辛いことだけでなく、楽しかったことや嬉しかったことも全部、なくしてしまうことになるんだからな」

怜の言葉に、七星さんはえぐっとしゃくりあげながら頷く。細い肩を震わせる七星さんを、桃杏奈さんがぎゅっと抱きしめた。

「七星、これ、あんたにあげる」

七星さんを抱きしめたまま、桃杏奈さんは器用にポケットをまさぐり、なにかを取り出す。

「なに、これ……」

ストラップに、円形のチャームがぶらさがったそれを、桃杏奈さんは七星さんの手のひらに乗せた。

「これはね江島神社の『美人守』よ。チャームの種類ごとに御利益の内容が違うんだけど、これは『美笑守』」

「『美笑守』?」

不思議そうな表情で、七星さんは手のひらの上の御守りを見つめる。

「そう。まわりのひとたちを幸せにする。魅力的な笑顔が身につくよう願う御守りよ」

桃杏奈さんの言葉を噛みしめるように、七星さんはゆっくりと目を閉じた。

「私たちアイドルにとって、いちばん大切なもの……だね」

囁くような声で、七星さんは呟く。桃杏奈さんは、にっと笑って頷いた。

「そうよ。スタイルのよさでも、顔の美醜でもない。アイドルにとって重要なのは、ファンのみんなを幸せにする、明るい笑顔なの。『この子の笑顔を見たい』『この子を見ていると、自分まで元気になれる』そう思って貰えるような笑顔でいることが、いちばん大事な仕事なんだよ」

ぎゅ、と御守りを握りしめ、七星さんは力なく首をふる。

「私には……そんな魅力はない。桃杏奈みたいに、キラキラ輝けないんだよ」

掠れた声で告げた七星さんの両肩を、桃杏奈さんは、ぎゅ、と掴んだ。

「生まれたときからキラッキラな人間なんて、世の中には誰ひとりとしていない。がんばって磨くことで、輝けるの。——七星。アンタに必要なのは、今よりスレンダーな身体でも、はっきりした目鼻立ちでもない。『自信』だよ」

「そんなの、持てるわけないよ。私には……桃杏奈みたいな特別な魅力、なにもないんだよっ……」

涙声で訴える七星さんの頬を、桃杏奈さんは、むいっと掴む。

「魅力があるかどうか決めるのは、私たち自身じゃない。神林でもない。ファンのみんなだよ。——七星、目を覚まして」

強い声音でいわれ、七星さんは、なにかを堪えるように、唇を噛みしめる。

元々、自分に自信の持てなかった七星さん。神林から浴びせられる罵声が、余計に彼女から笑顔を奪っていったのだろう。

「私は、あんたの笑顔、大好きだよ。優しさや、周りのひとへの思いやりや、精いっぱい頑張る心が滲み出てる。あんたの笑顔を見てると、ホッとするんだ。きっと、ファンのみんなも同じ気持ちだよ」

桃杏奈さんはスマホの画面を、七星さんに差し出した。

七星さんの肩越しに、そっと覗き見ると、そこには七星さんを恋しがる、ファンのひとたちのメッセージがずらりと並んでいた。

「――桃杏奈さんのいってること……ぼくにも、わかるかもしれません」

余計なことかもしれない。だけど、伝えずにはいられなかった。

ためらいながら告げたぼくを、七星さんはふり返る。

「芸能界のこと、ぼくにはよくわからないし……確かに尖った魅力っていうか、誰もが見惚れるような華やかさも大事かもしれない。だけどそれとは別に、見ていると心が癒やされる、あったかな気持ちになれる笑顔をくれるひとにも、強く惹かれると思うんです。七星さん、ＯＨＡＮＡの手伝いをしているときも、いつだっていっしょうけんめいで、お客さんのこと、すごく考えてて……そういうひたむきさって、周りを幸せにしてくれるんですよ」

「私が、周りのひとたちを……幸せに？」

戸惑いの浮かんだ顔で、七星さんは、おずおずとぼくを見上げる。

「そうよ、七星。私も、いっつも癒やされてるもん。あんたの笑顔には、周りを幸せにする力がある。お願い。シャイニーエンジェルスには、あんたが必要なの。必ず戻ってきて！」

御守りごと、ぎゅっと七星さんの両手を握りしめると、桃杏奈さんはじっと七星さんを見つめた。

七星さんの頬を、ほろりと涙が伝う。泣き笑いの顔で、彼女は微笑んだ。

「戻り、たいよ。ずっと、みんなのそばにいたい……お別れなんて、いやなの」

「私も嫌よ。七星のいないシャイニーエンジェルスなんて、シャイニーエンジェルスじゃない。メンバーもファンも、みんなそう思ってるよっ」

えぐっとしゃくりあげ、七星さんは桃杏奈さんを見つめる。

「でも、それにはオーディションに勝たなくちゃ、ダメなんだよね……」

「大丈夫。勝てるよ。あんたなら、勝てる」

おまじないを唱えるみたいに、桃杏奈さんはくり返す。

黙って二人のようすを眺めていた怜が、ゆっくりと口をひらいた。皆の視線が、怜に集中する。

「教えられることは、すべて教えた。歌もダンスも姿勢も、格段に向上している。この女のいうとおり、あとは自信を持ってステージで己の力を出し切るだけだ。残り三日間、俺たちはお前の不安が消えるよう、できるかぎりのことをしてやる」

いつもどおりの飄々（ひょうひょう）とした声。だけど怜の眼差しには、いつになく強い光が宿っている。冷淡な性格に見えて、心の奥に熱い気持ちを秘めているのかもしれない。

相変わらずの仏頂面だけれど、無愛想さのなかに、ほんの少し、いつもとは違う温かみを感じるような気がした。

「お願いします。後のことは、僕たち実行委員がなんとかしますから」

深々と頭を下げる中川さんを一瞥し、怜はそっけない口調でいった。

「泣くな、女。目が腫れたらどうする。食事が終わったら、ファンへの感謝の動画を撮るぞ。投票したやつらに、最後までしっかり媚（こび）を売っておけ」

相変わらずの口の悪さだけれど、七星さんのためを思っていっているようだ。

「頑張りましょう、七星さん。ラスト三日。歌も踊りも最高の状態に仕上げるんです！」

彼女のためにできること。全力でサポートしたいと心から思う。

「ありがとうございますっ……。私、絶対に最後まで諦めません。全力で挑みますっ」

七星さんは涙を浮かべながらも、満面の笑みで頷いた。

七夕まつり当日、ぼくらはカイさんの運転するワゴン車で平塚に向かった。

せっかく有名な七夕まつりに来たのだから、七夕飾りを見てみたかった。だけど、まつりのメイン会場である平塚駅周辺は大規模な交通規制がしかれ、近寄ることさえできない。

「七夕飾り、車のなかからじゃ見えないいんですね……」

ワゴン車の二列目の席、怜の隣でがっくりと肩を落としたぼくに、七星さんといっしょに最後列に座った桃杏奈さんが、タブレットを差し出してくれた。

「公共放送とは別に、地元のケーブルテレビ局が、七夕の中継番組をやってるよ。そっちの番組はね、タブレットやスマホでも見られるの」

画面に映し出されたのは、巨大な七夕飾りがずらりと並ぶ、平塚駅前の商店街のようすだった。

「わ、すごくカラフルなんですね！」

ピンク、緑、黄、青……。極彩色の吹き流しが、画面一杯に映し出されている。思わず声をあげたぼくに、七星さんが教えてくれた。

「八月に行われる仙台の七夕と違って、平塚の七夕は例年、梅雨明け前の七月七日前後に行われるんです。だから、雨が降っても大丈夫なように、発色のよいビニール素材が使われているんですよ」

和紙を使い、伝統的な飾りを主軸に据えた仙台の七夕とは対照的に、平塚の七夕は、雨に強いカラフルなビニール素材を使い、斬新な形の創作飾りが多いのだそうだ。

七夕の象徴ともいえる、サラサラと風に揺れる『吹き流し』だけでなく、青森のねぶたのように、立体的で巨大な灯籠型の飾りやオブジェが、たくさんあるように見える。

「これ、夜は光るんですか」

「ええ、光るわ。平塚の七夕はね、日中よりもライトアップされる夜が本番なの。だから、提灯や灯籠型の飾りが盛んなのよよ。あとはね、時事ネタや地元愛に溢れたものが多いのも特徴よね、七星」

「そうなんです。地元サッカーチームのチームカラーを使った、青と緑の飾りは、たくさんある笹飾りのなかでも毎年、すっごく目立っていますし、チームのマスコットをかたどった灯籠や、選手の写真がプリントされた巨大なパネル、サッカー以外にも、その年に活躍したスポーツ選手や有名人の飾りが、ずらりと並んでいるんです」

画面に目をやると、国際宇宙ステーションに長期滞在中の日本人宇宙飛行士や、世界大会で優勝した水泳選手の似顔絵の描かれた飾りが、視界に飛び込んできた。

「アーケードの屋根より高い場所に、飾りが飾られているんですね。ぼく、てっきりアーケードの下に飾り付けをしてるのかと思ってました」

「平塚の飾りは雨に強いから。屋根の下に収まるように作る必要はないんです」

二車線の道路を歩行者天国にし、左右に連なる商店街のアーケードから空に向かって突き出すように笹飾りが並んでいる。道幅いっぱいに頭上を埋め尽くす絢爛な笹飾りを、歩行者は見上げながら鑑賞するようだ。

カラフルで巨大な無数の笹飾りが、青空に揺らめく姿は圧巻だ。タブレットの画面越しに見ても、その迫力が伝わってくる。ますます、実物を見てみたくなってきた。

「平塚の七夕に来ると、『夏が来る！』って感じがするよねぇ。梅雨の終わりを告げる象徴なのよね、七夕まつりは」

ぼくが返却したタブレットを受け取り、桃杏奈さんは隣に座る七星さんに視線を向ける。

「七星のいないシャイニーエンジェルスは、梅雨空みたいに味気なかったよ。今日のステージで、うっとうしい雨雲を吹き飛ばそう。青空を取り戻すんだ」

えぐっとしゃくりあげた七星さんに、怜の鋭い声が飛ぶ。

「泣くな、女。目を腫らした状態でステージに上がる気か」

無関心なようで、ちゃんとぼくらの話に耳を傾けていたのだろう。

七星さんはハンカチで目元を押さえ、「泣きません！」と気丈に答えた。

「そうよ、七星。泣くのはオーディションを突破して、シャイニーエンジェルスに戻ってきてから。絶対に勝ちなね！」

気合いの入った表情で、桃杏奈さんは七星さんにこぶしを突き出す。七星さんは瞳を潤ませながら、こつん、と自分のこぶしを、桃杏奈さんのこぶしに重ね合わせた。

オーディション会場は平塚駅から車で十分弱。地元プロサッカークラブのホーム、巨大なオーロラビジョンを備えた平塚競技場だ。

一万五千人を収容できるスタジアムに、ぎっしりとシャイニーエンジェルスのファンや地元の人たちが詰めかけている。

「すごい熱気ですね……！」

バックヤードからスタンドを眺め、ぼくは思わず叫んだ。

「どうしよう。すっごく不安になってきたよ……」

怯えた顔でため息を吐く七星さんの頬を、桃杏奈さんが軽く小突く。

「大丈夫よ。今のあんた、最高にかわいいから。絶対に誰にも負けない。センターの私がいうんだから、間違いないわ」

この日のためにエイミーさんが用意したのは、織り姫をイメージした中華風の可憐な衣装だった。髪も艶のある黒髪を活かして織り姫風に結い、美しい髪飾りで彩られている。

「ほら、好物の都（みやこ）まんじゅうでも食べて落ち着きなさい」

桃杏奈さんが、紙に包まれたなにかを差し出す。包みを開くと、こんがりときつね色をした、丸い焼き菓子が並んでいた。大判焼きに似ているけれど、サイズは小振りで、表面にひとつひとつ焼き印が入っている。七夕の絵や、女の子のイラスト。どれもほっこりするような、素朴な手描き風の絵だ。

「なんですか、これ」

「都まんじゅうっていって、平塚市民のソウルフードなんですよ。もちもちの生地のなかに、やさしい甘さの白あんが入ってるんです。一個三十八円、その場で焼きたてを食べさせてくれるから……甘い匂いにつられて、ついつい買っちゃうんです」

七星さんは手を伸ばしかけ、きゅ、と唇を噛んで引っ込める。

「やっぱり、やめておく。大好きだけど、食べたら太っちゃうし……」

「大丈夫よ。こんなちっちゃなお菓子、一曲踊ったらすぐに消化されちゃうから」

都まんじゅうをつまみあげ、桃杏奈さんは七星さんの口のなかに、むぐ、と放り込む。

「うぅ、おいしい……！」

へにゃっと笑顔になった七星さんの頬に、かわいらしいえくぼができる。桃杏奈さんは、えくぼをツンと軽くつつき、にっこりと笑った。

「あんたは笑ってるときがいちばんかわいいいんだから。甘いもの食べて、笑顔で頑張ってきなさい」

もぐもぐと都まんじゅうを食べ、七星さんは潤んだ瞳で桃杏奈さんを見上げる。

「ありがとね、桃杏奈。桃杏奈もステージの準備、あるよね。行かなくて大丈夫？」

「そろそろ行く。ステージで待ってるから。勝ち抜いて、私たちのもとに帰ってきて！」

ハイタッチを求めるように手のひらを広げた彼女に、七星さんはそっと自分の手を重ね合わせる。ぎゅ、と七星さんの手を握り、桃杏奈さんは去っていった。

「俺たちも行くぞ。出番だ」

怜に声をかけられ、七星さんは緊張した面持ちで頷く。動画ではごまかせても、生で対面すれば、彼女の正体はバレてしまう。神林や他の関係者に見つかったときに備え、ぼくと怜は七星さんをステージ脇まで護衛した。

特設ステージへと上る階段。ここから先は出場者しか入ることができない。祈るような表情で目を閉じた彼女に、怜が『リラックス』と声をかけた。

「大丈夫だ。お前ならできる」

いつになくやさしい言葉に、七星さんは小さく微笑む。

「頑張ってくださいね！　ぼくらも、ここで応援していますから」

もっと気の利いた言葉をかけられたらいいのに。頑張って、としかいえない自分の不器用さがもどかしい。

「ありがとうございます。練習の成果、発揮してきます！」

ぺこりと頭を下げ、彼女は怜仕込みの美しい姿勢で、ゆっくりと階段を上っていった。


課題曲のイントロがスタジアム内に響き渡る。いよいよ七星さんがステージに立つときが来た。中川さんに導かれ、怜とともに、スタッフ以外立ち入り禁止のバックステージに向かう。ズン、と身体に響く重低音。きらびやかなサウンドに、七星さんの声が重なる。

「エントリーナンバー四番、姫那です。よろしくお願いいたします」

ぺこりと頭を下げた彼女の姿が、巨大なオーロラビジョンに映し出される。髪型や服装、メイクの力で外見の印象は大きく変わったけれど、声はすっぴんのままだ。モニター越しの遠目に見ても、審査員席の神林の表情がこわばるのがわかった。

立ち上がった神林が、ステージ上のスタッフを呼びよせ、険しい顔で耳打ちしている。

イントロが終わり、七星さんの歌声がスタジアムに響き渡る。

音程補正ソフトを通さない、生の歌声。特訓の甲斐あって、音程は安定している。歌声を耳にして、神林は確信を抱いたようだ。勢いよく立ち上がり、スタッフに詰め寄る。

「姫那の正体に気づいたの、神林だけじゃないな」

スマホの画面を差し出し、怜が呟く。SNSのタイムライン上に、『七星ちゃん?』『え、本人?　七星ちゃんの妹?』『本人だろ』とファンの呟きが溢れている。

「止めろ。音楽を止めろ!」

バックステージに神林の怒声が轟く。彼の侵入を阻止しようとした中川さんが、荒々しく突き飛ばされた。神林が強引にミキサーに手を伸ばす。音響スタッフの抵抗も虚しく、ステージから音が消えてしまった。

「おい、響希、行くぞ!」

「え、なにをするつもり?!」

「いいから、来い!　あの女を助けるんだ」

怜はぼくの左腕を掴み、ステージに向かって駆け出す。戸惑いながらも必死で走った。

バックトラックだけでなく、マイクの電源も落とされてしまったようだ。無音のステージと、スタジアム内を飛び交うざわめき。色とりどりの七夕飾りに彩られたステージの中央で、放心したように七星さんが立ち尽くしている。オーロラビジョンが暗転し、ステージを照らすライトまで消えた。混沌としたスタジアムに、アナウンスが流れる。

「ご来場中のお客さまにお知らせいたします。ただいま、機材トラブルのため、パフォーマンスを一時中断させていただいております。まもなく再開いたしますので、お席にお座りのままお待ちください」

もしかしたら、このまま彼女のパフォーマンスをなかったことにするつもりかもしれない。不安になったそのとき、怜がステージ脇に置かれたピアノを指さした。

「ピアノだ。響希、あのピアノで伴奏しろ！　この女に、最後まで歌わせてやるんだ！」

「む、無理だよっ……。マイクやスピーカーなしじゃ、客席まで音が届かない」

歌声なんか、ピアノ以上に小さい。ライブハウスならまだしも、ここは巨大なスタジアムだ。どんなに大きな声で歌ったって、最前列の観客にさえ聞こえないだろう。

「問題ない。スマホがある。リアルタイムに配信して、SNSで拡散させるんだ」

怜はスマホを頭上に掲げ、七星さんのもとに駆け寄った。

「響希、早く弾け。神林が戻ってくる前に！」

もつれる足で走り、グランドピアノの前に座る。小さく深呼吸して、そっと指を置き、久々のピアノの感触を味わう間もなく、弾き始めた。急がなくては。イントロを最短にアレンジし、八小節で歌に入る。七星さんに通じるだろうか。ピアノの音色にありったけの思いをこめて目線で合図を送ると、彼女はちゃんとぼくの意図を理解してくれた。

ふたたび、七星さんの声がステージ上に響き渡る。あんなにも、自信なげで不安定だった彼女の声。今は堂々としていて、聴く者の心にまっすぐ届く。

彼女の声を届けなくちゃ。できるかぎり魅力的に。支えなくちゃ。気持ちよく歌えるように。その一心で、ピアノの音色を紡いでゆく。

ちゃんと届いているだろうか。客席の皆に。スマホを通して視聴している全国のファンに。サビに入る前の短いブレイク。怜が客席に向かって声を張り上げた。

「スタジアムにいるみんな、スマホの音量を最大にしてくれ！」

観客席で、スマホ越しに視聴してくれている人たちに向かって、叫んでいるようだ。

音が聞こえてきた。スマホのスピーカーが奏でる小さな音。けれども、それが数百、数千になって、音のうねりが生まれ始める。

「な、な、せ！　な、な、せ！」

彼女を呼ぶ声が、ステージにまで聞こえてきた。スピーカーの奏でる音と、そこかしこからあがる声援。七星さんの歌声が、涙に歪む。

「なにをしている。やめろ！」

神林の怒声が轟く。警備員を引き連れてやってきた彼に、中川さんを始め、織り姫セレクションのスタッフ腕章をつけた人たちが立ちはだかった。もみ合いになる彼らに、いつのまにかステージによじ登ってきたカイさんや彼の同僚たち、エイミーさんや眞凜さんが加勢した。

スタジアムの歓声が、より大きなものに変わる。声援、手拍子、スマホから流れる音楽。すべてが一体化して、巨大な音の波が押し寄せてくる。

「七星！」

バックステージから桃杏奈さんたち、シャイニーエンジェルスのメンバーが駆け寄ってきた。歓声がさらに大きくなる。観客が総立ちになって、叫び続けている。

七星さんの声に、他のメンバーの歌声が重なる。スポットライトのない、真っ暗なステージ。喝采のなか、彼女たちは歌い続けた。

少しでも遠くまで届けたくて、鍵盤を思いきり叩くせいで、激しく腕が痛む。だけど、やめるわけにはいかなかった。せめてこの歌を歌い終わるまで、ちゃんと弾き続けたい。

彼女たちの歌声が、どこまでも届くように。スタジアムいっぱいに響き渡るように。必死になって、ぼくは弾き続けた。

神林が通報したのだろうか。警備員だけでなく、警察まで駆けつけてきた。ステージに怒号が飛んで、だけどカイさんたちが必死で彼らを引き留めてくれた。こんなことをしたら、みんな無事じゃ済まない。だけど今さら、やめることなんてできない。

最後のサビに入ったそのとき、撮影を続けていた怜が、警官に羽交い締めにされた。

「怜!」

ぼくも、ピアノから引きはがされた。手足をばたつかせて暴れたけれど、どんなに頑張っても逃れられない。あと少しなのに。もう少しで歌い終わるのに。シャイニーエンジェルスのメンバーたちも次々と警官に捕獲されてしまう。

スタジアムから彼女たちの歌声が消えた。代わりに、野太い歌声が響き渡った。まるで地響きのように、スタジアム全体を駆け回る。

びりびりと刺激する歌声の津波に、さぁっと鳥肌がたった。どんなに止めようとしたって、一万五千人の大合唱を止めることはできない。サビを歌い終わっても、みんな歌うのをやめようとしない。彼らの声に合わせ、ステージ上の七星さんたちも歌い始めた。

彼女たちの歌は届いたのだ。スタジアムを埋め尽くす観客の心に。画面越しにこのステージを見守るたくさんのファンに。

配信動画のコメント欄が、熱い声援で埋め尽くされる。聞こえるはずのない、この場にいない人たちの声までもが、スタジアムいっぱいに響き渡ったような錯覚をおぼえた。

スタジアムがとてつもない一体感に包まれたそのとき、オーロラビジョンに映像が映し出された。どこかの会議室だろうか。織り姫セレクションの打ち合わせの映像のようだ。テロップつきの動画。神林が一方的に八百長を強いる発言に、スタジアムがどよめきに包まれる。場面が切り替わったかと思うと、今度は神林が七星さんに暴言を吐くシーンが映し出された。醜い言葉が、画面上を流れてゆく。口汚く罵り続ける神林の姿に、ぼくを羽交い締めにする警官の腕の力がゆるんだ。

スタンドの歌声が、より大きくなる。七星コールが、そこかしこで飛び交っている。

突如、まばゆいスポットライトがステージを照らし出した。イントロが流れ、音響スタッフとおぼしき若い男性がメンバーのもとに駆けつけてなにかを配る。ピンマイクだろうか。ステージの中央に立った桃杏奈さんが、ＰＡ越しに客席のファンに呼びかけた。

「こんなことをしたら、メジャーどころか、二度と表舞台に立てなくなるかもしれないってわかってる。でもね、私たちシャイニーエンジェルスは、七星なしじゃダメなの。他の誰でもない、七星がいなくちゃダメなんだよ！」

桃杏奈さんの声に、地響きのような野太い歓声が重なる。

「だからお願い。これが最後になるかもしれない私たちの歌を、最後までちゃんと聴いて欲しい。今日のステージは撮影可よ。世界中に、私たちの歌を拡散して！」

「お願いします。私たちの歌を、届けてください！」

桃杏奈さんといっしょになって、七星さんも叫ぶ。ふだんは控えめな彼女の、心からの叫び。ぼくは涙が溢れてしまいそうになった。泣きそうになったのは、ぼくだけじゃない。配信動画のコメント欄に、泣き顔の顔文字や声援が怒濤のように押し寄せる。

スタジアムを埋め尽くす人たちも、総立ちのまま、声を張り上げている。

イントロが終わり、七色の歌声がスタジアムいっぱいに響き渡る。割れんばかりの喝采のなか、彼女たちは七人揃って、最高の輝きを放ち続けた。


「かんぱーい！」

OHANAの店内に、にぎやかな歓声が溢れる。

七星さんを始め、湘南シャイニーエンジェルスのメンバー全員と、エイミーさん、眞凜さん、カイさんの同僚まで駆けつけ、店内はとてもにぎやかだ。

「このままだとメジャーデビューの話、なかったことになっちゃいますよね。本当によかったんですか」

スタジアムでのステージ。無事に最後まで歌い終えたものの、その後が大変だった。オーディションは中止され、公共放送でのお披露目も中止。中川さんも打ち上げに誘ったが、彼は今も現地で後処理に追われているらしい。

　ぼくの問いに、桃杏奈さんは、にっと微笑んで答えた。

「いいのよ。七星なしのシャイニーエンジェルスなんてありえない。八百長するような男、今後も悪事をやめないもの。大体、あの男、私たちに枕営業させようとしてたのよ」

「絵に描いたようなクソ野郎ね！」

　形のよい眉をひそめ、眞凜さんが吐き捨てる。

「芸能事務所やテレビ局、レコード会社の幹部、著名な映画監督や写真家。勝手に飲み会をセッティングされて、ホテルに付き合わされそうになったの。セクハラも酷かったし、ほんと、縁が切れて清々したわ」

　ビールに手を伸ばそうとした桃杏奈さんの手を、ハルさんがやんわりと掴む。

「未成年はお酒を飲んではダメです」

「飲みたい気分なの！」

「桃杏奈、ＯＨＡＮＡのレモネードすっごくおいしいよ。お砂糖を使わず、蜂蜜の自然な甘みだけを加えているから、カロリーも低いんだって。お肌にもすごくいいんだよ」

　七星さんに勧められ、桃杏奈さんは渋々ビールから手を引っ込める。

「だけど、こんな騒動になって、あの子、大丈夫かな。香月遙香さんだっけ、一位になる予定だった子」

　心配そうな顔をする七星さんに、桃杏奈さんはレモネード片手に答える。

「無問題（モーマンタイ）。あの子ね、今、私たちと同じ高校三年生なんだけど、卒業後はアメリカの大学に留学して、脚本の勉強をしたいんだって。『アイドルにも女優にもなりたくない。ハリウッド映画の脚本家になるんだ！』って、どんなに主張しても、家族から反対されて、無理やり日本の芸能界に入れられそうになっていたの」

「そうだったんだ……。恵まれたおうちで羨ましいなって、私、勝手に思っちゃってたけど……香月さんも苦労していたんだね」

「うん。八百長を阻止してもらえて助かったって、めちゃくちゃ喜んでるよ。見て」

桃杏奈さんの差し出したスマホ。香月遙香さんから、感激して涙を流すウサギのスタンプとともに、彼女たちへの感謝がつづられていた。

「よかった……アイドルになりたかったのに、その夢を壊しちゃったんじゃないかって、すっごく不安だったんだよ」

涙ぐむ七星さんを、桃杏奈さんはぎゅっと抱きしめる。

「七星は本当にやさしいね。大丈夫。行き当たりばったりでしたことじゃない。周囲の人たちにちゃんと話を通してしたことなの。だから七星はなにも心配しなくていいんだよ」

桃杏奈さんにハグされ、余計に泣けてきたようだ。えぐっとしゃくりあげながら、七星さんはメンバーの皆を見つめた。

「私のせいで……みんなまで巻き込んじゃって、ごめんね」

「私たちこそ、もっと早く決断してあげられなくてごめんね」

メジャーデビューと、七星さんを失うこと。メンバーたちもその二つの間で、とても揺れていたのだそうだ。

ずっとソロで弾いてきたし、同級生も友だちというより、みんなライバルだったから。同じ目標に向かって頑張れる仲間がいるってすごいな、と少しだけ羨ましくなった。

「いいよ、また一からやり直そう。今はメジャーに行かなくたってさ、ちゃんとファンと繋がっていられるんだ。ライブハウスを借りて、自分たちでライブをしようよ」

「貸してくれるかな……出禁になったりしない？　神林さんが手をまわして……」

「あの男に、そこまでの力はないだろうよ。見ろよ、ほら」

怜が差し出したスマホには『アイドルオーディション八百長疑惑、事務所はいっさい関与せず』という見出しのニュース記事が掲載されていた。

あっというまに日本中に拡散された、神林プロデューサーの悪事。芸能事務所やレコード会社はこの件にいっさい関与していない、神林が独断で行ったことだ、と声明を出したと書かれている。現在詳細を調査中、別のプロデューサーを立て、予定どおりシャイニーエンジェルスをメジャーデビューさせるとコメントしていた。

「関与せず、なんて大ウソよね。だってあいつら、神林とべったりだったもん」

「今さら『予定どおりデビューさせます』なんていわれてもね。あんな事務所からデビューしたくないわ」

現在の事務所からのデビューにはまったく未練がないようだ。メンバーたちはスマホを一瞥すると、テーブルの上の料理に目を輝かせた。

今日のメニューは伝統的なハワイの宴、『ルアウ』をイメージしたごちそうだ。

タロイモの葉で豚肉と銀だらを包み、さらにティーリーフの葉で包んで蒸し焼きにした『ラウラウ』や、低温でじっくり熟成させたほろほろの塩豚『カルアピッグ』、ショートリブを天日干しして作る『ピピカウラ』や『ロミロミサーモン』、パイナップルやマンゴーを散りばめたココナッツミルクのデザート『ハウピア』。それらの伝統料理とともに、新鮮な地物野菜を使った彩り鮮やかなサラダや、コラーゲンたっぷりで美肌に効くオックステールスープなどが所狭しと並んでいる。

「頑張ったから、今日だけはお腹いっぱい食べていいよね」

「どうぞ召し上がれ。どの料理もOHANA流にヘルシーにアレンジしてありますからね。お腹いっぱい食べても、なんの問題もありません」

ハルさんににっこりと笑顔を向けられ、彼女たちは歓声をあげて料理に飛びつく。

「ほら、七星、食べなさい。今日の主役はあんたなんだから」

みんなから皿いっぱいに料理を盛られ、七星さんはぽろぽろと涙を溢れさせた。

「すごいわ。怜の撮ったライブ動画、ものすごい勢いで拡散されてる」

スマホを手に興奮する眞凜さんに、エイミーさんが相づちを打つ。

「まとめサイトやネットニュースにも取り上げられているわね」

「ちょっと、フォロワーの増え方、えげつないんですけど！」

料理を詰めこんでリスのようにパンパンに頬を膨らませたまま、桃杏奈さんが叫ぶ。

「他の事務所から、スカウトとか来ちゃうかもね」

「もういっぱい来てるよ！『七人揃ってうちに来ませんか』ってＤＭが殺到してる」

嬉しそうにシャイニーエンジェルスのメンバーが、互いのスマホの画面を見せあう。

「ごめんね。本当に……ありがと……」

泣きじゃくる七星さんを、メンバー全員が、ぎゅーっとハグする。彼女たちのそんな姿に、見ているぼくまで少し泣けてきてしまった。

Interlude②

七星さんたちが帰った後、静かな店内で片づけをしていると、スマホが震えた。

無視したけれど、応答を催促するように、ひたすら震え続ける。母からの着信だ。面倒になって、とうとう通話ボタンを押した。

『もしもし、響希？』

「ぼく以外の人間が、ぼくあての着信に出るわけないだろ」

そっけなく答えると、『相変わらず、かわいげのない子ねぇ』と呆れた声でいわれた。

「で、なに。まだ仕事中なんだけど」

『こんなに遅くまで仕事？　まだ高校生なのに、カフェで住み込みのアルバイトだなんて……。無理に働かなくていいのよ。欲しいものがあるなら、いいなさい』

「無理なんかしてない。お金が欲しくて働いてるわけじゃないし」

『身体、辛くない？　ちゃんと休めてる？』

「別に。っていうか、用件、なに。忙しいんだ」

『ああ、ごめんね。あのね、もう少しで、仕事が一段落つきそうなの。日本に帰れるのよ。

お土産、なにがいい』

「なにもいらない。じゃあ、切るから」

『待って。もう……あなたはどうして、いつもそんなにそっけないの』

責めるような口調でいわれ、なんだか無性に腹がたった。

「そっちこそ。ずっと隠し事をしていただろ」

『隠し事？　いやあね。私、あなたに隠し事をしたことなんか、一度もないわよ』

「嘘ばっかり。『浅茅環』。ぼくの、父親なんだろ」

スマホの向こうの母が口を噤む。通話が途切れたかと思うくらい、長い沈黙が続いた。

「なんで話してくれなかったんだ。こんな大切なこと。帰ってくるなら、勝手に帰ってくればいい。ぼくは会わないからな。母さんになんか、二度と会わない！」

かっとなって叫び、一方的に通話を切る。スマホをポケットに突っ込んだ後、皆の視線がぼくに集まっていることに気づいた。

「響希くん……」

心配そうな顔をしたハルさんと、冷ややかな眼差しを向けてくる怜、なにか問いたげに見つめてくるカイさん。気まずさに目をそらしたくなる。

「ガキだな。母親相手に、感情的になって怒鳴り散らすなんて」

「うるさい。お前に、ぼくたち親子のなにがわかるっていうんだっ」

怜をにらみ返すと、小馬鹿にしたように笑われた。

「お前たち親子のことは知らない。だが、お前の言動が馬鹿げていることはわかる。十七にもなって、意地張って。お前はいったい母親になにを期待しているんだ？」

ポケットのなかのスマホが震え続ける。また母からの着信だろう。うっとうしすぎてどうにかなりそうだ。

「出ろよ、ガキ。ママに謝れ」

「うるさいっ！」

怜に掴みかかろうとして、右腕に激痛が走る。

「っ――」

腕を押さえてしゃがみこむと、怜に早口の英語で捲(まく)し立てられた。聞き取れなかったけれど、喧嘩を売られているのだろう。ふらりと立ち上がって、怜に体当たりする。軽々とかわされ、カウンターに右肩を思いきりぶつけてしまった。

「痛いっ……！」

あまりの激痛に意識を失ってしまいそうになる。

「やめとけよ、お前ら。誰が『ガキ』だ、怜。くだらねぇことで響希を挑発するお前もガキ以外の何物でもねぇぞ。ほら、響希、立て」

カイさんに抱き起こされ、ぼくは彼の腕を振り払って怜に掴みかかろうとする。

「いいから大人しくしとけ、響希。眞也(しんや)さん、ちょっと響希の肩、診てやってください」

軽々とカイさんに抱え上げられ、二階へと運ばれてしまった。

「眞也さん、お子さま相手にセクハラしないでくださいね」

「しないわよ、馬鹿！　なにどさくさに紛れて男名で呼んでんのよ。ま・り・ん。私は眞凜よ。カイ、その呼び方直さないと、あんたの減らず口、麻酔なしで縫い付けるわよッ」

眞凜さんに睨みつけられたカイさんは、大げさに肩をすくめた後、ぼくに向き直る。

「響希、悪かったな。怜のせいで嫌な気分にさせちまって」

「別に……カイさんが謝ることじゃないです」

こんなとき、無性に寂しい気持ちになる。怜には無条件に自分を受け入れ、味方になってくれる兄弟がいる。だけど自分には、そんな相手は誰もいない。血の繋がった唯一の家族、母親は、息子より仕事に夢中だ。父親のこともずっと隠されてきた。

「『会おうと思えば会える家族がいるのに、会おうとしない』ってのが、おそらく、怜の腹の虫の居所を悪くしちまったんだよ」

カイさんの眉根が、悲しげに寄せられる。

「誰か、家族にご不幸があったんですか……？　親御さんを、早くに亡くしたとか」

翔太のように、怜も父親を失っているのだろうか。

「親じゃない。けど、同じくらい大切な相手だ。だからこそ、実の親に『会いたくない』なんていう、お前に嫉妬したんだよ」

「嫉妬……？」

いつだって自分を見守ってくれるやさしい兄や、慕ってくれるかわいい弟がいるというのに。なにより嫉妬なんて、怜にはいちばん似合わなそうな言葉だ。

「そういうわけだから。ムカつくだろうけど、怜のこと、許してやって欲しい」

カイさんに深々と頭を下げられ、どんな反応をしていいのかわからなくなった。

兄弟からこんなにも大切にされている怜と、独りぼっちの自分。母は、父のことをなにも話さずに隠していた。世界中で、自分だけが誰からも愛されていないんだって、思い知らされたような気分になる。

手当を終えた眞凜さんが、カイさんといっしょに部屋を出て行く。ひとりきりの寝室。スマホは未だに震え続けていて、ぼんやりした頭で、応答拒否のボタンをタップした。

動画サイトを開き、浅茅環の動画を再生する。こんなときでさえ、自分を作るだけ作って勝手に死んだ男の演奏を聴きたくなる自身に、無性に腹がたった。だけど、腹立たしさとは裏腹に、心は浅茅環のピアノの音色を求めてしまうのだ。

室内を満たすピアノの音色。すっかり脳裏に焼きついた旋律を、畳を鍵盤に見立ててなぞる。

「痛っ……」

痺れて震える指先をぎゅっと握りしめる。いっしょに旋律を奏でる力さえない自分が、なんだか無性に悲しかった。

Interlude ③

ほかほかと湯気をたてる焼きたてのパンケーキ。こんがりきつね色の生地にチョコレートクリームで五本の線を引き、五線紙に見立ててメロディをつづる。ハッピーバースディの文字を書き添え、真っ白な皿に鮮やかなマンゴーのフルーツソースでハイビスカスを描くと、盛大な歓声が起こった。

「お誕生日、おめでとうございます」

にっこり微笑んだハルさんにサービスのミニパフェを差し出され、お客さんの頬が薄桃色に染まる。

「ありがとうございます。すてきなスイーツでお祝いしていただけて、嬉しいですっ」

瞳を潤ませるお客さんの姿に、ぼくまで幸せな気持ちになった。

「響希くんは本当に手先が器用だね。君みたいな子がウチに来てくれて、ありがたいよ」

ハルさんに褒められ、照れくささに頬が熱くなる。テーブル席では、お客さんたちが夢中になって、デコレーションの施されたパンケーキの皿を撮影している。

『#おやすみ処ＯＨＡＮＡ』のタグつきでＳＮＳにアップされたパンケーキの写真が、たくさんの人に拡散されて、それ目当てで来店してくれるお客さんが増えた。照れくさいけれど、役に立てている実感がわいてくる。

「ぼくはただ、小さなころから、ひたすら譜面を書いていただけで……」

作曲家である母は、譜面の書き方に強いこだわりを持っている。今はパソコンでも作成できるのに、彼女は自分の名前が入った特注の五線紙を使い、万年筆で手書きするのだ。

息子のぼくも子どものころから、美しい譜面の書き方を叩きこまれてきた。昨今は廃れ気味だという筆記体を書くのが得意なのも、日々の鍛錬の成果だ。

アルバイトの一環で、見よう見まねで始めたことだけれど、デコレーションしたパンケーキやデザート皿は、SNSであっというまに話題になった。

『文字だけじゃなく、試しに譜面も描いてみたら?』というハルさんのアイデアが大当たりし、メッセージや名前とともに、お客さんの好きな楽曲、思い出の楽曲のフレーズの一部を譜面として描くサービスもやってみたら、人気に火がついた。

「すごいね。お客さんの鼻歌を、すらすらと譜面に書きおこせるなんて」

「いえ……音楽の勉強をしていれば、誰でもできますよ」

腕を故障している今、ピアノは弾けないけれど、培った経験がお客さんを喜ばせているのが不思議だ。二度と使うことのない能力だと思っていたのに。思いがけないところで役に立った。

ぼくの隣で、「俺はできない」と怜が眉間にしわを寄せる。

「そんなに羨ましいのなら、怜、響希くんに譜面の書き方を教えてもらったら？」

怜がぼくに教えを乞うなんてありえない。けれども予想に反し、彼はハルさんの言葉に、素直に頷いた。

「時間に余裕があるときでいい。教えてくれ。一族に伝わる歌を、譜面に残したい」

「え、あ、うん、いいよ」

意外な申し出に戸惑いつつ、ぎこちなく頷く。

「歌って、あのフラレッスンのときに歌ってた歌？」

「ああ、ペレに捧げる歌だ」

「譜面がないってことは、もしかして、誰かから口伝で教わったの？」

「大叔父から教わった。代々、ペレのカフナに伝承されている歌なんだ」

「すごくいい歌だよね。あれ、ハワイの言葉？」

「ハワイ語の、祈りの言葉だ」

つい興味がわいて、怜に色々と質問していると、じっとこちらを見ているハルさんと目が合った。

「なんですか」

「音楽が好きな者同士、話が弾んでるなーって。微笑ましい気持ちになっただけだよ」

「べ、別に弾んでなんて……っ」

「俺は、音楽なんか好きじゃない」

同時に反論したぼくたちに、ハルさんは笑いをこらえながら皿を差し出す。

「君たちが仲よくなってくれてすごく嬉しいけど、冷める前に運んでね」

「だから仲よくなんて……！」

「はいはい、いいから運びなさい」

不機嫌そうに舌打ちして、怜はハルさんから皿をふんだくる。

にこりともせず、仏頂面のままお客さんのもとに向かう怜。それなのに、女性のお客さんたちは頬を紅潮させ、嬉しそうにしているから、ずるいと思う。

「イケメンってずるいですよね……」

「それを僕にいう？」

顔のよさを存分に自覚しているのだろう。おどけたようにいうハルさんにムッとしつつ、手渡された皿を受け取る。

写真撮影を終え、幸せそうにパンケーキを頬張るお客さんたち。彼女たちを眺め、ハルさんは目を細めた。

「響希くんの描くデザートプレート、大好評だね。できることなら夏休みが終わっても、このまま、ここで働いて欲しいな」

ハルさんが微笑まじりにこちらを見たので、思わずトレイを落としそうになった。

死ぬつもりで、この島にやってきた。夏が終わっても、ぼくは生き続けるのだろうか。

ピアノの弾けなくなったぼくに、あの学校での居場所はない。周囲から向けられる、蔑みや憐れみの視線。思い出すだけで、ずきんと右腕が痛くなる。

「響希くんの学校の最寄り駅って、片瀬江ノ島駅から電車で片道一時間くらいだよね。定期代は支給するし、ここで暮らせば、家賃も食費もかからないよ。長期の休みや週末だけお店を手伝ってくれたら、平日は学業に専念してくれて構わない。バイト代も支払うよ」

「やった！　響希にーちゃ、秋からもずっと、ここにいてくれるの？」

「うわっ……！」

いつのまに一階に下りてきたのだろう。さっきまで姿の見えなかった翔太が、どすんと勢いよく飛びかかってきた。受け止めきれずによろめいたぼくを、うっとうしそうな顔をしながらも、怜が支えてくれる。

ツンケンしていて嫌なやつだって思っていたけれど。もしかしたら、そこまで悪い人間ではないのかもしれない。相変わらず目つきは最悪だけれど、なんだかんだで、怜はぼくをフォローしてくれる。

「ハルさんにそういってもらえるのは嬉しいけど……」

一学期最後の日に、この世とお別れする予定だったのに。知らず知らずのうちに、彼らのペースに巻き込まれている。

同級生が次々と結果を出してゆくなか、自分だけがどこにもいけないまま、まともにピアノを弾くことさえできず、同じ場所にうずくまっている。

『一日練習を休めば、取り返すのに三日かかる』という言葉がある。もしそれが本当なら、半年以上、ピアノを休んでいるぼくは、いったいどれだけの年月をかけたら、元の演奏力を取り戻せるんだろう。それ以前に、ぼくの腕が治る日は、本当に来るのだろうか。

「響希くん、大丈夫？　ぼーっとしていたみたいだけど」

すっかり自分の世界に入り込んでいたぼくは、ハルさんの声で我にかえる。

「だ、大丈夫です……っ」

「ならいいけど。親御さんにも相談しなくちゃいけないと思うし、返事は急がないから。じっくり考えてね」

やさしい笑顔でいうと、ハルさんはＯＨＡＮＡ名物、レモン味のマラサダをくれた。

「やったー。マラサダ！　ハルにーちゃのマラサダ、だいっすきー！」

大きな声で歌うように叫び、翔太は大口を開けて、ぱくっとマラサダにかぶりつく。

「うまーっ！」

口いっぱいに頬張り、翔太はほっぺたを押さえて踊りだした。にぎやかだなぁ、とちょっと呆れつつ、ひとくち囓る。

さっくりとジューシーな食感。なかの生地はふかふかでもっちりしている。レモン果汁の爽やかさと、レモンピールのほんのりほろ苦い味わい。

「あれ……いつものと、ちょっと違う……？」

爽やかで夏らしいマラサダに、ピリッとした心地のよい刺激。夕暮れどきに海を眺めながら食べたくなるような、大人っぽい後味だ。

「これ、なにを加えたんですか？」

「違いがわかったかい。いいね、響希くんはよい舌を持ってる。なんだと思う？」

　せっかくハルさんに褒めてもらえたのに。なにが入っているのか、見当もつかない。

　隣で黙々とマラサダを頬張っていた怜が、ぼそりと呟いた。

「ジンジャーだろ」

「もう、怜。教えちゃダメだよ。響希くんに聞いたんだから」

　頬を膨らませたハルさんに、怜が冷ややかな眼差しを向ける。

「三十路（みそじ）を越えた男が、あざとかわいい仕草をするな」

「えっ……ハルさんって三十代なんですか?!」

「あれ、知らなかったの？　僕、三十一だよ。ちなみにカイは二十七。って、僕らの年齢なんかどうでもいいから、食べたらもうひと頑張り。二人とも閉店までよろしく頼むよ」

　ミントを添えたレモン水を持ってきてくれたハルさんに、マラサダでほっぺたをリスのように膨らませたぼくと怜は、無言のままこくっと頷いた。


　夏休みまっただ中ということもあって、今日もＯＨＡＮＡは大盛況だ。トイレと水分補給以外、ほとんど休む時間がなかった。

　最後の客が帰るころには、店の外はすっかり暗くなっていた。メニューボードを片づけるために外に出ると、怜がラストオーダーまで店内にいた女性のお客さんといっしょにいるのが見えた。お客さんは頬を真っ赤に染めて、潤んだ瞳で怜を見上げている。

（もしかしたら、見てはいけない場面かな……）

くるっと速やかに彼らに背を向け、メニューボードを抱え上げる。すると背後から、

「迷惑だ。恋愛ごっこがしたいなら、よそでやってくれ」と冷ややかな声が聞こえてきた。

「そんな……私は本気で怜くんのことが好きなの」

涙まじりに、お客さんは食い下がる。

「迷惑だといっている。何度いえばわかるんだ」

一度や二度じゃなく、何度も告白されているのだろうか。それにしたって、酷い態度だ。もっと相手をいたわって、やんわり断ればいいのに。

「怜くん……っ」

「しつこい！」

すがるような彼女の呼びかけを一蹴すると、怜は看板を持ったまま固まっているぼくの横を素通りして、店内に戻ってしまった。

取り残された彼女が気になり、ふり返ると、その場にくずおれて泣きじゃくっていた。ハンカチを差し出そうとしてポケットのなかを探ったけど、なにも入っていない。

店内に駆け戻り、ハルさんにハンカチを借りて店の外に出ると、彼女はすでにいなくなっていた。

「どうしてあんな酷いこと……」

厨房のハルさんに一部始終を報告すると、彼は小さくため息を吐いた。

「響希くんの気持ちもわかるよ。だけど、怜にも理由があるんだ」

「たとえ理由があったとしても、もう少し言い方とか、考えればいいのに」

素直に納得できず、モヤモヤした気持ちになる。

「響希くんはやさしいね」

「あんな場面を見たら、誰だってどうかしてるって思いますよ」

「うん。どうかしてるんだよ、あの子は。でも仕方がないんだ。好きで周りの人たちを拒絶しているわけじゃない。できればわかってやって欲しいな」

『なんで』と追及しかけ、悲しそうな目をしているハルさんにハッとする。

いつもツンケンしている割に、根は嫌なやつではなさそうに見える怜。なにか、人にはいえないような事情を抱えているのだろうか。

先刻の怜の昏い瞳を思い出していると、ふいに目の前になにかを近づけられた。

「なんですか、これ」

「試作品のポイ・モチボールだよ。食べてみて」

翔太が大好きな、しらすパンに似たひとくちサイズの丸いおやつ。強引に口に近づけられ、はむっと頬張る。もっちりと弾力のある、薄紫色のやさしい甘さの生地から、熱々とろとろの完熟バナナクリームが溢れ出してきた。周りにはココナッツパウダーがまぶしてあって、トロピカルな風味だ。

「熱っ、うぅ、でも、ふっごく、おいしいれふっ……！」

「でしょ。うん、やっぱり僕、天才だな」

小さく口笛を吹き、ハルさんはいたずらっぽく笑う。

これ以上、なにも聞くなというメッセージだとわかった。すごく気になったけれど、ぼくだって自分のプライベートなことを根掘り葉掘り、人づてに聞かれたら嫌だ。

口いっぱいに広がる、こっくりと濃厚なバナナクリーム。ハルさんお手製のおいしいポイ・モチボールを味わいながら、口にしかけた疑問を飲み込むことにした。


その夜、母からメールが送られてきた。ふだんの連絡は、大抵メッセージアプリだ。メールなんて、まず送られてこない。不安になって急いで開くと、そこには謝罪の言葉が記されていた。

『響希、お父さんのこと、隠していてごめんなさい。いつか伝えなくちゃ。そう思いながらも、なかなか伝えられなかったの。不甲斐ない母親で、本当にごめんなさい』

ごめんなさい、と謝るばかりで、どうして隠していたのか、その理由はどこにも書かれていない。画面を閉じかけ、ふと指が止まる。

『今年はお盆にも、帰れなかったわ。こんなこと、あなたに頼むのは酷だってわかってる。だけどもし嫌じゃなかったら……お花を供えてあげて欲しい。とても寂しがり屋な人だったから。会いに行ってあげて欲しいの』

散々隠しておいて、今さらなにをいっているんだろう。今度こそ画面を閉じようとしたのに。指が震えてうまく操作できない。見たくないのに、自然と視線が吸い寄せられる。焼きついて消えてくれない霊園の名前。逃れるように、動画配信サイトのアイコンをタップする。こんなときくらい、他の人のピアノを聴けばいいのに。どうしても聴きたくなって、気づけばぼくは浅茅環の動画のサムネイルに触れていた。

夏の間、OHANAは無休だけれど、ハルさんは週に一度、休息日をくれる。休息日を利用して、浅茅環の墓に行ってみることにした。別に、母に頼まれたから行くわけじゃない。単に、ことあるごとにその霊園の名が頭に浮かび、うっとうしいから行くだけだ。現地に足を運べば、消えてくれるかもしれない。そう思い、スマホのナビを操作する。

「やっぱり、やめておこうかな……」

列車を待つ間、何度もそう考えた。だけど、きっと足を運ばずにいれば、永遠に霊園の名が、頭から消えないだろう。

赤い列車がホームに入線してきた。ためらいながら、乗り込む。

最寄り駅につくまでの間、スマホで音楽を聴いていた。浅茅環の奏でる『24のプレリュードとフーガ』だ。

どうしてこんなにも惹かれるのかわからない。だけど、ふとした瞬間、無性に聴きたくなって、何度も再生ボタンを押してしまう。

自分を作るだけ作って、逝ってしまった人。もし演奏を聴くより先にその事実を知っていたら……先入観から、彼の弾くピアノを好きにはならなかったかもしれない。だけど事実を知るより先に、惹かれてしまった。どんなに嫌いになろうとしても、彼の奏でるピアノを求めずにはいられないのだ。

初めて降りる駅で、列車を降りた。アスファルトに陽炎がゆらめくほど、厳しい暑さの夏の午後。駅前には霊園の名が書かれたワゴン車が停まっていた。

エアコンの効きの悪い送迎ワゴンに揺られて向かった先は、海を見渡せる、見晴らしのよい丘の上だった。母以外、誰も訪れる人がいないのか、しばらくさまよった後、見つけた浅茅環の墓は、うっすらと埃をかぶっていた。

掃除道具を持ってくればよかった。少し後悔しながら、手桶の水をかける。

OHANAの店内からだって、海が見えるのに。墓石越しに見る青い海は、いつも眺めている海とはまったく違うもののように、よそ行きの顔をしているように見えた。

「はじめまして」

浅茅環が亡くなったのは、ぼくが生まれる三か月前だ。自分の息子に死んでから初めて対面するなんて、どんな気持ちがするのだろう。

「この人がどう思うか、より、自分がどう思うか、だよな……」

動画のなかでしか、見たことのない人。生きているうちに会いたかった、という感情はわいてこなかった。母や自分を残して先に逝ったことに対する怒りもない。

この感情が、どういう感情なのか、自分でもわからない。ぎゅっと胸が締めつけられて、呼吸が苦しくなる。手のひらが震えて、うまく水をかけられなかった。

母に対する反発心から、花は持ってこなかった。代わりに、彼が愛飲していたとネットに書かれていたウィスキーを持ってきた。自分では購入できないから、カイさんに頼んで買ってきて貰った、手のひらサイズのミニボトルの酒だ。

映画で墓石に酒をかけるシーンを見たことがあるけれど、真似をする勇気はない。小さな琥珀色のボトルを墓前に供え、手を合わせた。

墓石を眺めていても、『この人が父親なんだ』という感慨は、まったくわいてこなかった。石に刻まれた名前だけじゃ、生身の人間を思い浮かべるのも難しい。スマホの小さな画面のなかで再生される動画のほうが、よっぽど彼の存在を感じさせてくれる。

それなのに、どうしてだろう。なぜ、こんなにも胸が苦しいんだろう。

母は彼と入籍していなかったようだ。戸籍上、なんの繋がりもない人。ぼくと彼を結ぶものは、なにもない。もしかしたら、自分の血をわけた息子がこの世に存在することさえ、知らずに逝ったのかもしれない。

「なんの絆も、なくてもいい。せめて才能だけでも、遺してくれればよかったのに……」

ピアニストとして世に出られる人間は、ほんの一握りだ。

なりたくて、なりたくて、必死で手を伸ばして。最初の扉にさえ触れることのできないまま、ぼくは挫折してしまった。

「まだ学生だったころ、あなたは失敗したときのこと、考えなかった？　将来、好きな人ができて、その人やその子どもを養うときのこと。考えたら……不安にならなかった？」

あなた、なんて単語、初めて口にした。ちょっとくすぐったいけど、他には呼びようがない。父さん、なんていえるはずがないし、『浅茅さん』なんて呼んだら、他人だって認めるみたいで悔しい。

ちいさく深呼吸して、目を閉じる。まぶたの裏に、飄々とした佇まいで、張り裂けそうなくらい心を揺さぶるピアノを弾く、浅茅の姿が鮮明に蘇った。表情ひとつ変えることなく、意気込んだようすもなく、流れるようになめらかに鍵盤をたどる。それなのに紡ぎ出される音は誰よりも激しく、聴く者の心をわしづかみにして、離さない。

思い出しただけで、鳥肌が立った。

心から渇望して、やまない音。あの音を自分の手で生み出せたら、どんなに幸せか……。

ゆっくりとまぶたを開き、ぼくは広げた自分の両手を見下ろす。

「怖いんだ。ぼくにはピアノしかないのに、ピアノを失ってしまうのが怖い……この先、どうやって生きたらいいのか、想像もつかないんだ……」

そんなことを聞いて、なにになるっていうんだろう。どんなに問いかけても、彼はなにも答えてはくれない。それでも、口に出さずにはいられなかった。

まともにピアノを弾けなくなって、半年以上経つ。

そろそろ、見切りをつけなくちゃいけない。頭ではわかっているのに、どこにも進めず、すべてを放り出して逃げることしか考えられなかった。その逃避でさえ……失敗して、どこに向かったらいいのかもわからないまま、生きながらえている。

「本当は……死にたくない。だけどっ……他に、思いつかないんだよ。どうしたらいいのかわからない……っ」

同級生のなかには、有名なピアニストになる者も現れるかもしれない。彼ら、彼女らの成功を目の当たりにして、自分が正気でいられる気がしない。ピアノを弾けない絶望を抱えたまま、生き続けていくなんて。絶対に耐えられそうにない。

「いっそ、全部、忘れられたらいいのに……」

消したい記憶を抱えて、お忘れ処にやってくる人の気持ち。今ならとてもよくわかる。どうにもできない想いを抱えたまま、生きるということ。苦しくてたまらなくて。だったらいっそ、すべてなかったことにできたらいいのにって……ぼくだって、思う。

ポケットのなかのスマホが震える。そういえば今日は、学校の登校日だ。

メッセンジャーアプリには、母や学校の先生から大量のメッセージが届いている。着信履歴も山のようだ。そのどちらにも、応答する気にはなれなかった。

「あなたの弾く曲のなかで、この曲がいちばん好きなんだ」

小さな声で、メロディをくちずさむ。

ショスタコーヴィチの『24のプレリュードとフーガ 第1番 Op.87－1』。

「どうして、こんなにせつない音色、なのかな……」

他のピアニストの演奏も、たくさん聴いた。だけどいちばん、浅茅環のピアノが胸を締めつける。

夏休み期間ではあるものの、盆休み明け、平日の真っ昼間だ。市街地から離れているせいか、周囲には誰もいない。無人の墓地で、浅茅の弾くピアノの旋律をたどっていると、悲しいわけじゃないのに、涙が溢れてきた。

強弱も息づかいも、なにもかも。彼の奏でるすべてが、ぼくのなかに息づいている。どんなに望んだって、生で聴くことはできない。それなのに、すぐそばにいるみたいに、今もどこかで生きているみたいに、生々しくその音が、ぼくを支配している。

（せめて……ぼくが、この音を奏でられたらいいのに……）

その想いさえ、叶わない。指が動かなくても、声は出せる。だけど、声さえも涙に歪んで、まともに歌うことができなくなってゆく。喉の奥が、目頭が、熱くて、痛くて、心をぐちゃぐちゃにかき乱されてしまう。

（ポケット、空っぽだ……）

怜のお古の、借り物のハーフパンツ。ハンカチがないから、手の甲で涙をぬぐう。遠くで汽笛の音がする。情けなく掠（かす）れて、震えたぼくの歌声を包み込むように、浅茅の奏でるピアノの音色が響き渡る。

我慢できなくなって、その場にしゃがみこんで、声を殺して泣きじゃくる。

じっとりと汗ばむシャツ。救いのような風が吹き抜ける。目の前は海なのに。不思議と汐の香りがまったくしなかった。

長居しすぎたようだ。帰宅ラッシュの時間と重なり、混み合う小田急線の車内で窒息しそうだった。藤沢駅を過ぎると、ようやく座ることができた。ひと心地ついたころには、終点の片瀬江ノ島駅に到着した。

列車を降りて改札口に向かうと、青く巨大な水槽が視界に飛び込んでくる。目の覚めるような青と純白のクラゲのコントラストが鮮烈だ。水槽のなかでゆらゆらと揺れるクラゲたちに吸い込まれるように歩み寄る。ぼくとは対照的に、他の人たちは目を向けることもなく、足早に通り過ぎていった。

水族館にいたらもっと注目してもらえただろうに。かわいそうだな、と思いながらぼんやり眺めていると、同じようにクラゲ水槽に歩み寄ってきた男性がいた。

左手前に立ったので、なりゆきで観察する。たくましい長躯に、仕立てのよさそうなサマースーツ。三十代半ばくらいだろうか。はっきりとした目鼻立ちで、俳優みたいにかっこいい。ジロジロ見るのもよくないと思い、視線を外したそのとき、「あらぁ、響希ちゃんじゃない！」と野太い声がかかった。

「え!?　え、誰!?」

ギョッとして周囲を見回すと、「アタシよ、アタシ。わからない？」とまた声をかけられた。他の乗客たちはみんな改札の外に出て行ってしまい、コンコースには目の前の紳士とぼくの二人きり。

（まさか……）

視線を前に戻すと、長躯の紳士が乙女チックな仕草で右手をひらひらさせていた。

「やあねぇ、響希ちゃん。本当に気づいていないの？　アタシよ、エイミー。ほら、よく見て。面影があるでしょ」

「エ、エイミーさんっ!?　な、ないです。全然、ない……」

信じられない。パニックになりながら、まじまじと相手を見る。男らしい紳士とエイミーさんの姿をどうしても重ね合わせることができず、ぼくはあわあわと視線を泳がせた。

「ふふ。今日は『男装』してるの。今からOHANAに行くところなのよ。響希ちゃんも、お店に帰るところ？　だったらいっしょに帰りましょ」

にっこりと笑顔を向けられ、ますます脳が混乱する。ぼくの返事を待たず、エイミーさんは改札に向かって歩きだそうとした。

「あ、あの」

「なあに？」

ふり返ったエイミーさんに、クラゲ水槽を指さして尋ねる。

「もう見なくていいんですか。クラゲ水槽」

「いいのよ。キリがないもの。アタシ、クラゲが大好きなの。放っておいたら、永遠に見続けちゃうのよ」

ぱちり、とウィンクして、エイミーさんは歩きだす。男前な容姿と、かわいらしい仕草のギャップにまたもや脳がバグを起こしそうになって、ぶるりと小さく頭を振った。

「行くわよ、響希ちゃん」

「あ、はいっ……」

ふり返ると、そこだけ異界っぽい、妖しいオーラを放つ、カラフルで奇抜な形をした駅舎が夕闇に浮かび上がっていた。

「この駅舎、ちょっと前にリニューアルされたばかりなのよ。竜宮城をモデルにしているの。おもしろいでしょ」

エイミーさんが、上品に手のひらで口元を隠して笑う。

「なんで竜宮城……?! 湘南と竜宮城って関係ありましたっけ……」

壁面はビビッドな紅色に塗られ、翡翠(ひすい)色の屋根を乗せた神殿のような建物。昔話の世界に迷い込んだみたいで、不思議な感じだ。

「ビーチがあって、観光地だからじゃない? 江ノ島はノスタルジックでレトロな趣もあるし、都心の人から見たら竜宮城のようにすてきな場所だもの」

「確かにそうですけど……」

「神社仏閣に用いられる建築技法、竜宮造りを取り入れているのよ。屋根の上のシャチホコ風のイルカちゃんもかわいいわよね。あの子たち、本物の金箔(きんぱく)で覆われてるんだって」

レトロでかわいらしい感じの江ノ電江ノ島駅とは、まったく違う方向に突き抜けている。

夜空に浮かぶ佇まいは迫力がありすぎて、ぼくが浦島太郎なら、入るのをためらうかもしれない。

「いいのよ、これで。こうでなくっちゃ、片瀬江ノ島駅とはいえないわ」

リニューアル前も竜宮城の形をしていたらしく、「地元の人たちにとって、片瀬江ノ島駅といえば、この形なのよ」とエイミーさんが教えてくれた。

真新しい奇抜な駅舎は、観光客だけでなく、地元の人たちからも愛されているのか、犬の散歩の途中で足を止めて駅舎を見上げている人や、駅舎の前で井戸端会議をしている地元のお年寄りとおぼしき人たちもいる。

地下道を抜けて、弁天橋に向かう。夏休み終盤。平日の夜でも、江ノ島へと向かう橋は観光客でにぎわっている。人の多さと能天気な騒ぎ声にイラつくぼくの隣で、エイミーさんは「楽しそうでいいわねぇ」と微笑ましそうに目尻を下げた。

同じ景色でも、こんなに感じ方が違う。そんなふうに思えるエイミーさんを、少しだけ羨ましく思った。

第三話　海月の恋

「断る」

閉店後のＯＨＡＮＡの厨房内で後かたづけをしていた怜は、エイミーさんの顔を見るなり、冷たく言い放った。

「そこをどうにか。お願い！」

深々と頭を下げたエイミーさんに、怜は一瞥もくれようとしない。固く唇を引き結び、黙々と皿を片づける怜と、弱り顔のハルさんを、呆気にとられて交互に見る。

「そんなことをいわずに、引き受けてあげなよ」

ハルさんが肩に置いた手を振りきり、怜は厨房を飛び出し、階段を駆けあがって行く。

「まったく……。すみません。エイミーさん。せっかく来てくださったのに」

ハルさんに謝られ、エイミーさんは「いいのよ」とぎこちなく微笑む。

「メッセージアプリでもね、『絶対にお前の記憶は消さない』って断られていたの。出直すわ。怜ちゃんを説得できるように頑張ってみる」

だから怜があんな態度だったのか。エイミーさんはいつになく覇気のない声でいうと、肩を落とし、OHANAを出て行った。大きな背中が心もとなく見えて放っておけない。

「あ、あのっ……」

思わず追いかけると、エイミーさんはにっこり微笑んでくれた。

「あら、心配してくれたの。やさしいわね、響希ちゃん」

外見と中身のギャップに、混乱しそうになる。でも、これがエイミーさんの素なのだから、おかしな反応をしたら失礼だ。

パン、と心のなかで軽く頬を張り、できるかぎり平静な声で問う。

「どうして記憶を消してもらおう、なんて思ったんですか」

眞凛さんによると、エイミーさんはナイトビジネスの世界でかなり成功しているようだ。ショーパブやバーを何店舗も経営するやり手の彼女が、どんな記憶を消したいというのだろう。

「なあに。響希ちゃん。アタシの悩み、聞いてくれるの？」

「え、ぁ、えっと……」

「ふふ。アタシ、一度、響希ちゃんとゆっくりお話ししてみたかったのよねぇ」

丸太のような腕にからめとられ、逃げ出すことができなくなる。

「じゃあ……OHANAに戻りましょうか」

「大丈夫かしら、怜ちゃん、機嫌損ねてるでしょ」

「平気です。怜は、いつもあんな感じだから」

不機嫌になると、怜は部屋に籠もって出てこなくなる。だけど、次に顔を合わせたときには、無愛想ではあるものの、どんなに言い争った後でも、割とさっぱりしている。

どちらかというと、ぼくは後々まで引きずってしまうタイプだから。怜のそんな部分を、見習わなくちゃいけないなって思う。

ＯＨＡＮＡに戻ると、ハルさんが夕飯の準備をしていた。トマトとバジルのいい香りに、ぎゅるる、と腹が鳴る。

「ハルさん、テーブル席、少し使わせてもらっていいですか」

「いいよ。エイミーさん、すみませんね。弟があんな態度をとって。よかったら、お詫びに夕飯を食べていきませんか」

「ありがたいけど、アタシがいたら、怜ちゃん、下りて来づらいでしょう。営業時間外に悪いけど、お飲み物だけ、注文させていただけると助かるわ。いつものフルーツティー、アイスでお願いできるかしら」

にっこり微笑み、エイミーさんはそう答える。今の姿はコーヒーが似合いそうな紳士だけれど、エイミーさんは紅茶好きのようだ。ハルさんは透明なティーポットに色鮮やかなフルーツがたっぷり入ったフルーツティーを運んできた。

「ありがと。アタシ、ＯＨＡＮＡのフルーツティー、大好きなの」

ポットのなかで茶葉がひらき、芳しい香りがテーブルいっぱいに広がる。きれいな琥珀色に染まった紅茶とフルーツを、ハルさんは氷の入ったグラスにサーブしてくれた。

輪切りのレモンにキウイ、つやつやに輝くブルーベリーやブドウ、熟れたマンゴーやパイナップル。夏らしく爽やかな果実入りのアイスティーに、ショッキングピンク色のチップスが載った小皿が添えられている。

「お好みでどうぞ。紅茶に浸してもそのまま食べてもおいしいですよ」

「これは……？」

見慣れない物体に首を傾げたぼくの隣で、エイミーさんが嬉しそうに歓声をあげる。

「これ、レッドピタヤでしょ。すごい、ピタヤのドライフルーツなんて初めて見たわ。美容と健康にすっごくいいのよね！」

「ええ、美しさのための栄養がたくさん詰まったピタヤですが、日本では完熟のものはなかなか手に入りません。これはベトナムで完熟になるまで育てて、天日乾燥させたものなんです。ぎゅっと旨味が濃縮していて、そのまま食べても、紅茶に浸しても最高ですよ」

ハルさんの解説を最後まで聞き終わる前に、エイミーさんはぱくりとかぶりつく。

「あら、本当！　すっごくおいしいわね。こんなに甘いピタヤ、生まれて初めてよ」

大興奮するエイミーさんにつられ、ぼくもおそるおそる齧ってみる。どぎついピンク色の見た目からは想像もできないほど、それはとてもおいしかった。

「ピタヤって初めて食べたんですけど……有名な果物なんですか？」

砂糖不使用なのに、砂糖でコーティングされたバナナチップスみたいに甘い。だけど甘さの後に爽やかな酸味があって、キウイみたいなつぶつぶの種の食感が心地よい。

「響希ちゃん、ドラゴンフルーツって聞いたことない？　あの、ピンク色で緑のとげとげみたいなのがついた果物」

「あ、それなら写真を見たことがあります。すごくきれいな果物ですよね。へえ、果肉はこんな色をしてるんですね」

「いろんな色の果肉があるの。レッドにホワイト、イエロー、ピンクもあるのよね」

エイミーさんは瞳をキラキラさせて教えてくれた。

「よくご存じですね。レッドピタヤはピタヤのなかでも、甘みの強い種類なんです。紅茶に浸すと、紅茶がピンク色に染まって、甘さも際だってとってもおいしいですよ。ピンクが大好きなエイミーさんにぴったりだと思って用意したんです」

ハルさんに優美な笑顔を向けられ、エイミーさんは感激したように瞳を潤ませる。両手を頬に当てて小首を傾げるその仕草は、まさに乙女そのものだ。

「ごめんなさいね。つい、夢中になってしまったわ」

我にかえったエイミーさんが、いそいそと姿勢を正す。紳士然とした瞳で、彼女はぼくを見つめた。

「えっと……エイミーさんの消してもらいたい記憶って、どんなことなんですか」

おずおずと尋ねると、エイミーさんはアイスティーの入ったグラスを大切そうに両手に包んだまま、そっと目を伏せる。

「記憶というかね……乙女な心をきれいさっぱり消してもらいたいの」

思いもよらない返答に、ぼくは目を瞬かせる。乙女全開で、そのことが仕事にも繋がって成功しているのに。

「どうしてまた、そんなことを……」

「あのね、アタシ、心から愛しているパートナーがいるの。どうしてもその人と結婚したくて、何度もプロポーズしているんだけど、なかなかよい返事をもらえなくてね」

「え、今って男同士でも結婚できるんですか⁈」

びっくりして、思わず紅茶を噴き出しそうになった。慌てて口を押さえたぼくを見て、エイミーさんはおかしそうに肩を揺すって笑う。

「日本ではまだできないけど、同性でも結婚できる国は増えてきているわよ」

「そ、そうなんですね……」

エイミーさんと付き合っている相手って、いったいどんな人なんだろう。

口に入れるのをためらうくらい、どぎつい色をしたレッドピタヤ。食べてみると甘くておいしいこのフルーツのように、エイミーさんは、とてもやさしくてすてきな心の持ち主だ。きっと外見に惑わされることなく、本質的な部分を見ることのできる人なのだろう。

「同性同士で結婚できるなら、乙女心を消す必要、ないのでは……。その男性は、エイミーさんの全部を受け入れてくれてるってことですよね？」

「だといいんだけど……アタシ、乙女であることを隠して、お付き合いしてるの」

「えっ、どうして⁈　その人、男らしい男性が好きなんですか？」

「男らしい男性……そうね。彼女は、男性としての私を愛しているのよ」

「その方も、エイミーさんと同じ、えむてぃーえふ、の人ですか？」

確か、乙女心を持った男性のことを、そう呼ぶはずだ。眞凜さんの教えてくれた言葉を思い出しながら告げると、エイミーさんは、ふふっと笑った。

「アタシのパートナーはMTFでも女装子でもない、生まれながらの女性よ」

「えぇぇぇえっ?!」

今度こそ、我慢できずにむせてしまった。盛大に紅茶を噴き出したぼくに、エイミーさんは桜色のレースのハンカチを差し出す。

「驚くのも無理もないわ。あのね、理解しづらいかもしれないけど、性自認と性的指向って、まったく別のものなのよ」

「せいじにん……？」

どうしよう。エイミーさんは「気にしなくていいわ」と微笑んでくれたけれど、せっかくのきれいなハンカチが紅茶色に染まってしまった。

「性自認っていうのはね、自分は、男性と女性、どちらの性別と認識しているか、ってこと。性的指向は、男性と女性、どちらの性別の人が自分の恋愛対象になるかってことよ。もちろん、白黒はっきりわけられるものじゃないから、男性でも女性でもないって感じてる人もいるし、男性も女性も好き、あるいはどちらも好きじゃない、そのときどきによって、相手によって変わる人もいるわ。世の中にはね、いろんな感覚を持った人がいるの」

「エイミーさんの場合は……自分のことを女性だと感じていて……」

「恋する相手も、いつも女性なの」

「じゃあ、プロポーズした相手は女の人……？」

「そう。乙女だからって、男が好きとは限らないのよ。アタシのパートナーは女性で、藤沢市出身、オーストラリア在住の海洋生物学者なの」

「学者さん、なんですね！」

「有毒海洋生物の生態研究を専門にしていてね、クラゲ研究のエキスパートなの。以前から定期的に来日して、江ノ島水族館でクラゲの特別講座を開いていたのよ」

エイミーさんの頬がピンク色に染まる。その人のことが大好きなのだと伝わってきた。

「ゆらゆらと水中を漂うクラゲって、いかにも平穏そうじゃない？　だけどね、触手には毒があって、人を殺(あや)めてしまうほど、強い毒を持つクラゲもいるの」

「クラゲってそんなに怖い生き物なんですね……」

「見てるだけなら『癒やされる～』なんて思うけど。アタシたちサーファーからしたら、厄介者以外の何物でもないの」

「え、エイミーさん、サーファーなんですか?!」

今日は驚かされてばかりだ。椅子からずり落ちそうになって、慌てて姿勢を正す。

「あら、アタシと眞凜、この界隈では有名なサーファーガールよ。知らなかったの？」

「初耳です……」

　眞凜さんはなんとなく、わかる。よく日に焼けているし、健康的な感じがするから。けれども、バッチリメイクでド派手な服装のエイミーさんが波乗りをするところは、どう頑張っても想像できなかった。

「何度もクラゲに刺されたわ。パンパンに腫れて、病院に運ばれたこともあるの」

「それなのに、クラゲが好きなんですか？」

「癒やし系に見えるのに、毒を持ってるところがいいのよ。ギャップ萌えってやつね」

　熱っぽい声で語った後、エイミーさんは、きゅっと眉間にしわを寄せた。

「とはいえ、今、相模湾沿岸にいるアレは厄介よ。殺人クラゲ、キロネックス。今年に入って、漁師さんが何人もやられているの」

「キロネックスってオーストラリアのクラゲだよね。昔、クイーンズランドでシュノーケリングしたことがあって、そのとき現地の人から『猛毒を持ってて下手したら死ぬぞ、注意しろ』っていわれたよ」

　おかわりの紅茶をサーブしながら、ハルさんが教えてくれた。

「どうして、オーストラリアに棲むクラゲが日本にいるんですか」

「わからないわ。温暖化のせいなのか、あるいは、別の理由があるのか。原因を調べて、被害を最小限に食い止めるために、アタシのパートナー、渚は日本に駐在しているの」

　新江ノ島水族館に設置されたキロネックス対策本部。アドバイザーとして、オーストラリアの海洋生物研究所から派遣されてきているのだ、とエイミーさんは教えてくれた。

「ということは……いつかは、渚さんはオーストラリアに帰ってしまうんですね」

少し険しい顔になって、エイミーさんは頷く。

「そうよ。だから焦ってるの。彼女が帰国する前に、なんとかプロポーズを受け入れてもらいたいの。アタシが仕事をやめてオーストラリアに渡ったっていいし、遠距離結婚になってもいい。年に数度しか会えなくてもいいから、確かな絆が欲しいの。彼女と、家族になりたいのよ」

切実なエイミーさんの言葉に、ぎゅっと胸が苦しくなる。

母は、ぼくを未婚のまま生んだ。浅茅と母の関係がどんなものであったのか、ぼくにはわからない。浅茅は母と『家族になりたい』とは思わなかったのだろうか。

「渚もね、アタシのことを『愛してる』って、いってくれるの。でも、彼女が愛しているのは、男装したアタシなのよ。男の姿のときに出会って、付き合うようになったからね」

「渚さんとは、どこで出会ったんですか」

「江ノ島水族館よ。渚のトークショーを聞いて『この子と飲んでみたいわぁ』って思ってダメもとで声をかけたの。アタシもたいがいクラゲ好きだけど、あの子のクラゲへの執着は、アタシの比じゃないからね。じっくり話をしてみたいって思ったのよ」

『クラゲが大好き』という共通の趣味を介して、二人は距離を縮めていった。

「いつかは打ち明けなくちゃいけない、と思いながらも、本当の姿を見せられないまま、今に至るの」

エイミーさんの男装姿は、男のぼくから見ても、とてもかっこよく見える。この姿に惹かれた女性なら、確かに女性の服を着て、ど派手なメイクをしたエイミーさんを受け入れるのは、ちょっと難しいと思う。

「プロポーズを受け入れてくれないのは、どこかに違和感を覚えているせいだと思うの。きっと、アタシのことを信じきれない部分があるから、恋人としては付き合えても、家族にはなれないって思っているんだわ」

「だから、乙女な部分を消すんですか？」

「結婚するなら、隠し事はしたくないし、嘘を吐くのは嫌なの。乙女心を消してしまえば、解決するでしょ」

「でも、そんなことをしたら、今のエイミーさんは……」

たくさんの店のオーナーってことは、仕事で忙しいはずだけど、エイミーさんは七星さんのために、ほとんど毎日ＯＨＡＮＡに来て、メイクやレッスンを熱心にしてあげていた。七星さんを輝かせたセンスと、穏やかでやさしい乙女な部分が、ぼくはとても好きになっていた。怜だって、きっとそうなのだと思う。だから断ったのではないだろうか。

「アイデンティティを捨ててでも、渚といっしょになりたいの。渚が大好きなのよ！」

自分のなかのいちばん大切な要素を殺してまで、いっしょになりたいと願う。

恋をしたことのないぼくには、理解できそうにない感覚だ。

真剣な表情で、渚さんへの愛を語るエイミーさん。そうまでして誰かを愛することのできる彼女を、なんだかとても羨ましいと思った。

エイミーさんがＯＨＡＮＡから去ると、店内はしんと静まりかえった。

「あれ？　そういえば翔太、降りてきませんね」

「どうだろうね」

ハルさんに尋ねてみたけれど、なんだか歯切れが悪い。コンロの上では、鍋がぐつぐつと湯気をたて、おいしそうな匂いを漂わせている。いつもなら「お腹が減った！」って大騒ぎして駆けおりてくるところなのに。

はぐらかすような返事を訝しみながら、居住スペースである二階へと続く階段を上る。

「翔太ー」

声をかけてみたけれど、返事はなかった。何度も呼び続けると、カウンセリングルームの扉が開き、「うるさい！」と怜に叱られた。

「怜。翔太、どこにいるか知らない？」

「知らない」

冷たく言い捨て、ふすまを閉められてしまう。

「なんだ、どうした。また喧嘩か」

背後から、穏やかな低声が聞こえてくる。カイさんだ。

「カイさん。翔太、どこにいるか知りませんか。こんな時間なのに、見当たらなくて」

カイさんはぼくを見下ろすと、なぜか困ったような顔で、頭を掻いた。

「んー……まあ、そのうち戻ってくるだろう。気にすんな。それより、夕飯だ。おい、怜、お前も降りてこい」

スマホの画面には、午後二十時半と表示されている。小学生の子どもが一人で出歩いているなんて、幾らなんでも危険すぎる。

「ぼく、翔太を捜してきます」

そう告げ、階段を下りようとして、カイさんに腕を掴まれた。

「いいから、メシを食うぞ。翔太のことは——いつか話す」

言い辛そうにいうと、カイさんはぼくの腕を引き、一階へと連れてゆく。

いったいなにを話すというのだろう。夕飯が終わっても、いつまで経っても翔太が帰ってくる気配はない。ハルさんとカイさん、怜までも、翔太のことには、今夜はひと言も触れないのが不自然だった。

翔太が心配で、その夜、ぼくはまともに眠ることができなかった。


次の日の夜も、エイミーさんはまた男装姿でOHANAにやってきた。テーブルで向かい合うエイミーさんと怜。片づけをしながらカウンター越しにそっとようすをうかがうと、二人の間に漂う、重たく張り詰めた空気が、ぼくにまでひしひしと伝わってきた。

エイミーさんがどんなに懇願しても、怜は首を縦に振ろうとしない。

「いい加減、しつこい！」

ドンとテーブルを叩き、怜は勢いよく立ち上がる。

「わ、待って。怜、もっとちゃんと、話を聞いてあげてよっ……！」

引き留めようとして、腕を振り払われた。乱暴な足音をたて、怜は階段を上ってゆく。

エイミーさんはなんの成果も得られずに、肩を落として帰っていった。


その翌日、ぼくと怜はＯＨＡＮＡの手伝いが終わった後、新江ノ島水族館へと向かった。ハルさんに『依頼を断るのなら、エイミーさんのパートナー、渚さんに直接会って、乙女心を消す必要性の有無をきちんと見極めるべきだ』といわれたからだ。

夏から秋にかけて、新江ノ島水族館では営業時間を延長し、ナイトアクアリウムのイベントを開催している。ふだんよりも照明を抑えた薄暗い館内。そこはまるで、海の底のような雰囲気だった。ひっそりとした青い闇のなか、幻想的な水槽が浮かび上がっている。巨大な水槽と、ぼくらの歩いている通路。暗いせいで境界があいまいになって、足元の地面がふにゃふにゃになってしまったような錯覚に陥る。

「わ、すごい……！」

水族館の目玉である相模湾大水槽の前で立ち止まる。視界いっぱいに広がる海中世界に、ため息が漏れた。銀色の輝きを放ち、うねるように泳ぐマイワシの大群や、ゆったりと気持ちよさそうに漂うエイや鮫が、ガラス越しに目前まで迫ってくる。

波間に生まれる無数の泡がキラキラときらめき、本当に海のなかにいるみたいだ。

「いつまで見ている気だ」

「え、ぁ、ごめん……」

怜の声に、我にかえる。だけど、大きなひとつの生き物みたいに、刻一刻と形を変えてゆくマイワシの大群から、視線を外すことができない。もっとよく見たくてガラスに顔を近づけると、鼻先を巨大なマイワシの塊がゆったりとよこぎっていった。

「すごい迫力だ！」

興奮してガラスにへばりつくぼくを、怜が呆れたように引きはがす。

「わかったから行くぞ。近いんだから、またいつだって来られる」

最後には怜に腕を引かれ、その場を離れることになった。

向かったのは、クラゲの水槽を集めたエリア『クラゲファンタジーホール』だ。

「わぁ、こっちもすごいな！」

思わず歓声をあげたぼくとは対照的に、怜はいつもどおりの仏頂面だ。

「もしかして、怜、何度も来たことがあるのか」

怜はチケットを買わず、会員証のようなものを見せていた。しかも館内の案内図も見ず、迷うことなく進んでゆく。もしかしたら、年間パスポートを持っているのだろうか。

「うるさい、行くぞ」

怜が水族館好きなんて、なんだか意外だ。誰と来ているのだろう。翔太だろうか。

くるりと背を向けた怜を追い、ぼくもホール内に足を踏み入れる。クラゲのかさを模した半ドーム型のホールの中央に、巨大な球形水槽が鎮座している。スノードームのような青い球体のなかを、純白のクラゲたちが舞い散る雪のように漂っていた。

「すごい、きれいだね……」

感嘆のため息を漏らし、呆然と立ち尽くす。美しいのは、その水槽だけじゃなかった。幻想的な球形水槽をぐるりと囲むように、壁面にいくつもの水槽が埋め込まれている。

潜水艦の窓から、水底を眺めているかのような光景だ。どの窓にも色とりどりのクラゲが漂っている。エイミーさんの話を聞いて、クラゲを恐ろしく感じる部分もあるけど、青白い光のなか、浮かび上がるようすはとても美しく、神聖な生き物のように見えた。

ホール内に、ハスキーな女性の声が響く。これから、トークショーが行われるらしい。マイクを手にしているのは、新江ノ島水族館のロゴの入ったポロシャツをまとった女性。

「みなさん、クラゲファンタジーホールへようこそ。私はクラゲ博士の早坂渚（はやさか）です。今日はクラゲの不思議な生態と、海で出会ったときに気をつけることをお話ししますね」

「エイミーさんの恋人だ……！」

短く切られた髪に、すっぴんとおぼしき顔。アクセサリーの類もつけておらず、ポロシャツの下のズボンもスニーカーもシンプルな無地のものだ。凛としていて整った顔だちをしているけれど、派手さはなく、ナチュラルというか、中性的な印象の女性だ。

「意外だな……」

エイミーさんが熱烈に愛している人だから、もっと色っぽくて、華やかな女性かと思っていたのに。目の前の彼女は、ゴージャスでド派手なエイミーさんとは真逆に感じられた。

彼女の指さす水槽に、ぷっくりと膨らんだ餃子（ギョーザ）型の透明で美しい生き物が漂っている。その身体からは、南国の海みたいな、淡いエメラルドグリーンや空色に染まる長い触手が垂れている。触手の先端は鮮やかな黄色で、青系色との組み合わせがとても爽やかだ。

「この子、カツオノエボシはとってもきれいな色をしていますが、見つけても絶対に触ってはいけません。死んでいても、毒性の高い刺胞を発射し、刺されると死ぬ危険性があります。絶対に近寄らないでくださいね。危険な生き物だと、覚えて帰ってください」

渚さんのトークショーは、クラゲの美しさと彼らの持つ毒についての講義だった。隣に立つ怜のようすをうかがってみると、思いのほか真剣な表情で、話に聞き入っている。

「いいですね。クラゲを愛（め）でるのは、このホールのなかだけ。絶対に、海では彼らに触れてはいけません。見かけたら、速やかに離れてください。じっくりと愛でたいときは、えのすいに遊びに来てくださいね」

やさしく諭すような語り口。最前列で聞いている少年が、こくこくと大きく頷いている。彼女は少年を見下ろし、慈しむように微笑んだ。

笑うと、とても穏やかな表情になる。第一印象はまったく似ていないと思ったけれど、笑顔はエイミーさんとよく似ているな、とぼくは思った。

トークショーが終わった後、ホールを出て行く彼女に声をかけた。

「あのっ、早坂渚さんですか。ぼく、瑛士さんの知人で、小鳥遊響希といいます」

突然呼び止められ、渚さんは驚いたような顔でふり返る。

「瑛士さんの？　ずいぶん年が離れているようだけど、どういったお知り合いかしら」

怪訝な表情で、渚さんはぼくと怜をじっと観察する。

「あ、えっと……ぼくたち、瑛士さんの行きつけのカフェでアルバイトをしているんです。江ノ島の『おやすみ処ＯＨＡＮＡ』っていうカフェなんですけど」

「江ノ島のカフェ？　瑛士さん、江ノ島によく行くの？」

渚さんが、首を傾げる。

「え、あ、あのっ……」

もしや、まずいことをいってしまっただろうか。慌てふためき、後ずさったぼくに代わって、怜が答えてくれた。

「月に何度か来る。ウチの店の紅茶が好きらしいんだ」

「瑛士さん、紅茶、好きだものね。コーヒー党に見えて、すごく紅茶に詳しいのよね」

こわばっていた渚さんの表情が、ほんの少しやわらかくなる。

「私、あまり信用されていないのか、瑛士さんのお友だちに会わせてもらったこと、一度もなくて……。彼の交友関係や遊び場所、なにも知らないの」

寂しそうな声で、彼女は呟いた。おそらく、会わせたくても会わせられないのだろう。

エイミーさんの友人は、眞凜さんを始め、同じように乙女な人たちばかりだろうから。

「瑛士さんが、私のことを知り合いに話したなんて意外だわ」

「とても大切な、パートナーだとおっしゃっていました。大好きな人だと」

彼女の頬が、赤く染まる。凜とした大人の女性が一変して、小さな女の子みたいにもじもじしている。

「ねえ、時間が大丈夫なら、少しお話ししない？　彼の知り合いに会えたのが嬉しいの。私の知らない瑛士さんさんのこと、聞いてみたいし」

ぼくと怜は揃って頷く。渚さんは、「ここで待っていて。すぐ戻ってくるから」と言い残し、スタッフオンリーと書かれた扉の向こうに消えていった。


渚さんの案内で、ぼくたちは館内にある、海を見渡せるカフェに入った。全面ガラス張りで、相模湾や江ノ島を一望できる。漆黒に染まる夜の海と、まっすぐ伸びるシーキャンドルの光。ゆっくりと夜空を照らす光はとても美しくて、心が吸い込まれてゆくようだ。

「きれいでしょ、ここから眺める、夜の江ノ島」

「最高ですね。ドリンクもきれいです。ごちそうしてくださってありがとうございます」

プチプチと炭酸のはじける空色のドリンクに、淡く光るクラゲがぷかりと浮かんでいる。同じような見た目だけれど、ぼくと怜はノンアルコールのソーダ水、渚さんが飲んでいるのは、アルコールの入ったカクテルだ。

「あの男は、お前がプロポーズを受けてくれないことに、とても悩んでいる。なにか、受けられない理由があるのか」

「わ、ダメだって、怜。ごめんなさい、怜が大変失礼なことを……っ」

いきなりの直球に、渚さんは面食らったように目を瞬かせる。しばらく唖然(あぜん)とした後、彼女は肩を揺すって笑い始めた。

「瑛士さんったら。そんなことまで、あなたたちに話しているのね」

「あ、いや、えっと……」

フォローしようとしたけれど、うまく言葉が出てこない。あわあわと慌てふためくぼくと、仏頂面の怜に、渚さんはやさしい声で問いかける。

「ねえ、二人から見て、私と瑛士さん、ちゃんと、お似合いのカップルに見える？」

「えっ……あの、それはどういう……？」

「背が高くて、かっこよくて、身のこなしもスマートでやさしくて。瑛士さんって、とっても魅力的な人じゃない。誰がどう見てもいい男だし、今まで独身でいたのが不思議なくらい、外見も内面もすてきな人よ」

熱のこもった声でいわれ、ぎこちなく頷く。さりげなく隣の怜を見ると、彼はじっと渚さんを見つめたまま、なんの反応も示していなかった。相づちくらい、打てばいいのに。唇を固く引き結んだまま、言葉を発さない。

「対する私は、仕事一筋で化粧もまともにしない、地味な女。誰の目から見ても、釣り合わないって、自分でもわかってる。君たちみたいな若さもないしね」

「お前はあの男が、外見や年齢で交際相手を決めるような、くだらない人間だと思ってるのか」

黙って話を聞いていた怜が、突然口を開く。

「れ、怜。さっきから失礼だよっ。大体、初対面の女性に、お前、だなんて……っ」

歯に衣着せない怜の言動に怯むことなく、渚さんはやわらかく目を細める。

「ええ、彼は公平な人だわ。でも、どうしても考えてしまうの。私がこんなだから、誰にも紹介できないんじゃないか、って。ご両親どころか、お友だちにさえ、一度も紹介されたことがないんだもの」

グラスのなかの氷が、カランと音をたてる。渚さんはぷかぷかと浮かぶクラゲに視線を落とし、口元だけで微笑んだ。

「それにね、私、仕事をやめて帰国するなんて、できそうにないの。出産や子育てのためにキャリアを捨てることもできない。そんな女が、彼を幸せにできるとは思えないわ」

「瑛士さん、自分が仕事をやめてもいいっていっていました。仕事をやめて、オーストラリアに行ってもいいって」

渚さんは一瞬目を丸くして、諦めたように小さく首を振る。

「詳しくは聞いていないけど、彼、お店を経営してるんでしょ。全部捨てることになるのよ。一時の感情で仕事をやめたら、きっと後悔させてしまう。私——自分ができないことを、大切な人に強要するような人間に、なりたくないの」

　振り絞るような声でいって、彼女はふらりと席を立つ。

「ごめんなさいね。なんだか愚痴っぽくなってしまったわ」

「あ、いえ、お話聞けてよかったです」

　いそいそと立ち上がったぼくの隣、怜が座ったまま、ぶっきらぼうな声で問う。

「で、結局、お前はあの男とどうなりたいんだ。別れたいのか」

「れ、怜っ……すみません、渚さん。こいつ、デリカシーがないっていうか……」

「いえ、いいのよ。気持ちはわかるわ。あんなにもすてきな人、自分のエゴでいつまでも繋ぎ止めていちゃダメだってわかってる。でもね……」

　ぎゅっと唇を噛みしめ、渚さんは細い肩を震わせる。

「好きなのよ、あの人のことが。大好きなの」

　まっすぐ発せられた言葉に、ぎゅっと胸を締めつけられる。

　エイミーさんが自分のアイデンティティを捨ててまでいっしょになりたいと望むのと同じように、渚さんも彼女に強く焦がれているのだ。

「ほとんど恋愛もしてこなかった私が、こんなに好きになれる人、きっと他にいない」

「じゃあ、受けてやればいいだろう。あの男のプロポーズを」

　そっけない声で、怜が告げる。渚さんは今にも泣きだしそうな顔で、くしゃりと顔を歪めて笑った。

「でも、仕事は絶対にやめられない。私は、なんとしてでもキロネックスの犠牲になる人を減らしたいのよ。これ以上、誰にも悲しい思いをさせたくないの」

苦しげに言い残し、彼女はカフェを出て行った。

「どうして勝手に依頼を受けたんだ！」

翌日、カフェ営業終了後に、店先の掃除と看板の片づけを終えてOHANAの店内に戻ると、怜の怒鳴り声が耳をつんざいた。

「緊急事態なんだ。今すぐ真珠が必要なんだよ。怜だって見ただろ。ハワイ島の惨状を」

ハルさんは整った眉を困ったように下げ、スマホの画面を突き出す。液晶画面に目をやると、真っ赤に煮えたぎる溶岩が山肌に流れ出す、禍々（まがまが）しい映像が映し出されていた。

一昨日、ハワイ島のキラウエア火山が噴火し、現在も活発な状態が続いているのだと、アナウンサーが切迫した調子で喋（しゃべ）っている。溶岩が住宅地にまで流入し、周辺住民に避難勧告が出ているのだという。

「怜、君の役目は、人々の記憶を消し、ペレに捧げる真珠を生み出すことだ。消してよい記憶かどうか判断するのは、『真実の目』である翔太の役目であって、君の役目じゃない」

いつになく険しい声音でいわれ、怜はハルさんを睨みつける。

「翔太がああなった今、俺が判断するしかないだろう」

「僕には君の判断が正しいとは思えない。翔太ならきっと――」

ハルさんの話を最後まで聞くことなく、怜は無言で店を飛び出してゆく。

「ちょっと待って、怜！」

追いかけようとして、ハルさんに左腕を掴まれた。

「ハルさんの気持ちもわかるけど、怜がどうして拒むのかも、わかる気がするんです」

やんわりとハルさんの手を振りほどき、店を飛び出す。江ノ島灯籠消灯後の、人気のない島内。誰もいないサムエル・コッキング苑前の広場に怜の姿はあった。

月明かりに照らし出される濃紺の夜のしじまに、一人浮かぶ彼の姿。ぼくの存在に気づいていないのか、無心で踊り続けている。レッスン時に踊るような、穏やかなフラじゃない。激しい怒りをぶつけるかのような、荒々しい踊りだ。

イプヘケの音も手拍子も、歌声もないのに。力強い音楽が聴こえてくる気がした。呆然と立ち尽くし、神々しい彼の踊りを眺め続ける。

どれくらい時間が経っただろう。深く息を吐き、怜はようやく踊るのをやめた。

「怜」

声をかけても、予想どおり返事はない。だけど諦めず、話しかける。

「どうして、そこまで記憶を消すのを嫌がるんだ。怜の作った真珠があれば、ペレの怒りは鎮まるんだろ？　火山活動が沈静化すれば、たくさんの人が助かるんじゃないのか」

手の甲で無造作に額の汗をぬぐい、怜は青い瞳で、ぼくを睨みつけた。

「記憶を消すことは、その人間の一部を殺すのと同じことだ。――消してもいい記憶なんて、この世の中には存在しないんだよ」

まっすぐぼくを睨んだまま、振り絞るような声で、怜は吐き捨てる。汗ばんでぴったりと身体に張りついたシャツ。荒く乱れた呼吸、大きく胸が上下している。

ペレに仕えるカフナの末裔として、記憶を消す役割を受け入れているわけではないのだろうか。真珠を得ることに積極的なハルさんと違い、怜はいつだって苦しそうだ。自分に課された役割に抗い、もがき苦しんでいるように見える。

ふいっとぼくから目をそらし、怜は素早く背を向ける。

「どこに行くんだよ、怜」

「お前には関係ない」

冷ややかに言い放ち、彼はOHANAがあるのとは反対の方角に、大股で歩きだした。

「待てよ」

歩み寄って腕を掴もうとして、払いのけられる。怜はぼくを突き飛ばし、こちらがよろけて尻餅をついた隙に、石段を駆けおりて行った。

「うぅ、痛い……」

打ちつけた腰がズキズキと痛む。よろめきながら立ち上がると、背後から「追いかけても無駄だよ」と愛らしい声がした。ふり返らなくてもわかる。翔太の声だ。

「翔太。いったいどこにいっていたんだ」

驚きに目を見開き、振りかえったぼくに、翔太は悪びれもせず、にこっと微笑む。

ここのところ、翔太は夕飯に顔を出さないことが多い。朝や日中は見かけても、夜は姿を見せないのだ。昨晩もどこを捜しても、見つからなかった。

　その理由を知りたいのに、翔太はなにも答えようとしない。あいまいな笑みを浮かべたまま、無言でぼくのシャツの裾を掴むと、ぐいぐいと引っ張り、サムエル・コッキング苑のほうへ連れて行こうとした。

「なにしてんの、翔太。もう植物園は閉まってるよ。ほら、電気も消えてる」

「大丈夫だよ。入れるから」

　翔太は門に手をかける。鍵をかけ忘れたのだろうか。鉄製の門はあっさりと開いた。防犯カメラかなにか設置されてないかヒヤリとして、周囲をキョロキョロと見回す。

　ぼくの不安をよそに、シャツを掴んだまま、翔太は苑内に勝手に侵入しようとした。

「ちょっと、翔太。ダメだって……」

　翔太に引っ張られながら辿り着いた先は、江ノ島のシンボル、展望灯台シーキャンドルだった。薄闇にひっそりと佇む灯台。ふだんは華やかに見える青い光が、寒々しく感じられる。進入禁止のロープをひょい、とまたぎ、翔太は階段の扉に手をかけた。

「やめなよ。勝手に入ったら怒られる」

「大丈夫だよ。いつも入ってるけど、一度も怒られたことないもん」

　歌うようにいうと、翔太は勢いよく扉を開いた。こんなに大切な施設の扉まで、鍵をかけ忘れたのだろうか。首をひねるぼくを置いて、彼は非常灯に照らし出された薄暗いらせん階段を、鼻歌交じりで登ってゆく。

「ふじっさわー、いしがみー、やなぎこおーじー。はーしぃれぇ、えのっでんー。しおかぜうーけーてー!」

江ノ島で暮らしているのに、シーキャンドルに上るのは初めてだ。戸惑いながらも、ぼくは翔太を追って、扉のなかに足を踏み入れる。

足元に気をつけながらおそるおそる階段を登ると、視界が開け、さぁっと潮風が吹き抜けた。

まだ八月だけれど、朝晩はずいぶん涼しくなった。灯台が明るいせいで昼間と間違えているのか、どこからか蝉の啼き声がして、同時に秋の訪れを知らせる虫の声も聞こえてくる。

らせん階段は灯台の周りを、ぐるりと囲むように延びている。屋根はあるものの、下界と遮る壁はなく、黒々とした海に、放り出されそうな心もとなさがある。

風が強いせいか、こんな高い場所まで舞いあがってきた霧のような水しぶきが頬を濡らす。海の存在を、よりはっきりと感じた。

「翔太。ダメだって、戻ろう」

小さな背中に幾度も呼びかけ、説得しても、翔太は登るのをやめようとしない。一人で放っておくわけにいかず、そのまま翔太を見失わないよう、一歩ずつ足を進めた。

息が上がり、鼓動が激しくなる。長いらせん階段を登りきった先は、相模湾を360度見渡すことのできる、見晴らしのよい展望スペースだった。

深い闇を湛えた漆黒の海と、まばゆい対岸の街灯り。島の外に向かってまっすぐ延びた弁天橋の街路灯が、まるで飛行機の滑走路の光みたいに見える。

「すごい……！」

「でしょ。響希にーちゃにも、見せてあげたいなぁって思ったんだ。ほら、こっち来て。ここがボクの特等席なんだ」

灯台の壁面にぐるりと設置されたベンチ席の一角にちょこんと腰を下ろし、翔太はぼくにも座るよう促した。弁天橋や藤沢の夜景が一望できる席だ。

「確かにすっごくきれいだけど、警備員のおじさんが駆けつけてくるんじゃないか？」

「来ないよ。ボク、一度も怒られたことないもん」

「あれ、江ノ電江ノ島駅だよ」と、翔太は眼下を指さす。目を凝らしてみたけれど、ぼくには見つけられなかった。

星屑をちりばめたみたいに、瞬く無数の光の粒。夜の闇が濃いせいだろうか。海岸線に沿ってきらめく夜景は、今までに見た、どんな景色よりも美しかった。

「響希にーちゃに、お願いがあるんだ」

改まった翔太の声に驚き、隣に座る彼を見る。夜景から目をそらしても、光の粒が目に焼きついていて、視界の端がチカチカした。

「これからもずっとOHANAにいて欲しい。夏が終わっても、OHANAにいて」

青い瞳でまっすぐ見据えられ、呼吸が苦しくなった。灯台の光を反射したように輝く翔太の瞳は、今にも泣きだしそうに潤んでいる。

正直にいえば、揺れている。夏休み明け、都内の自宅に戻ったとしても、右腕を故障する前の日常は、決して戻ってこない。安静にしていれば、腕の痛みは和らぐ。けれども、少し無理をするだけで、また激しく痛みだす。ピアニストになる夢は、きっともう叶うことはないだろう。音楽高校に通い続ける意味さえ、見いだせなくなってしまった。

分厚い防音壁と防音扉に囲まれ、グランドピアノだけが置かれた、無人のマンション。あの部屋に戻って、この先、いったいどんな人生を歩めばいいのだろう。

黙りこくって考えをめぐらせていたら、くい、と袖を引かれた。

「響希にーちゃに、怜の親友になって欲しいんだ。ボクの代わりに、ずっと怜のそばにいてあげて欲しい」

いつになく真剣な表情で、翔太はじっとぼくを見上げる。心のなかを見透かすような強い眼差しから逃れるように、目を伏せた。

「――無理だよ。怜はぼくのことが嫌いだろ」

「嫌いじゃないよ。怜は理由があって、人を遠ざけているだけ。本当は、みんなと仲よくしたいって思ってるんだよ」

さっき、ぼくを睨みつけた怜の、他人を寄せ付けない、突き放した目を思い返す。

「そんなふうには、ちっとも見えないけどな」

「見えなくても、実際にそうなんだよ。怜はペレのカフナだから、仕方なくみんなを遠ざけているんだ。響希にーちゃ、ペレがどういう神さまなのか、知ってる？」

「火山の神さまだろう。ハルさんが教えてくれたよ。ペレが怒ると、火山が噴火する。彼女の怒りを鎮めるために、怜の作る真珠が必要なんだろう」

「そう。火山の女神ペレってね、ものすごく独占欲が強くて、嫉妬深いんだ。カフナの怜が自分以外の誰かを好きになると、嫉妬して、その人を呪っちゃうんだよ」

「呪いだなんて、迷信だろ」

「怜と仲よくしてた人は、みんな、大けがしたり……死んじゃったりしたんだ。少なくとも怜は、ペレの呪いを信じてるよ。次から次へと、大切な人を亡くしているから」

「嘘だろ……？」

呪いなんて、本当に存在するのだろうか。仲よくしたら死ぬ、なんて。とてもじゃないけれど、信じられそうにない。

「嘘じゃない。だから怜は、誰にも心を開かないし、誰も近づけようとしないんだ」

月明かりの下、なにかをこらえるような表情で踊り続けていた、怜の姿を思い出す。

常に周りを拒絶するような、怜の態度。あれは、彼自身の本心ではないのだろうか。

だとしたら、それはとても苦しいことだと思う。友人も作らず、たった一人で、神に仕える運命を、背負っているなんて……。

「ボクはね、怜をペレの呪いから救いたかったんだ。『呪いなんて迷信だよ。怜と仲よくしても死なないよ』って、教えてあげたかった。だけど……」

　ぎゅっと唇を噛みしめて、翔太は目を伏せた。しばらく沈黙したあと、パッと顔を上げて、小さな両手でぼくの手を強く握る。

「お願いだよ、響希にーちゃ。響希にーちゃは、死んじゃいたいって思って江ノ島に来たんだよね。死ぬの、怖くないよね。だったら、怜を助けてあげて。怜の友だちになって、『呪いなんか存在しない』って、わからせてあげて欲しいんだ」

　つぶらな瞳で懇願され、ぼくはぎこちなく頷いた。

「――わかったよ。翔太がそこまでいうなら、試してみてもいい。だけど怜はたぶん、ぼくには心を開かない」

「それでも、怜の支えになると思う。家族以外にも、自分のそばにいようとしてくれる人がいる。それだけで、きっと怜は救われると思うから」

　妙に大人びた口調でいう翔太に、ぼくは苦笑を漏らす。

「翔太ってさ、ときどき、ぼくよりずっと大人みたいなことをいうよね」

　なにかを諦めたような表情で、翔太は力なく微笑んだ。

「仕方ないよ、こう見えても、今まで色々と苦労してきたからね」

　ぴょこっとベンチから飛び上がり、翔太は小指を突き出す。

「約束だよ、響希にーちゃ。秋になってもＯＨＡＮＡにいて、怜の親友になって」

　乞うようにまっすぐ見つめられ、彼の小指に、自分の小指を絡めた。

「わかったよ。夏が終わってもOHANAにいる。正直、怜が心を許してくれる気はしないけど、とりあえず、もう少し頑張ってみる」

にっと笑ってみせると、翔太は瞳を輝かせて勢いよく飛びかかってくる。

「ありがと！　響希にーちゃがOHANAに来てくれて、本当によかった！」

ぎゅうぎゅうに抱きつかれ、まともに息ができなくなる。

「く、苦しいよ、翔太。離せ」

「嫌だ！　絶対離さない。ずっとOHANAにいてもらうんだ。ボクの代わりに、怜のそばに——」

ぼくの胸に埋められた翔太の頬が、燃えてしまいそうに熱くほてっている。シャツにじんわりとなにかが染みこんできた。震える翔太の身体を、ぼくはぎこちなく抱きしめる。

怜の抱えている、重たすぎる枷。知ってしまった以上、このまま知らないふりで、OHANAを出て行くことなんかできない。

死ぬつもりで訪れた、江ノ島。どうにもできない気持ちを抱え、行き場をなくしたぼくを、OHANAの皆は家族のように温かく迎え入れてくれた。

縁もゆかりもない赤の他人なのに、死のうとするのを止めてくれた。

いっしょにごはんを食べて、笑いあったり、喧嘩したり。感情を表に出すのが苦手だった自分が、彼らといるときは、知らず知らずのうちに、笑ったり泣いたりできている。

「そろそろ帰ろう。ハルさんが心配する」

夜風に身体が冷えてきて、声をかけると、翔太は珍しく「うん！」と素直に頷いた。

連日、大勢の観光客でにぎわう江ノ島も、夏の終わりが近づくにつれ、夜更けとともに人の姿が見られなくなった。

夜の静けさのせいだろうか。今立っている展望デッキは水面から遠く離れているはずなのに。岩礁に打ちつける潮騒の音が、いつもよりずっと大きく耳に響いた。


ＯＨＡＮＡに戻っても、しばらくはまぶたの裏がむずむずして、夜景のきらめきが視界から消えてくれなかった。

風呂に入って二階の部屋に戻ると、ようやくむずがゆさが治まった。スマホを充電ケーブルに繋ぐとき、ふいに、母に言いすぎてしまったのではないか、と思えてきた。謝ろう。そう思い、メッセージアプリを立ち上げたのに、いざ打とうとすると、頭のなかが真っ白になって、なにも言葉が浮かんでこなくなる。

カイさんが怜には「会いたいのに会えない家族がいる」といっていた。翔太も肉親を亡くし、寂しい思いをしている。ぼくの母に対するわだかまりは、甘えなのだろうか。

やっとのことで、書き終えた文章。しばらく悩み、送信できないまま、眠りについた。

翌日、ランチの宅配を終えてＯＨＡＮＡに戻ると、いつもは笑顔のハルさんが、珍しく険しい表情をしていた。

「どうしたんですか、ハルさん。眉間にしわなんか寄せて」

心配になって尋ねると、彼は険しい表情のまま答えた。

「片瀬西浜の海水浴場に、キロネックスが出没したんだ」

「それ、大変じゃないですか！」

手にしていた保温ケースを落としそうになる。渚さんたち対策本部の人たちが恐れていたことが、現実になってしまった。今、カイさんたちライフセーバーは、避難の呼びかけに追われているそうだ。

「だけどね、『クラゲなんかに刺されたくらいじゃ死なない』って、軽視する人たちがいるみたいなんだ。避難誘導用のドローンでどんなに呼びかけても、いうことを聞かないから、カイたちが救助用の水上バイクで直接説得に向かってる」

「カイさんたちだって、いつ刺されるかわからないのに……早くみんな避難させないと危険ですよね」

「すでに被害も出ているんだよ。子どもが刺されて、一名、心肺停止状態なんだ」

「そんな……」

よりによって、子どもが被害に……。クラゲの危険性の啓蒙（けいもう）に力を入れていた渚さんは、きっと胸を痛めているだろう。新たな被害が起きないかと、気が気でなくなる。

「ライフセーバーだけじゃ人手が足りないから、対策本部の人たちが、高速艇を出して説得に向かってくれるみたいなんだ」

つまり、渚さんも現場に来るのか。

「これ以上、被害が出ないといいんだけど……って、響希くん。どこに行くの?!」

「ごめんなさい。ちょっと行ってきます！」

ぼくが行ったって、どうこうできる問題じゃない。頭ではわかっているけれど、カイさんや渚さんが危険に直面しているのだと思うと、じっとしていられなかった。

「ダメだよ！　危なすぎる。絶対に浜辺には近づかないで！」

ハルさんの制止を振りきり、店の外に飛び出すと、小型の自転車にまたがった怜がいた。

「どこに行くの、怜」

「カイのところに決まっている」

「ぼくも行く！」

断られるかと思ったけれど、怜は拒むことなく、くい、と顎で荷台を指した。

「乗れ」

二人乗りするには小さな荷台に、おそるおそる腰を下ろす。

「ひぁっ……！」

なんの合図もなく、自転車は全速力で走りだした。石段にさしかかるたび、交互に自転車を担いで降りる。途中からは、島民だけが使う裏道を使って、一気に坂を駆けおりた。

「ふぁああああっ……！」

「やかましい！」

叱られたけれど、怜の運転は荒くて、道幅の狭い道を走り抜けるのは、とてつもなく恐ろしい。ブレーキもかけずに、怜はめちゃくちゃな速度で下り続ける。

裏道から表通りに出ると、混雑する参道を観光客の間を縫うように走る。ゆるやかな坂道を下りきって弁天橋に入ると、車道を爆走して海水浴場まで急行した。

砂浜に駆けつけたとき、警備本部周辺は騒然としていた。監視塔にいる年長のライフセーバーが、しきりになにか叫んでいる。

「なにがあったんですか」

近くにいる若いライフセーバーを呼び止め、尋ねる。

「キロネックスにやられたとおぼしき海水浴客が、溺れているんだ」

波打ちぎわまで走り、眺めてみるが、肉眼ではどんなに目を凝らしても沖のようすが見えない。不安に満ちた顔をしていたせいだろう。怜が「あそこだ！」と一点を指さして教えてくれた。

「え、どこ。なにが見えるの？」

「ライフセーバーの水上バイクと、えのすいの高速艇が停泊してる。ほら、あそこ」

怜が指さした先は、遊泳エリアの外だった。岸から遠く離れた沖のほうだ。遠目にしか見えないが、水上バイクに乗っている男性が、海に向かってしきりに叫んでいる。

「怜、あの水上バイクに乗ってる男の人、カイさんに見えない？」

背負っていたボディバッグから双眼鏡を取り出し、怜は沖合にレンズを向けた。いつもはあんなにツンケンしているのに、カイさんのことが心配でたまらないのだろう。

「いうことを聞かずに勝手にエリア外に出て。あんなやつら、放っておけばいいのに」

苦々しげに吐き捨て、怜は見ていられない、という表情で、双眼鏡をぼくに放り投げる。受け取って覗き込むと、殺人クラゲ、キロネックスのいる海だというのに、大柄な男性が迷うことなく水中に飛び込んでいった。あの体格。やっぱりカイさんだ。

「わ、カイさん、海のなかに……っ。だ、大丈夫かな……」

「最悪だ。ウェットを着ていたって万全じゃないのに」

怜が舌打ちして表情を歪める。キロネックス対策用にウェットスーツを身につけていても、顔や首は露出したままだ。命の危険がないわけじゃない。

「大変だ。誰か一人、また飛び込んだ！」

えのすいの高速艇から飛び込んだのは、小柄な人だった。ここからではよく顔が見えないけれど、もしかしたら渚さんかもしれない。ヒヤリとした汗が、背中を伝う。

双眼鏡でようすを探る。溺れているのは二人いるようだ。上空のドローンが放ったレスキューチューブに、カイさんはなんとか掴まらせようとしている。けれども溺れている二人は激しく暴れて、ちっとも従おうとしない。

一刻を争う事態なのに、ただ見ていることしかできないのがもどかしい。もがく人を抱えるようにして、カイさんは高速艇に引っ張ってゆく。

カイさんも無事に戻れそうだし、なんとか助かりそうだ。ほっと息をつきかけたそのとき、波間に飲まれ、小柄な人が海中に消えた。異変に気づいたとおぼしきカイさんが、男たちを高速艇の脇に浮かぶ救助ボートに押し上げ、せわしなく水中に潜ってゆく。

一秒、二秒、三秒……しばらく経っても、水面には誰も現れない。焦れるような気持ちで凝視し続けていると、ようやく、小柄な人を抱えたカイさんが、水面に浮上した。

「あぁ、よかった……っ。けど、あの人、渚さん……?!」

その人を抱えたまま、カイさんは水上バイクにまたがった。

「どうしよう。大変なことにっ……」

「貸せ！」

怜はぼくから双眼鏡をひったくって覗き込むと、すぐに119番通報した。

水上バイクがあっというまに砂浜に近づいてくる。カイさんに抱かれているのは、やはりエイミーさんの恋人、渚さんだ。

「カイさん！　渚さんの容体は……っ」

一刻も早く渚さんの無事を確かめたいのに。岸辺に近づくと、他のライフセーバーたちが押し寄せてきて、ぼくらは彼らの輪の外に追い出されてしまう。

「救助の邪魔になる。下がれ」

怜に腕を掴まれ、渋々彼らから離れた。

「どうしよう。エイミーさんに知らせなきゃ」

鬼気迫るピリピリした空気に、飛び交う怒号。次々と野次馬が集まり、人だかりに押し流されそうになる。ふらつく頭をなんとか動かし、震える指でスマホをタップする。

『あら、響希ちゃん。珍しいわね、あなたが電話をかけてくるなんて』

スマホの向こう側。にぎやかな歓声が聞こえる。エイミーさんは今、いったいどこにいるのだろう。焦りで何度もつかえながら、通話口に訴える。

「大変です。エイミーさん。渚さんがっ……渚さんがっ……！」

『渚がどうしたの⁈』

「今、救急車が来てっ……渚さんをっ……」

気が動転してうまく説明できないぼくの手から、怜が素早くスマホを奪い取る。

「緊急事態だ。お前の恋人が、おそらくキロネックスに刺された。搬送先がわかったらすぐに連絡する。たぶん、藤沢市民病院だ。あそこにはキロネックスの血清がある」

救急車のサイレンの音が近づいてくる。けたたましい音と、周囲のざわめき。スマホ越しに、エイミーさんにも聞こえているだろう。

「下がってください！」

救急隊員が叫ぶ。野次馬の狭間を縫うようにして、ぐったりした渚さんが担架で運ばれてゆく。ぼくは小さくなってゆく彼女の姿を、呆然と見送ることしかできなかった。

カイさんに状況を尋ね、ぼくと怜が渚さんの搬送先である藤沢市民病院に駆けつけたときには、彼女は処置を受けて病床についていた。

まだ顔が青ざめているけれど、穏やかな表情で、渚さんはぼくらを迎えてくれた。

「渚っ！」

胸をなで下ろした矢先、病室内に切羽つまった声が響き、絢爛豪華な花魁姿のエイミーさんが飛び込んできた。見事に結い上げた黒髪のカツラと、にょきにょきと角のようにそびえるド派手なかんざし。肩を丸出しにした極彩色の打ち掛けをまとったエイミーさんは、今までにぼくが見た、どんな彼女よりも強烈な格好をしていた。

「エイミーさん、なんでそんな格好なんですか……?!」

乙女な姿は渚さんには絶対に秘密のはず。真っ白にぬったくった顔面に、真っ赤な口紅とキラキラときらめくラメ入りの真っ青なアイシャドー。バサバサと長いまつげの先端には、一本、一本、宝石のように輝くカラフルなビーズがついている。

「な、ぎさ……って、わ、こ、これは……っ」

大切な恋人の危機に、男装を忘れて大急ぎで駆けつけたものの、渚さんを見て、我にかえったのだろう。エイミーさんは慌てふためき、キリッとした男の顔になった。カツラを外し、咳払いしながら『社員旅行の余興でね』などと苦しいいいわけを始める。

ぽかんとしてエイミーさんのようすを眺めている渚さんに、内心ハラハラしながら、ぼくは必死でフォローの言葉を探した。

渚さんは、エイミーさんを見つめ続けた後、急に笑いだした。

「そっか……エイミーさんね。なにか隠してるだろうなぁって、思っていたけど……。やっぱりそうだったのね」

手には点滴の管がつけられ、髪にからみついたキロネックスの触手を引きはがすために、丸刈りになった渚さんは、くつくつと笑い続ける。うなじにくっきりと残るミミズ腫れが痛々しいけれど、その笑顔はとても清々しい。

「ち、違うの、渚。これはっ……、じゃなくて、違うんだ、渚。僕は――」

とっさに女言葉が出てしまい、エイミーさんは慌てていい直す。そんな彼女を眺め、渚さんはゆっくりと目を細めた。

「それが、あなたの本当の姿なんでしょう。だって瑛士さんの寝言、いつも女言葉だったんですもの。しかも、こってこての乙女ちっくな女子言葉」

「なっ……」

エイミーさんの顔が、思いきり引きつる。ぼくと怜は顔を見合わせ、固唾を呑んで二人のやりとりを見守った。

「だから響希くんと怜くんがわざわざ江ノ島水族館まで私を尋ねて来たとき、私、てっきり二人のどちらかが、瑛士さんの本命の恋人なんじゃないかって思ったのよ」

「ば、ばかなことをっ……。僕は君以外の人を、愛したりなんかしない」

エイミーさんは真っ赤になったり青ざめたり、表情をせわしなく変えながら、無理に男言葉を使うけれど、ぎこちなさすぎる。彼女を見上げ、渚さんはおかしそうに肩を揺すった。

「無理しなくていいわ。それが、あなたの素なんでしょう。いいの。私のこと、本当は好きじゃなかったのよね。同情で付き合ってくれていたの？」

抗キロネックス血清のおかげで、一命を取り留めた渚さん。懸命に身体を起こそうとするけれど、力が入らないようだ。掠れた声で告げた彼女に、エイミーさんは駆け寄った。

「違うわ。理解し難いかもしれないけど……アタシ、女性が好きなの。心は乙女だけど、恋をする相手もいつも女性。あなたのように、まっすぐで一生懸命な女性に惹かれずにはいられないのよ」

エイミーさんは彼女本来の女言葉で、泣きそうな顔をしながら、ひと言、ひと言、はっきりと伝える。切実な彼女の訴えに、渚さんは目を瞬かせた。

「本当ですよ、渚さん。ぼくの働いてるハワイアンカフェ、街を歩いていたら誰もがふり返るような、とてつもない美形店長が経営しているお店なんですけど、エイミーさんは彼と接しても、なんの反応も示さないんです。渚さんのことを助けてくれたライフセーバーのカイさんとか、ここにいる怜とか、いつもいろんなイケメンに囲まれてるのに、一ミリたりとも興味がないんですよ」

ハルさんは、老若男女を魅了する特殊能力を持っている。そんな能力にさえ影響を受けないくらい、エイミーさんは一途に渚さんを想い続けているのだ。

「かわいらしいお顔をしている、響希くんにも？」

疑わしげな眼差しを向けられ、力強く頷く。

「もちろんです。エイミーさんに口説かれたことなんて一度もないです。怜もないよね」

「ないな。エイミーは口を開けば、お前の惚気ばかり口にしていた。『こんなに愛しているのにプロポーズを受け入れてくれない』って、泣き言をいっていたぞ」

眉間にしわを寄せた怜に断言され、渚さんの頬がかすかに赤く染まる。

「渚さん、もしかして瑛士さんが乙女だってことに気づいていたから、プロポーズを受け入れられなかったんですか」

「違うわ。瑛士さん、いえ、『エイミーさん』が正しい名前なのかしら？」

「渚……」

今にも泣きだしそうなエイミーさんに、渚さんは手を伸ばす。エイミーさんが床に膝をついてベッドサイドに顔を寄せると、渚さんはそっと、彼女の頬に触れた。病室まで走ってきたのか、汗でどろどろになったおしろいが指につくのも気にせず、やさしく撫でる。

「プロポーズを受け入れられなかったのは、そんなことが理由じゃない。あなたが時折見せる女性的な部分も、穏やかでやさしい性格も、私、大好きだったもの。問題があるのはね、私のほうよ」

振り絞るような声でいうと、渚さんは小さく深呼吸して、続けた。

「あなたのことは大好きよ。ずっといっしょにいられたらいいなって思う。でも、ダメなの。こうして危険な目に遭って、父のように命を落としたかもしれないのに。それでも、私は今の仕事をやめられないの。キロネックスの毒で、これ以上、誰かが犠牲にならないように、少しでも被害を減らせるように、今後も彼らの生態調査を続けていきたいの」

家族より仕事を優先する父と、そんな父を疎んでいた母。冷え切った両親との生活が辛かったはずなのに、父の二の舞になりそうな自分が嫌なのだ、と、彼女は肩を震わせた。

「どんなに母に反対されても、やめられなかった。たとえあなたが『やめて欲しい』っていっても、きっとやめられない。だから私には……あなたと結婚する資格はないの」

彼女の瞳から、ほろりと涙が溢れ出す。エイミーさんは、子どものおもちゃみたいにキッチュで巨大な宝石つきのリングが光る太い指で、彼女の頬をそっとぬぐった。

「渚は仕事をやめる必要なんかないわ。誰かに事業を任せて、アタシがオーストラリアについて行く。遠距離結婚になったたって構わない。いえ、構うかしら……。できるだけたくさん、あなたといっしょに食卓を囲みたいの。そのためにね、ちゃんと英語も習ったの。日常会話くらいなら、マスターしたのよ」

にっこりと微笑むと、エイミーさんは流ちょうな英語で、渚さんになにかを語りかけた。苦しげだった渚さんの瞳がキラキラ輝き始め、頬がバラ色に染まる。

「怜、エイミーさん、なんていってるの？」

怜に通訳を頼むと、無言のまま左腕を掴まれた。

「行くぞ」

「え、ちょっと待って……っ」

「いいから、帰るぞ」

強引にぼくを病室の外に連れ出し、怜はため息を吐く。

「エイミーは、まるでメルヘン世界の住人だな」

「そんなに乙女な言葉を伝えていたの？」

「乙女なんてもんじゃない。パンケーキの上にメイプルシロップを瓶ごとかけて、バケツいっぱいの生クリームとチョコレートをトッピングしたような、クソ甘いプロポーズだ」

ふん、と鼻を鳴らす怜に小突かれ、病棟の廊下を歩きだす。

「でも、渚さん、すごく嬉しそうだったよ」

「揃ってメルヘンなんだろ。あんな歯の浮くような言葉でプロポーズされて喜ぶなんて」

口では辛辣なことをいいながらも、怜の表情は、いつになくやわらかい。

やはり本来の怜は、周りの人を思いやれるやさしい人間なのだと、今日のことで確信した。彼の抱えている事情が気になり、ぎゅっと胸が痛くなる。

「エイミーさんと渚さん、いいカップルだね」

「素のエイミーを愛せる女は、世界中探しても、なかなかいないだろうからな」

ちらりと背後の病室をふり返り、怜は肩をすくめてみせる。そんな怜を眺めていると、なぜだか笑みがこみ上げてきた。

「渚さんにはちゃんと、エイミーさんの心が見えていたんだね。誰よりもあったかで、やさしい心がさ。男らしいとか乙女とか関係なく、彼女のことを心から想っていたんだ」

病棟の外に出ると、空が茜色に染まっていた。いつのまに降ったのだろう。アスファルトはしっとり濡れていて、むっとするような汐の香が立ちこめている。スマホの電源を入れると、現地に残って救助活動を続けていたカイさんからメッセージが届いていた。

『人騒がせな馬鹿野郎どもは、キロネックスじゃなく、ミズクラゲに刺されただけだった。最初に運ばれた子どもも、一命を取り留めた。みんな無事だ』

「よかった……怜、みんな無事だって！」

怜は関心のなさそうな顔で、「ん」と頷く。そっけなくしているけれど、実際は、カイさんや渚さん、被害に遭った人たちのことを、心から心配していたはずだ。

ふいっと背を向ける怜を、追いかける。

渚さんはしばらく入院が必要だし、うなじに残る大きな傷痕は、一生消えないかもしれないと看護師さんがいっていた。それでもきっと、エイミーさんは傷痕ごと彼女を大切にし続けるだろう。二人がずっと幸せでありますように、とぼくは心から願った。


小田急線に乗って、江ノ島へと戻る。片瀬江ノ島駅のクラゲ水槽の前に辿り着いたとき、エイミーさんから乙女全開なスタンプとともにメッセージが送られてきた。

『プロポーズ、大成功。あなたたちのおかげよ。結婚式はえのすいで挙げる予定だから、二人とも出席してね！』

怜にも見せると、彼は面倒くさそうな顔で、ちらっと一瞥した。

「今回も記憶を消しそこなった。またハルに叱られるな」

エイミーさんの乙女心は、彼女を作り上げるいちばん大切な要素だ。

「消さなくて、よかったと思う。だってエイミーさんから乙女心を消したら、エイミーさんじゃなくなっちゃうだろ」

怜の青い瞳が、一瞬だけやさしく細められる。彼はすぐにいつもの仏頂面になって、

「納豆かけごはん、食いたくない……」と、心底嫌そうな声で呟いた。

「ハルさんが怒るのなら、ぼくもいっしょに謝る。納豆かけごはん、代わりに食べるし」

エイミーさんの乙女心も、七星さんのアイドルでいたいという気持ちも、どちらも消さずに済んで、本当によかったと思う。真珠を待ちわびているハワイ島の人たちには悪いけれど……怜の力で消さなくちゃ忘れられないような記憶って、きっとその人にとって、なにより大きな想いだと思うから。

ぼくが怜にピアノの記憶を消してもらったとする。確かに辛さからは逃れられるけど、大切なモノも、たくさん失ってしまうはずだ。波瑠斗くんのように幼い子なら、助ける必要があると思う。だけど大人になったら——どんなに辛くても、抱えていかなくちゃいけないものも、きっとある。

改札を出てふり返ると、真紅の壁と翡翠色の屋根を持つ、竜宮城が視界に飛び込んできた。西日に照らされた片瀬江ノ島駅は、ライトアップされたカラフルで少し妖しい夜の駅舎以上に、この街の景観に自然になじんでいる。

「喉が渇いた。ハルのシェイブアイスが食いたい」

橋の向こうに見えるシーキャンドルに視線を向け、怜がぼそりと呟く。

「うん、帰って、ハルさんにおいしいシェイブアイスを作ってもらおう」

怜はぼくの言葉に応えることなく、ツンとした猫のように、ふいっと顔を背けた。

少しは距離が縮まったと思ったのに。やっぱり怜は、簡単にはぼくを彼のテリトリーに入れてくれないようだ。それでもいい。少しずつ、距離を縮めていけたらいい。

翔太のいう『親友』にはほど遠いけれど。いつか、友人と思ってもらえるような存在になれたらいい。

人づきあいの苦手なぼくがいえることじゃないかもしれないけど——一生涯、周りの人を拒絶しながら生きるなんて、きっととても辛いことだ。

ＯＨＡＮＡに来なければ、たぶん今ごろ死んでいた。とっくに捨てていたかもしれない命。もう少し生きてみたい——そう思えるようになってきたのは、ＯＨＡＮＡの皆のおかげだ。

だから、残りの人生、彼らのために役立てたい。呪いが本当に存在するのかどうか、ぼくにはわからないけれど。できることなら怜に、ふつうの生活を送らせてあげたいのだ。

夏休み最終日とあって、弁天橋へと続く地下道は観光客であふれかえっている。周囲の女の子たちの熱い視線を一身に浴びながら、怜は一人ですたすたと歩いてゆく。

相変わらず愛想の欠片(かけら)もないそっけない背中を追いかけながら、西陽に染まる海を、清々しい気持ちで眺めた。

Interlude ④

OHANAに戻ると、ぼくらはハルさんに思いきり説教をされた。エイミーさんの記憶を消さなかったことではなく、勝手に店を飛び出し、カイさんのもとに向かったことを怒っているようだ。

「危ないから、絶対に海に近づいたらダメだっていっただろう!」

母以外の人から、こんなにも激しく叱られるのは、生まれて初めてだ。ハルさんにとって、ぼくは血の繋がりもなにもない、ただの従業員なのに。それでも、とても心配してくれたのだ。そのことが嬉しくて、自然と口元がゆるんでしまった。

「響希くん、ちゃんと聞いてる?!」

ハルさんに思いきり眉を吊り上げて叱られたけれど、心はむずむずして温かかった。

「二度とこんな真似、したらダメだよ。危ない場所には近づかない。わかった?」

念を押すようにいわれ、こくこくと頷く。

「わかったのならいいよ。ほら、二人とも手を洗っておいで。シェイブアイスを作ってあげるから」

怜が小声で、なにかを呟く。早口の英語。怜の口角が少し上がっているから、たぶん喜んでいるのだと思う。翔太みたいにストレートに喜びを表すことはないけれど、怜もハルさんの作るおやつが大好きなのだ。

「ほら、早くして。食べ終わったら、お店の手伝いをしてもらうからね」

ハルさんにせかされ、ぼくらは二人揃って洗面台に手を洗いに向かった。

シェイブアイスを平らげた後は、ラストオーダーのお客さんが帰るまで働きどおしだった。そのせいで気づくのが遅くなったけれど、今日も翔太を見ていない。

ぼくがOHANAに来てすぐのころは、営業中も、ちょくちょく店に降りてきたし、デリバリーだっていっしょに行っていた。けれど、なぜか今夜もまた、閉店時間になって店の片づけを終えても、翔太の姿を一度も見かけなかった。

「翔太、どこにいるんですか。二階も全然物音がしないみたいですけど」

ハルさんからは「どこだろうね」と、この間と同じく、あいまいな言葉が返ってきた。

「翔太！　上にいるのか」

二階に駆けあがり、廊下で声を張り上げる。この家の二階には、五つの部屋がある。ぼくが寝室として借りている部屋、怜の私室でもあるカウンセリングルーム、仏間と、ハルさんの部屋、そしてOHANAの倉庫を兼ねているカイさんの部屋。

「あれ……翔太って、どこの部屋で寝ているんだろう……」

ハルさんやカイさんといっしょに寝ているのだろうか。いや、翔太はもう一人で寝られないような年齢じゃない。じゃあ、どこで……？

怜は閉店早々にどこかへ出かけて不在だ。にぎやかな翔太の気配が感じられないだけでなく、二階はしんと静まりかえっていて、なんの物音もしない。胸騒ぎがして、ぼくはOHANAの制服姿のまま、店の外に飛び出した。

今日は八月三十一日。夏休みの間ライトアップされていた江ノ島灯籠の最終日だ。夏の終わりを名残惜しむかのように、観光客だけでなく、地元の人もたくさん繰り出していて、島内はとても混雑している。

翔太がいつも島猫と遊んでいる奥津宮の境内や、参道脇にあるしらすパンの店。心当たりを捜してまわるけれど、どこにも翔太の姿がない。

「翔太、どこにいるんだよ……」

そのうちひょっこり帰ってくるのかもしれない。だけど、どうしても不安な気持ちを消すことができなかった。心がざわついて、じっとしていられない。

島内を捜し回るうちに、ずいぶん時間が経ったのかもしれない。御岩屋道通り(おいわやみちどおり)に着いたころには、いつのまにか灯籠が消え、人の姿もまばらになっていた。

(もしかして、どこかで行き違いになったのかな……)

これ以上、どこを捜したらいいのかわからない。ぐったりとうなだれながら、OHANAに戻った。

「おかえり、響希くん。遅かったね。夕飯にするよ。早く手を洗っておいで」

二十一時をまわっているのに、やっぱり翔太の姿はなかった。もどかしくて、平然としているハルさんを問い詰める。

「どうして翔太を捜さないんですか。まだ小学生なんですよ。さっき、ぼくのことはあんなに心配してくれていたのに……。もし誘拐でもされたら――」

喋っているうちに焦りが増してきて、たまらず叫ぶと、カウンターの向こうのハルさんは、困ったような表情で、ため息を吐いた。

「お、なんだ。喧嘩か。珍しいな。今日は怜じゃなくて、ハル相手か」

カイさんのおおらかな声が、興奮するぼくの背後から聞こえてきた。ふり返ると、戸口のところにちょうど仕事から帰ってきたらしく、防水バッグを肩に下げたカイさんが立っていた。

「カイさん、聞いてくださいよ。翔太がまだ帰ってきていないんです。なのにハルさん、ちっとも捜そうとしないんです」

カイさんはぼくから目をそらし、気まずそうに頭を掻く。低く唸って、キッチンで硬い表情をしているハルさんに呼びかけた。

「なあ、ハル。そろそろ響希に本当のこと、教えてやるべきじゃねぇか。響希はこれからも、ここで暮らすんだろ」

「でも、簡単に話せることじゃない」

ハルさんは眉根をぎゅっと寄せ、苦しそうな表情で首を横に振る。

「本当のこと……？」

首を傾げたぼくに、カイさんが苦い表情で切り出す。

「ああ。あのな、響希、お前がふだん接している翔太はな……」

「カイ！」

ハルさんの制止を無視し、カイさんは話を続けた。

「翔太はな、入院してるんだ」

「えっ、いつから?!　翔太になにがあったんですかっ」

あんなに元気いっぱいだったのに。さぁっと血の気が引いてゆく。よろめきながら身を乗り出したぼくに、カイさんは言い辛そうに答えた。

「ずっと、前からだ」

「嘘だ。ついこの間まで、ここにいましたよね。どこか悪いんですか。事故にでも遭ったんですか。どうしてそんな大事なこと、ぼくに教えてくれなかったんですかっ」

思わず声を荒らげて詰め寄ると、カイさんは困り果てたような顔で、眉を下げた。

「六年前だ。翔太が事故に遭ったのは」

ぼそりと、カウンター前に立ったカイさんが呟く。

「なにいってるんですか……からかっているんですかっ……」

もしかしたら、ハワイに里帰りしていたり、サマーキャンプに参加したりしているのだろうか。何日も家を空けるなら、教えてくれればよかったのに。

「ハル、これ以上は無理だろ。響希に本当のことを話すぞ。あのな、響希——」

「カイっ……！」

ハルさんがキッチンから勢いよく飛び出してくる。カイさんの口を塞ごうとして、太い腕にやんわりと押しのけられた。

「響希、お前がふだん接している翔太はな、幻みたいなもんなんだ」

じっとぼくの目を見つめ、カイさんはありえない言葉を吐いた。

「幻……？」

いったいなにをいいだすのだろう。ぽかんと口を開けたぼくに構わず、カイさんは話し続ける。

「怜を心配する翔太の想いと、怜の霊力（マナ）が作り出した、実体のない幻影なんだ」

鮮やかな青い瞳が、射抜くようにぼくを見据えている。

「冗談、ですよね……？」

声が、震えた。幻なんてありえない。そう思うのに。向けられたカイさんの瞳はあまりにもまっすぐで、とてもではないけれど、ふざけているようには見えない。

「口でいってもわかんねぇだろうから、実際に目で見て確かめてくれ」

ポケットから財布を取り出し、カイさんは差し出した。二つ折りのそれを開くと、古い写真が出てきた。翔太が大好きな江ノ電江ノ島駅をバックに四人で写っている。

江ノ電もなかの箱を持ち、嬉しそうに微笑む翔太。その隣には、翔太とほとんど変わらない身長の、小学生くらいの黒髪の少年——たぶん怜が、そっぽを向いて写っている。

そして今よりずっと若く、少年の面影を残したカイさん。今とあまり変わらないけれど、少し髪の短いハルさんの姿。

「嘘、ですよね……？」

なにかのアプリで作った合成写真に違いない。声が震えるのを感じながら、隅々まで観察してみる。だけど、どんなにじっくり見ても、不自然なところはどこにもなかった。

「嘘じゃない。本当だ。なあ、ハル」

カイさんに話を振られ、ハルさんはぎゅっと唇を噛みしめて目を伏せる。長いまつげを震わせ、ハルさんは掠れた声で呟いた。

「信じられないと思うけど……本当の話だよ。本物の翔太は、この夏で十六歳になる。誕生日もクリスマスも感謝祭も、ずっとベッドの上。六年もの間、寝たきりなんだよ」

ハルさんはそういうと、二階から一冊のアルバムを持ってきた。古く色あせた布製の表紙に、翔太の名前が書かれている。

「前にも話したとおり、僕らの母親は『ペレの器』、恋多き女性でね。父親の違う子どもが十人もいる。半分しか血が繋がっていないけど、兄弟仲はよくて、翔太もハワイ島のコナにあるぼくらの家で、生まれ育ったんだ」

「十人きょうだい、全員がいっしょの家で暮らしていたんですか……？」

「父親の家と行き来しながら、って兄弟もいるけどね。翔太の父親、弘彰さんはマウナ・ケアにある天文台に勤めていて、夜勤が多かったから。弘彰さんが仕事の日は僕らといっしょに暮らして、休みの日には彼の家で過ごしていたんだ」

ハルさんがアルバムを開くと、かわいらしい赤ん坊の写真が出てきた。いっしょに写っているのは、この家の仏間で写真を見かけた男性と、褐色肌で豊かな長い黒髪のグラマラスな美女。

「この女性が……ハルさんたちのお母さまですか……?」

ハワイ先住民の血を引いているのだろうか。エキゾチックな南国風の美女で、ひと目で心を奪われそうなほど、美しい顔だちをしている。

「うん。全然似てないでしょ、僕らと」

「似てない、ですね……」

小麦色に日焼けしているけれど、顔だちや髪の色は白人にしか見えないハルさんと、日本の血が濃く感じられる翔太や怜。強いていえば、カイさんは同じ民族に見えるけれど、それでも顔だちや体形が似ているようには感じられない。

「ペレの器から生まれてくる息子の特徴なんだよ。母方の外見的な特徴はいっさい引き継ぐことなく、父方の容姿の特徴だけが現れる。その上、母方の血も父方の血も関係なく、海の色みたいな青い目をして生まれてくるんだ」

「逆に娘は、みんな母親そっくりなんだよな」

ほら、とカイさんがページをめくると、たくさんの黒髪美女や美少女に囲まれた翔太の写真が出てきた。

「わ、本当だ……！」

姉妹全員が、とてつもない美貌だ。思わず目が釘付けになって、慌てて我にかえる。

「えっと……翔太は、どこで事故に遭ったんですか」

「日本だよ。七年前に弘彰さんの母、つまり翔太の祖母が癌を患ってね。どうしても最後は孫と過ごしたいっていうから、弘彰さんは翔太を連れて、日本に戻ってきたんだ」

ハワイを離れ、翔太は父親の実家であるこの家で、祖母や父と暮らし始めた。

「慣れない日本での暮らしで、ホームシックになっちまったんだろうな。『会いたい、会いたい』って電話口で泣くもんだから、俺とハルと怜と、三人で日本に会いに来たんだ」

財布から四人で写った写真を取り出し、カイさんは慈しむようにそっと指先で撫でた。

「これは六年前の夏に撮ったものだよ。翔太は江ノ電が大好きでね、僕らに会いたくてたまらなくなったとき、江ノ電を見ると寂しいのを我慢できるって話していたんだ」

けれど日本での暮らしは、長くは続かなかった。同じ年の冬、祖母の容体が急変し、翔太と彼の父親は病院に車で急行した。その途中で、事故に遭ったのだという。

「運転席の父親は助からなかった。後部座席に座っていた翔太は、奇跡的に一命を取り留めてね。けれども頭を強く打って、今も意識が戻らないんだ」

同じ日に祖母も亡くなり、翔太は慣れない日本で、独りぼっちになった。

「俺には『共感の力』がある。きょうだいの危機が、前もってわかるんだ。あの冬もずっと、嫌な感じがしていた。すぐに駆けつけてやればよかったのに――大切なワールドツアーのまっただ中で、どうしても抜けられなかったんだ」

ぐっと拳を握りしめ、カイさんは苦しそうな声で想いを吐き出す。震えるカイさんの拳を、ハルさんの手のひらがそっと包み込んだ。

「カイは悪くない。たとえ日本に駆けつけたって、四六時中、翔太のそばにいて守ってやるわけにはいかないんだから。誰にも、どうすることもできなかったんだよ」

「だけどっ――」

早口の英語で、カイさんがなにかを捲し立てる。大きな身体を屈めるようにして肩を震わせるカイさんの背中を、ハルさんがなだめるようにやさしく撫でた。

「一刻も早く、翔太を僕らのもとに連れて帰りたかったんだけど……当時、翔太の容体は今ほど安定していなくて、ハワイまで搬送するのは危険だといわれたんだ。だから僕らは時折来日しては、彼を見舞っていた」

「それで、みなさん、日本語がお上手なんですね」

「元々日系の親戚も多いし、翔太が事故に遭ってからは、年に何度も会いに来てたから。そうしてるうちに……怜が『日本で暮らす。ずっと翔太のそばにいる』っていいだしてね」

ハルさんがめくったアルバム。親指と小指をピンと伸ばしたアロハサインで満面の笑みを浮かべる翔太と、むすっとした顔でそっぽを向いた怜の写真が収められている。

「年が近いせいもあって、怜と翔太は特に仲のよい兄弟だった。怜にとって、翔太は特別な存在だったんだよ。怜がペレのカフナだって話は、以前、したよね」

アルバムのなかの翔太をそっと撫でながら、ハルさんはぼくに問う。

「ペレに真珠を捧げる、役目を担っているんですよね？」

「真珠や祈りを捧げて、ペレの怒りを鎮める大事な役目だ。そんなペレのカフナには悲しい伝承があってね……カフナは、ペレの使いであるのと同時に、彼女の溺愛の対象でもある。独占欲の強いペレは、カフナが自分以外の者を愛することを、決して許さないんだ」

ハルさんの指が、翔太から怜に移る。頬を撫でるように滑らせ、言葉を続けた。

「恋人も友人も、親兄弟も。カフナが愛するすべてを、ペレは呪い殺す、といわれているんだ。実際に怜の周りでは、何人もの人が死んだんだよ」

「この前、翔太からも聞きました。それ、本当なんですか……？」

呪いなんて、正直信じられない。迷信なんじゃないだろうか。

「最初に犠牲になったのは、保育園（プリスクール）の先生だったよ。人見知りの激しい怜が、初めて心を開いた相手だった。次は怜に熱烈に恋をしていた、隣の家に越してきた女の子。次が、仲のよかった同じクラスの友だち。怜と仲よくなった人たちが、次々と不幸な事故で亡くなったり、重傷を負ったりしたんだ」

「偶然、なんじゃないですか……？」

「僕らもそういって聞かせたよ。『怜のせいじゃない。たまたまだ』って。だけど、あまりにもそんなことが続いて、怜はすっかり伝承を信じてしまった。誰も近寄らせなくなって、僕ら家族にさえ、そっけなく接するようになったんだよ」

次々と大切な人を失い、悲しみに打ちひしがれた怜。すっかり心を閉ざした怜に、翔太だけは変わらず笑顔で接し続けたのだという。

「翔太はね、カフナの伝承を信じていなかった。孤独に生きる怜を、なんとかして救ってあげたいと考えていたんだ」

『伝承なんて嘘だよ。ほら、こんなに仲よくしてるのに、ボクは死なない。ね、大丈夫だよ。怜、そんなくだらない伝承、信じるのやめなよ』

翔太はそういって、怜のそばに居続けたのだという。だから翔太は、怜にとって、ひとつ年下の弟であり、唯一の親友だったのだろう。

「おばあさんの病気を機に離れ離れになっても、翔太は、怜に毎日のようにメールを送っていたよ」

カフナの伝承なんてデタラメだ。身をもって証明しようとした翔太が、けれども交通事故に遭い、寝たきりになってしまった。大切な弟に起こった、不幸な事故。怜はとても苦しんだに違いない。

「翔太の事故を機に、怜は朝から晩まで一日中、部屋に籠もって勉強するようになったんだ。あっというまに小学校の勉強を終え、飛び級して中学生になった。そして高校も十三歳で卒業したんだ」

「ものすごく頭がよかったんですね……」

「元々優秀な子だったけど、それ以上に、翔太を想う気持ちが強かったんだと思う。そのころから不思議な行動が目立つようになった。誰もいないところで誰かと会話をしているのを見かけて……最初はイマジナリーフレンドみたいなものだろうって思ってた。だけど違ったんだよ。怜は自分の霊力で呼びよせた、翔太の霊魂と会話していたんだ」

「日本の病院にいる翔太の魂を、ハワイまで呼びよせていたんですか……？」

「僕も最初は信じられなかった。でもいつのまにか、翔太の幻は怜以外にも見えるようになったんだ。最初に見えるようになったのは、『共感の力』を持つカイだ。そして、次に僕。なぜか姉妹には見えなかったんだよ。もちろん、他人にも見えなかった」

嘘みたいな話だ。だけどハルさんもカイさんも、とても真剣な目をしている。

「ほどなくして、怜が突然いいだしたんだ。『翔太があんな目に遭ったのは、俺のせいだ。翔太を救う。俺は日本に行って、日本の医師免許をとる』ってね」

怜の強い望みに、ハルさんは付き合うことにした。ハワイにある自分の店を妹に任せ、翔太の後見人である弁護士からこの家を買い取って、カフェを開いた。

改装したのは一階だけで、翔太の部屋のある二階には手をつけなかった。いつか回復して彼が帰ってきても大丈夫なように、そのままにしておいたのだという。

カイさんもプロサーファーとして世界を転戦しながら、時間を作っては日本に通うようになった。そして翔太の『異変』を感じたこの夏、ワールドツアーへの参戦を取りやめ、江ノ島に駆けつけたのだそうだ。

「怜はな、奇跡を望んでいるんだ。いつか、自分が翔太を目覚めさせるんだって信じて、毎日欠かさず、翔太のもとに通い続けてる」

四人で写った写真を財布に戻し、カイさんは大事そうにポケットにしまった。

「だけどな、それは怜にとっても、翔太にとっても、ものすごく負担になることなんだ。もう六年も、怜は翔太の魂を実体化させ続けている。寝たきりの翔太も、怜を独りぼっちにさせたくなくて、ずっと怜のそばに居続けてる」

ペレのカフナである怜と、『真実の目』を持つ翔太。二人の霊力（マナ）は一族のなかでもずば抜けて優れているけれど、決して無尽蔵なわけじゃない。

「これ以上無理をしたら、怜も翔太も、保（も）たないんだ」

深夜のシーキャンドルでの、翔太の切実で悲しげな顔を思い出す。

あまりにも辛い真実に、頭が追いつかない。

ハルさんの持ってきたアルバムには、ほとんど背丈の変わらない二人の少年が写っている。ニコニコ顔の翔太と、仏頂面の怜。翔太だけ、写真の姿のまま、時が止まっている。

「お話は、これでおしまい。怖くなったのなら、これ以上OHANAに関わる必要はない。僕たち一族の問題に、巻き込まれなくていいんだ。僕らのことを、忘れてくれて構わないよ。君だって、死ぬのは怖いだろう」

ハルさんの言葉に、ぎゅっと拳を握りしめる。

「怖いけど……惜しくはないです。元々、この島で死ぬつもりでしたし」

もし仮に翔太が消滅して、ぼくが出て行ったら、怜はどうなるのだろう。今後もひとりきりで、誰にも心を開かず、ペレの伝承を信じて生きていくのだろうか。

そんなの、悲しすぎると思う。

怜は、本当はやさしい心の持ち主だって、わかったから。カイさんの身を案じ、あんなにも必死で駆けつけた。七星さんの背中を押して夢を叶えさせ、エイミーさんの乙女心を消すことなく、彼女の恋を実らせてあげた。そして厳しい言葉を吐きながらも、ぼくがもっとうまく身体を使えるよう、腕の痛みが癒えるよう、アドバイスをくれる。

「翔太と約束したんです。ぼくは、怜の友だちになりたい。翔太の代わりに、『カフナの伝承なんか嘘っぱちだ』って、証明してみせますっ」

最後まで言い終わる前に、「お前なんかと、絶対に友だちにならない」と冷ややかな怜の声がした。ふり返ると、いつのまにか店の戸口に怜が立っていた。怒りを宿した瞳で、こちらを睨んでいる。

「怜、また翔太の病院に行ってたのか。遅くなるときは連絡しろっていってるだろ」

カイさんに叱られ、怜はふいっと顔を背ける。

「ハルさん、夏休みが終わっても、ここにいさせてください。バイト代はいりません。お願いです。ぼくを、ここに住まわせてください！」

「迷惑だ！　今すぐ出て行けっ」

怜に怒鳴られたけれど、気にしないことにする。怜が反対するのは、予想済みだ。

「響希くん。本当にいいんだね……？」

驚いた顔で固まっていたハルさんが、ため息を吐くようにひっそりと尋ねてくる。

「試させてください。このまま、ここを出て行くなんて嫌だ。怜のおかげで、腕の痛みがよくなってるし、もっとたくさん、怜と話がしたい。音楽のことや、怜の踊りのこと、いろんな話を聞かせてもらいたいんです。OHANAの仕事も、これからも手伝いたい。ぼく、この店が好きなんですっ」

どうせ、捨てるつもりだった命だ。もしカフナの伝承が本当になったとしても、悔いはない。翔太とも約束した。なにより、怜がこうして激しく拒絶するのは、ぼくを危険に巻き込みたくないからだってわかる。そんな怜と、友だちになりたいと強く思った。

ハルさんの頬を、ほろりと大粒の涙が伝う。怜は固く唇を引き結ぶと、なにもいわず、ぼくらに背を向け、二階へと続く階段を上っていった。

カイさんが無言で拳を突き出してくる。こういうときは、たぶん、拳を重ね合わせるのが正解だ。おずおずとくっつけると、彼はぼくをぎゅっとハグして、わしわしと髪を撫でてくれた。

キロネックスの出没に、エイミーさんのプロポーズ成功、ペレにまつわる怜や翔太の背負った運命を聞かせてもらったこと。今日一日、色々なことが、めまぐるしかった。

そのせいか、へとへとの身体と心。引きずるように、早々に布団に入った。

珍しく風のない夜だ。窓の外からは、秋の虫の声がする。決して暑いわけじゃないのになぜだか寝苦しくて、目を閉じてじっとしていても、少しも眠気が訪れない。

「翔太……」

先刻、ハルさんから聞いた話が、脳裏によみがえる。

怜の抱えているもの。怜をペレのカフナの呪縛から解放しようとして、不幸な事故に遭った翔太。そして、二人を見守り続けてきたハルさんとカイさん。

父親の顔も知らずに生まれてきて、母には素直になれず、支えあう兄弟もいない。ぼくの目に、彼らの間にある家族の絆は、いつも羨ましく見えた。だけど彼らは、脈々と引き継いできた血族のしきたりに翻弄され、耐えきれないほど重い枷に繫がれていた。

のろのろと布団から這い出し、廊下に出る。板張りの廊下が、ひんやりと冷たかった。

薄闇に包まれた店内を抜け、OHANAの外に出る。しんと静まりかえった島内。なぜだかわからないけれど、確信があった。

家屋の窓から漏れる光と、外灯を頼りに、夜闇に包まれた道を歩く。翔太がいつも島猫といっしょに遊んでいた、奥津宮の境内。月明かりの下、ぼんやりとした人影があった。

見間違えるはずがない。くりっと大きな青い瞳に、ふっくらほっぺ。OHANAに来てから一か月、ずっといっしょにいた、ぼくのよく知っている、十歳くらいの翔太だ。

「あーあ、見られちゃった。姿、今、ちゃんと作れていないのに」

困ったような顔で、翔太は微笑む。

「ハルさんから、全部聞いたよ」

ぼくがそう告げると、翔太は「そっか」と小さく頷いた。

近づいてみると、腕や足がうっすら透けている。翔太の透明な手のひらが、ぼくの腕に触れる。けれど、肌に触れられた感触は、少しもなかった。

「もう、掴めなくなっちゃったね」

力なく笑い、翔太は「最後にもう一回、シーキャンドルに登りたいな」と、呟いた。

元気だったころ、兄弟で登ったのだろうか。翔太はシーキャンドルが大好きなようだ。

「行こうよ、響希にーちゃ」

誘われるがまま、閉園後のサムエル・コッキング苑へと向かう。鍵はかかっているはずなのに、今夜もやっぱり、ゲートの扉もシーキャンドルの扉も、どちらもあっさりと翔太は開けてしまった。

ほの暗いらせん階段を上り、屋外展望フロアへ。階段を上る間、翔太はこの前と同じように、江ノ電の歌を歌い続けていた。長調だし、明るいメロディの曲だ。それなのになぜか、胸が苦しい。

弁天橋や藤沢の夜景を見渡せるベンチに腰を下ろすと、翔太はようやく歌うのをやめて、こちらを見上げた。

「響希にーちゃ。ボクら兄弟の問題に、無理やり巻き込んでごめんね」

いつになくしおらしいことをいう翔太の頬を、むい、とつねってやりたかった。だけどどんなに手を伸ばしても、指先にはなんの感触もない。悲しくなって、涙が出ないよう、空を仰ぎ見る。

「散々巻き込んでおいて、今さら『ごめん』、とかいわれても困る」

「ごめんね……そろそろお迎えが来るんだって、自分でもわかるんだ。終わりにしなくちゃ、ボクも怜もダメになる」

怖くて、翔太のほうを見られなかった。今にも消えてしまうんじゃないかって不安で、どうにもできなくなる。

「だから、響希にーちゃをOHANAに連れてきたんだ。死を怖がらない響希にーちゃなら、ボクの代わりに怜を助けてくれるかもしれないって思った」

翔太の声が途切れる。どんな顔をしているんだろう。不安でたまらなくて、だけど、どうしても顔を上げることができない。

しばらくすると、ようやく翔太が言葉を発した。掠れて心許ない、弱々しい声だ。

「間違いだったよ。響希にーちゃは、ボクら一族の問題に、巻き込んでいい人じゃない。——ごめんね。ボクらのことはもう忘れていいから。おうちに帰りなよ」

ぎゅっと拳を握りしめ、夜空を睨みつける。全身に力を入れていないと、今にも涙が溢れてしまいそうだった。濃紺の空に、まっすぐ伸びる、放たれたばかりの灯台の光。まぶしさに目の奥がツンとなって、余計に目頭が熱くなった。

「ぼくには帰る家なんてない。帰ったって、あそこには誰もいないし、なにもないんだ」

母がいなくなり、大きなピアノしかない、無人の部屋。たったひとつの拠り所にしてきたピアノを弾けない今、帰る意味が見いだせない場所だ。

眺めていると心が澄み渡る、海辺の風景、あったかい島の人たち、おいしい料理とお客さんの笑顔、ハルさん、カイさん、怜、翔太と囲んだ、にぎやかな食卓。この島から――OHANAから戻るには、ぼくの家は空虚すぎる。

悲しげに眉を下げる翔太に、ぼくは小指を差し出した。

「約束しただろ。ぼくは、怜の友だちになる。『伝承なんてデタラメだ』って、翔太の代わりに、怜に教えてやるよ」

翔太は大きな瞳で、真剣にぼくの言葉に耳を傾けている。

「それに、翔太に頼まれたから、だけじゃない。ほんとに、怜に一人で抱え込まなくていいって伝えたいんだ」

きっぱりと言い切ると、翔太はぎゅ、と唇を噛みしめ、今にも泣きだしそうな顔で、へにゃっと笑った。小指を差し出し、ぼくの指に絡めようとする。

互いに触れられないまま、中空で交わした指切り。翔太はぴょこんとベンチから立ち上がり、今度は真夏の太陽の光を浴びて輝く、ひまわりみたいなまばゆい顔で笑った。

「ばいばい、響希にーちゃ。いっぱい遊んでくれて、ありがと。怜をよろしくね」

翔太の姿がすうっと闇に溶けてゆく。

「翔太っ……！」

慌てて追いかけ、翔太の身体を抱きしめる。だけどどんなに抱きしめても、なんの感触もない。ぼくはその場にしゃがみこみ、こらえきれず、声を押し殺して泣きじゃくった。

第四話　夏のおわりに

あの夜以降、翔太は完全に姿を現さなくなった。

ＯＨＡＮＡにも、いつも彼が島猫と遊んでいた奥津宮にも、買い食いをするのが大好きだった参道にも、どこにもいない。

思い返せば、翔太の姿は、元々、お客さんや島の人たちには見えていなかったのだと気づく。ハルさんによると、彼の姿を見ることができたのは、この家で暮らす兄弟と、お忘れ処ＯＨＡＮＡの依頼人や、その関係者、そしてぼくだけだったらしい。

「だから買い食いをするとき、いつもぼくに支払いをさせていたんだな……」

寝室として使わせてもらっているこの和室には、翔太が愛用していた江ノ電もなかの空き箱が転がっている。色あせて古ぼけた空き箱は、おそらく彼がまだ元気だったころに、買ってもらったものなのだろう。ズボンのポケットから嬉しそうに、財布代わりの空き箱を取り出す翔太を思い出し、ぎゅっと胸が苦しくなった。

「響希、メシだぞ」

ふすまが開き、アロハシャツをまとったカイさんが顔を出す。

「あ、はい。すぐ行きます」

布団から飛び起き、高校の制服に着替えて階段を駆けおりる。

翔太との約束どおり、ぼくは九月になってもＯＨＡＮＡに留まり、ここから高校に通学することにした。

今日は新学期。故障したままの腕を抱え、今の学校に居続ける意味はあるのかとか、これからのことはなにも決められてないけれど、怜と、とことん関わろうと決めている。

「おはよ、響希くん。よく眠れたかい」

ハルさんに爽やかな笑顔を向けられ、「はい」と頷く。本当はちっとも眠れていない。ぼんやりした頭で厨房内を眺めていると、いつも翔太が腰かけていた場所に、彼愛用の小さな椅子が置かれていないことに気づいた。

「響希くん。急いで食べないと、学校、遅刻するよ」

ハルさんに声をかけられ、我にかえる。考え事をするうちに、箸が止まっていた。気づけば、同じ時間の電車に乗って大学に行く怜は、すでに食事を食べ終えている。

「あ、あの、ハルさん。ぼく、翔太に会いたいんですけど……」

意を決して、昨晩中ずっと頭のなかをぐるぐるとめぐっていたことを伝える。作業台でパイナップルをカットしていたハルさんは、手を止めて、ぼくに向き直った。

「響希くん。何度もいうようだけどね、翔太はもう……」

「わかっています。ぼくが会いたいのは幻じゃない。病院で眠っている、今の翔太です」

ハルさんはカットボードの上にフルーツナイフを置き、ため息交じりに呟く。

「六年も寝たきりなんだ。翔太は君に、今の姿を見せたくないはずだよ」

「どんな姿をしていたって、関係ないです。だから、会わせてください」

お願いします、と何度も頭を下げたけれど、ハルさんは取り合ってくれなかった。諦めきれず食い下がっても、目も合わせてもらえない。

「怜、遅刻する。響希くんを連れて、早く学校に行くんだ」

ぼくとハルさんのやりとりは聞こえているだろうに。気に留めるそぶりもなく、黙々とデザートのグレープフルーツを口に運んでいた怜が、ちらりとぼくを一瞥する。

夏休みが終わっても、OHANAは連日にぎわっている。開店前の貴重な時間。ハルさんも、学校のあるぼくらに代わって店を手伝っているカイさんも、とても忙しそうだ。

「カイ、そろそろスコーン焼けるよ。オーブン確認して」

「はいよ」

これ以上、彼らの邪魔をするわけにはいかない。ぼくは急いで朝食を平らげ、OHANAを後にした。

駅へと向かう間、怜はひとことも口を利かなかった。ぼくが話しかけても、何の反応も示さない。ツンと澄ましたまま、早足で黙々と歩いて行く。

改札を抜けて、列車に乗り込む。藤沢駅で一気にたくさんの人が乗り込んできた。ぼくと怜の間にも人が溢れて、余計に会話を交わすことはできなくなる。

学校のテキストだろうか。怜は英語で書かれた分厚い本を、真剣な表情で読んでいる。

このまま、ひと言も交わさないまま、終わるかもしれない。そう思っていたのに。怜は乗換駅に着くと、本から顔を上げ、乗客の間を器用にすり抜けて、ぼくの隣に立った。

「リラックス。──新学期初日だってのに、顔が真っ青だ。人の心配をする暇があったら、お前は自分の心配をしろ」

たったそれだけ言い残し、扉の外に出て行く。

突然すぎて、なんの言葉も返すことができなかった。

ゆっくりと閉まる扉。電車が動き出すまでの短いあいだ、ぼくは人波に紛れてゆく怜の背中を、ぽかんと口をひらいたまま、ぼうっと眺めた。

夏休み明け、登校初日はいつもソワソワする。今年はふだんにも増して、教室へ向かう足取りが重く感じられた。周囲から向けられる、蔑みや憐れみの眼差し。押し潰されそうになって、頭のなかを、浅茅環の『24のプレリュードとフーガ』で満たす。

この先、どんなに努力をしても、浅茅環のような音色を奏でることはできないかもしれない。だからといって、音楽を嫌いになることも、できそうになかった。

生まれてから今まで、ほとんどの時間を、ピアノを弾くことに費やしてきた。きっとこれから先も、音楽以上に好きになれるものなんて、なにもない。

昼休みの教室内。周囲は楽しそうなざわめきで溢れている。ぼくは独りぼっちで、ハルさんが持たせてくれたランチボックスを開いた。

ケチャップでスマイルマークの書かれたオムレツと、モチコチキン、カルビリブやフリカケアヒ。ぼくの好きなおかずばかりが並んでいる。ハルさんはぼくを元気づけようとしてくれているのだろうか。それなのに、開店前の忙しいときに困らせてしまった。

申し訳ない気持ちになったそのとき、スマホが震え、メッセージ受信のマークが表示される。カイさんからだ。

『どうしてもしょうたにあいたいならないしょでつれてく　がっこうおわったられんらくくれ』

日本語の読み書きが得意なハルさんや怜と違い、カイさんは漢字が苦手だ。ひらがなばかりの文章は暗号みたいに見えたけれど、眺めていると、思わず口元がほころぶ。

『ＭＡＨＡＬＯ（ありがとう）』とハワイ語で返すと、数秒後に、手の甲を相手に見せて親指と小指を立てるアロハポーズ、『シャカ』のスタンプが返ってきた。

居心地の悪い教室内。凝り固まった身体から、すっと力が抜けるように、重苦しい圧が消えた気がした。

放課後、藤沢駅でカイさんと合流し、彼の運転する空色のピックアップトラックで翔太の病院へと向かった。二人とも、ずっと無言のままだった。ＦＭラジオから流れるサーフミュージックだけが、重苦しい空気の車内を満たしている。

「今の翔太を見れば、ハルがあんなにも会わせたがらなかった理由が、わかると思う」

病室の扉の前、『覚悟はいいか』と問われ、ぎゅっと拳を握りしめて頷く。

カイさんはぼくの髪をくしゃりと撫でると、大きな拳を突き出した。彼の拳に自分の拳を軽くぶつけ、扉に手をかける。深呼吸した後、ゆっくりと扉を開いた。

白い壁に囲まれた病室内。まっさきに視界に飛び込んできたのは、一台のベッドだった。そこに横たわる人の姿を見て、一瞬、部屋を間違えたのではないかと不安になった。

病衣をまとった、やせ細った身体の少年。遠目に見ても、今年の夏をいっしょに過ごした、あの愛らしくて元気いっぱいな翔太とは、似ても似つかない姿だとわかる。

「やめておくか」

「いえ……そばに行きたいです」

意を決し、病室内に足を踏み入れる。指先が冷たくなって、膝が震えて、うまく足が運べない。短いはずのベッドまでの距離が、ものすごく遠く感じられた。

「翔太」

名前を呼んでみたけれど、なんの反応もない。いつだってひまわりみたいな笑顔で、勢いよく体当たりして抱きついてきたのに。目の前の翔太は、どんなに呼んでも、まぶたがぴくりと動くことさえなかった。

「脳も内臓も、どこも悪くない。だが、まったく目を覚まさないんだ」

カイさんは英語でなにか話しかけると、翔太の額に愛しげに自分の額を重ね合わせた。

ぼくがいちばん辛かったとき、翔太はいつもそばにいてくれた。人との距離を測るのが苦手で壁を作りがちなぼくに、いつだって屈託のない笑顔を向けてくれた。それなのに、ぼくには翔太にかけられる、なんの言葉も浮かんで来ない。

「翔太……」

祈るような気持ちで名を呼び、骨と皮だけになった、やせ細った手のひらに触れる。

頭のなかに、翔太の歌声がよみがえってきた。全部の音がフラットした、ポンコツな歌声。だけどいつだって楽しそうだった。翔太の歌に合わせ、足踏みオルガンを弾くのが大好きだった。あの時間が、絶望に押し潰されそうなぼくを救ってくれた。

翔太の歌う江ノ電の歌を、二度と聴くことができないのかもしれない。そう思うと、無性に胸が苦しくなった。唇を噛みしめ、じわりとにじんだ涙をこらえる。

翔太の手のひらに触れ、震え続けるだけのぼくを、カイさんはせかすことなく、黙って見守っていてくれた。

夕方、OHANAに戻り、アロハシャツに着替えてハルさんの仕事を手伝った。

「響希くんはいい子だなぁ。それに比べて、カイ。営業時間中に勝手に出かけるなんて、いったいなにを考えているんだ」

ハルさんに睨まれ、カイさんは肩をすくめる。ぼくはギクリと肩を跳ね上げた。

「悪かったっていってるだろ。代わりに職場の同僚、ここに寄こしたじゃないか」

「あのね、カイ。接客未経験者をいきなり代打で送り込まれても、残念だけどなんの助けにもならないんだよ。まったく。こんな時間まで、いったいどこに行っていたんだ」

二人の間に割って入ろうとすると、『黙っていろ』とカイさんに視線で制された。なんのいいわけもせず、カイさんは黙々と店の仕事をこなす。怜がなにかいいたげに、こちらを見ている。ぼくは申し訳なさを感じながら、閉店まで仕事に没頭した。


夕飯の後、二階の部屋で勉強をした。音楽高校といっても、一般科目の授業もある。眠気と格闘しながら英語の予習復習をやっつけ、母のキーボードの電源を入れる。

大嫌いだった、おもちゃみたいに軽い鍵盤。これまで触りもしなかったけれど、この鍵盤なら、ピアノと比べて身体への負担が少ない。深みはないけれど、足踏みオルガンに惹かれたのと同じように、最近はこのチープさも味があると思えるようになってきた。

特に気に入っているのは、レトロなエレクトリックピアノを再現した音色だ。この音色で弾く、ショスタコーヴィチ『24のプレリュードとフーガ 第1番』。甘やかな音色とせつないメロディの組み合わせが絶妙で、弾いていてとても気持ちがいい。

細かなニュアンスをこめられないせいもあると思う。音の組み合わせや並び方に、関心が向くようになった。

なぜ、そこにその音が来るのか。なぜ、その音を使われると、大きく感情を揺さぶられるのか。音で人間の感情を動かすために必要な作法が、気になって仕方がない。

特に気になる旋律や和音を譜面に書き出し、鍵盤で押さえながら、どうしたら心を揺さぶることができるのか必死で考える。

「あれ……？　ぼく、なにしてるんだ？」

『誰よりもうまく弾きたい』、いつも抱いていたのは、そんな欲求だった。気づけば『どうしたら聴き手の琴線に触れる旋律や響きを生み出せるか』を自然といちばんに考えている。

それって、『作曲』だ――。突然、流れ星みたいに降ってきた感覚が信じられなくて、唖然とする。作曲家の道を選べば、世界を舞台に活躍する母と比べられることになる。だからこそ、ずっと避けてきたのに……。

『別に、比べられたって死なないよ！　嫌なことというやつらは放っておいて、響希にーちゃは、自分の好きな曲を作ればいいんだ』

元気いっぱい叫ぶ翔太の声が、どこからともなく聞こえた気がした。

「もしかしたら怜も、こんなふうに、翔太の声が聞こえるようになったのかな」

無性に、今ぼくに起きた変化を翔太に思いきり話したくなった。だけどぼくには怜のような特別な力はないから、翔太の魂を呼びよせて実体化する、なんて芸当はできない。会って話したかったら、病院で眠っている彼に目覚めてもらう以外、方法がないのだ。

「翔太、どうしたら目を覚ましてくれるんだろう」

脳も内臓も、医学的になんの問題もないのに、意識だけが戻らない、とカイさんはいっていた。もしかしたら本当に、女神ペレの呪いなのだろうか。だとしたら、どうしたら、彼女の呪いを解けるのだろう。

おとぎ話のなか、眠り姫の呪いは、王子さまのキスで解けた。だけど事故に遭ったとき、翔太はまだ十歳だった。おそらく恋なんて未経験だろう。彼らの母親は自由奔放な恋多き女性で、今もハワイにいるようだ。翔太の父方の祖母や父親はすでに他界している。

翔太が強く求めるもの。なによりも大切に思っている人たち。ハルさんたち以外、思いつかなかった。あとはこの場所、翔太の大好きなもの、人、思い出がいっぱい詰まった江ノ島だ。

転がるように階段を駆け下り、厨房で明日の仕込みをしているハルさんのもとに向かう。息を切らして飛び込んできたぼくを見て、ハルさんはとても心配そうな顔をした。

「どうしたの、響希くん。久々の学校、そんなにストレスだった？」

「いえ、そんなのじゃなくて。あの、ハルさん。翔太をここに連れ帰ってきたことってありますか」

「連れ帰ってくる……？」

「この家は、元々は翔太が暮らしていた家なんですよね。もしかしたら、ＯＨＡＮＡに連れ帰ってきたら、なんらかの刺激になるんじゃないかと思って」

ハルさんは眉間にしわを寄せ、小さくため息を吐く。

「いきなりなにをいいだすかと思えば。あのね、翔太はもう六年も寝たきりなんだ。ここへ連れ帰ってくること自体不可能だし、大体、そんなことしたって目覚めるわけがない」

試してみないとわからないのに。きっぱりとはねつけるハルさんに、なんとかわかって欲しくて、さらにいい募る。

「カイさんがいっていました。翔太は脳にも内臓にも、どこにも悪いところはないんだって。原因不明のまま、意識だけが戻らないんだって」

「響希くん、どうしてそれを……」

ハルさんの顔がこわばったのにも気づかず、ぼくは食い下がる。

「今日、翔太に会いに行ってきました。長い間、寝たきりだった人が、なにかの拍子に目を覚ますこと、あるっていいますよね？　だったら色々、やってみたほうがいいと思ったんです。翔太が好きな料理やおやつをたくさん作って、翔太が好きな歌を歌って。そうしたら、意識が戻るかもしれない——」

話し終わらないうちに、突然、早口の英語で怒鳴りつけられた。あまりの剣幕に面食らって、口を開けたまま立ち尽くす。酷く怒らせたのだと、ようやく頭が処理し始めた。

ハルさんが怒鳴るところなんて、今まで一度も見たことがなかったのに。ひたすら英語で叫び続けた後、彼は手のひらで顔を覆い隠すようにして、深く大きなため息を吐いた。

「これ以上、僕らに期待を抱かせないでくれ」

掠れた声でいうと、彼は背を向ける。その背中は、かすかに震えているように見えた。

「おい、いったい何事だ？」

心配顔のカイさんが、階段を駆けおりてきた。

「カイ。響希くんを二階に連れて行ってくれ。これ以上、彼に酷い言葉を吐きたくない」

ハルさんに頼まれ、カイさんはぼくの肩を掴む。

「行くぞ、響希」

「でもっ……」

「いいから来い」

ひょい、と幼い子どもを持ち上げるみたいに、抱え上げられた。

「わ、ちょっと待ってくださいっ……」

「待たない」

きっぱりと即答した後、カイさんは声をひそめてつけ加える。

「ハルはお前に、泣き顔を見られたくないんだよ。わかってやれ」

ぼくを肩に担ぎあげたまま、カイさんは黙々と階段を上っていく。上りきった後、ようやく下ろしてくれた。

「響希、お前、いったいハルになにをしたんだ」

「えっと……この家に、翔太を連れ帰ってみませんか、翔太を目覚めさせるために、色々試してみませんかって、提案しました」

カイさんは肩をすくめ、深く大きなため息を吐いた。翔太と怜のこと、自分もなにかしたいって思ったのだけど……やはり、いってはいけない言葉だったのだろうか。

「この六年間、ハルはずっと翔太を支え続けてきたんだ。限界が来ているのは、翔太や怜だけじゃない。『明日こそ、目覚めるかもしれない』『今度こそ……』って。思い続けることに、ハルも疲れ切ってるんだ」

「家族でもないのに口出ししてすみません。でも、なんとかしたいんです。諦めたら翔太は……っ」

涙が溢れそうになった。必死でこらえ、唇を噛みしめる。

「翔太は……死のうとしてるんだ。真実の目である自分が死ねば、怜も解放されるから」

「どういうこと、ですか……？」

「ペレに仕える者は、二人ひと組。人々の記憶を真珠に変え、ペレに捧げる『カフナ』と、本当に消していい記憶なのかどうか、見極める役目の『真実の目』。どちらか片方が死ねば、その代は役目を終える。新しい者たちに、世代交代することになるんだ」

カイさんの言葉に、愕然とする。翔太は怜をカフナの役割から解放するために、自ら死のうとしている、というのだろうか。

「今まで翔太がこの世に留まっていたのはな、カフナの運命を背負った怜を、一人で放っておけなかったからなんだ。カフナの役目を終えても、怜は周囲の人間を寄せ付けようとしないだろう。『カフナを引退しても、生涯ペレの寵愛を受け続ける』って伝承があるからな。それでもお前がそばにいてくれれば、一人にはならずに済む。今なら逝っても大丈夫だ。怜を救える。翔太はそう思っている可能性が高いんだよ」

「嘘だ。そんなの、信じられませんっ……！」

　この前、稚児ヶ淵に鮫が出るなんて聞いたことがない、と、島の漁師が教えてくれた。嘘を吐いてまで、翔太はぼくが死のうとするのを止めてくれたのだ。そんな翔太が、自ら死を選ぶなんて――幾ら怜を救うためとはいえ、そんなの、ありえない。

「――嘘じゃない。カイのいっていることは、おそらく本当だ」

　ふすまが開き、音もなく怜が廊下に現れる。

「怜っ……どうして、そんなことっ……」

「今までは俺が呼べば、翔太はいつだって俺の前に現れた。だけど最近は……どんなに呼んでも来ない。霊力（マナ）のせいだけじゃない。あいつは俺との絆を断ち切ろうとしている」

　ペレのカフナの運命から怜を解放するためなら、自分の命などいらない、ということだろうか。夜更けのシーキャンドルで、翔太にいわれた言葉が脳裏をよぎる。

『ボクの代わりに、怜を助けてあげて。怜の友だちになって、「呪いなんか存在しない」って、わからせてあげて欲しいんだ』

　つぶらな瞳いっぱいに涙を溜めて、翔太はぼくに懇願した。

　カフナの役目を終えても、永遠に続くというペレの寵愛。翔太が命を擲（なげう）ってまで解放しても、怜は一生涯、ひとりきりで、孤独に生きることになるのだろうか。

「怜は、いいのか。このまま翔太が消えても」

　最後までいい終わる前に、心臓が凍りそうなほど冷たい瞳で睨みつけられた。

「いいわけないだろ」

　低い声で呟くと、怜はぼくに背を向ける。

「俺は、一日でも長く、翔太を生かす。そのために俺の霊力(マナ)をすべて使ってもいいと思ってる。この身体がどうにかなるというのなら、命だって捨てても構わない。邪魔をするやつは許さない。翔太を病院から出すなんて、危険だ。俺は絶対に反対だからな！」

　ぴしゃりと音をたて、ふすまが閉まる。薄い紙製のそれが、分厚い鉄扉よりも大きな存在感で、ぼくらと怜を隔てているように思えた。

　閉ざされた扉をしばらく見つめた後、ぼくは大きく深呼吸する。そしてカイさんをじっと見上げた。

「翔太が死を選ぼうとしているのなら、なおのこと、一刻も早く試すべきだと思いますっ。身体はどこも悪くないんだし、意識さえ戻れば、助かる可能性もありますよね?!」

　たじろぎながら、カイさんはぼくをじっと見下ろす。

「翔太はああ見えて、怜以上に頑固なんだ。一度自分が決めたことを覆すとは思えない」

「カイさんは、翔太が死んでも平気なんですか」

「平気なわけねぇだろっ――だけど……」

　もう無理なんだ。と、消え入りそうな声で、カイさんは呟く。共感の力を持つというカイさん。寝たきりの翔太の感情も、彼には理解できるのだろうか。

「一度でいい。試させてください。やる前に諦めるなんて、絶対にダメですっ」

「この島で死のうとしていた君が、それをいうのかい」

　背後から声をかけられ、ハッとしてふり返る。そこにはハルさんの姿があった。

「——死のうとしたぼくだから、いえるんです。自ら死を選ぶなんて、ダメなんですよ。大切な人のためとか、おかしいです。だって翔太が死んだら、怜は一生、その傷を抱えて生きていくことになるんですよ。自分のせいで死んだ。そう思いながら、ずっと一人で生きていくんです。そんなの、ダメだ。なんとしてでも、翔太を引き留めましょう」

　ハルさんの青い瞳が、じっとぼくを見据える。射るように鋭く、凄みのある眼差しだ。

「もし、ここに連れてきても、翔太が目を覚まさなかったらどうする？」

「そのときはっ……別の方法を考えます。たくさん考えて、何度だって試します。嫌だ。絶対に諦めたくない。ぼくは、翔太を諦めたくないんですっ！」

　拳を握りしめ、心の限りに叫ぶ。我慢できなくて、大粒の涙が頬を伝った。

　ハルさんはぼくを見下ろすと、ふっと口元だけで微笑む。

「それだけの気概があるのなら、音楽だって続けられるんじゃないかな。ピアノが弾けなくたって、声は出るでしょう。耳も聞こえるんだ。歌を歌えるし、曲だって作れる」

「続け……ますよ。ぼくは、音楽を諦めない。音楽も、翔太も、怜と仲よくなるのも、全部諦めませんっ！」

　できもしないことを、って嗤（わら）われるかもしれない。それでもいい。どうしても、諦めたくないのだ。絶対に諦めたくない。

低い笑い声が漏れる。肩を揺すって、ハルさんが笑い続けている。前髪をかき上げながら顔を上げた彼の目は、意外なことに、嘲笑ではなく、慈愛に満ちた光を湛えていた。

「だったら奇跡を見せてよ。響希くん、君の執念で、翔太と怜、二人を救って欲しい」

ハルさんの瞳から、ひと筋、涙が伝う。不安になってカイさんを見上げると、くしゃりと頭を撫でられた。カイさんの太い腕が、ぼくとハルさんを抱き寄せる。ぼくらをぎゅうぎゅうに抱きしめるカイさんの腕も、ふるふると小刻みに震えていた。

「怜、決まったぞ。三対一。お前の負けだ。明日、主治医に直談判してくる」

カイさんの呼びかけに、ふすまの向こうの怜は、なにも答えようとはしなかった。


翌週の土曜日、翔太はＯＨＡＮＡに帰ってくることが決まった。

主治医から許された滞在時間は、十四時から十六時までの、たったの二時間。大切な二時間だ。ハルさんは朝から店を貸し切りにして、翔太のための料理作りに没頭している。

店の飾りつけを任されたぼくは、店内に江ノ電のポスターを貼ったり、模型を置いたりして、少しでも翔太が喜んでくれるよう頑張ってみた。

そして翔太が江ノ電と同じくらい大好きな足踏みオルガンを、二階から一階まで持ってくることにした。お気に入りのオルガンの音を聴いたら、目覚めてくれるかもしれない。

「おい、階段、急だから気をつけろよ」

「はい！　ぁ、ちょっと待ってください。ゆっくり、ゆっくり……！」

非力なぼくに代わり、カイさんと彼のライフセーバー仲間がオルガンを運んでくれた。

「みなさん、ありがとうございますっ……」

深く頭を下げると、カイさんのやさしい声が降ってくる。

「せっかく翔太が帰ってくるんだ。できるかぎり盛大に出迎えてやろうぜ」

飾りつけとオルガンのセッティングを終え、ぼくは厨房でハルさんの手伝いをした。

母の渡米後もハウスキーパーさんが家事をしてくれていたし、料理なんて今まで一度も作ったことがなかった。だけど、ＯＨＡＮＡでは掃除も洗濯も料理も店の仕事も、なんでも手伝う決まりだ。一か月の滞在で、ずいぶんできることが増えた。

「手先が器用な響希くんが手伝ってくれてありがたいよ。はい、マラサダにグァバジェリーを詰めて。翔太の好物なんだよ、これ」

鮮やかなルビー色の、つやつやのグァバジェリー。ジャムとゼリーの中間みたいな、ぷるんとした食感で、ぼくも初めて食べて以来、虜（とりこ）になった。オアフ島の有名なダイナーの名物だそうで、ハルさんは翔太のために本場の味を再現して作ってあげている。

「欲張ってたくさん入れると破裂しちゃうし、甘みが強いから気をつけてね」

生地にジェリーを仕込んで加熱し、仕上げにバニラアイスを挟む。熱々のマラサダとグアバジェリー、冷たいアイスのハーモニーが素晴らしい、極上のおやつができあがった。

ジェリー好きな翔太のために考案された、とっておきの新作おやつ。他にもロコモコやチリ、ポークチョップやスパムむすび、ハワイ風肉まん（マナプア）やフリフリチキンなど、テーブルにのりきらないほどたくさん、翔太の好物ばかりが用意されている。

「翔太、大喜びしますね、きっと！」

たくさんの想いが詰まった料理に感激していると、悲しげに眉を下げたハルさんと目が合った。こんなに一生懸命ごちそうを作りながらも、心のどこかで『奇跡なんて起こらない』と諦めているのかもしれない。

「それにしても怜、遅いですね」

十四時には翔太が帰ってくるから、必ず家にいて欲しい。そう伝えてあったのに、怜は朝からふらりとどこかに出かけたまま、戻って来る気配がない。

「怜は、たぶん来ないよ。あの子はとても頑固だから」

ハルさんはピッツァ生地に翔太の大好きなパイナップルと自家製のポルチギーソーセージ、ハワイで大人気のポルトガル風の生ソーセージを載せながら、ぼそりと呟いた。

怜は今も、翔太をこの家に連れ帰ってくることを恐れているのだと思う。医師の許可が下りてからも、ずっと心が揺れていたようで、昨日の夜も『なにかあったら大変だ。やはり中止にすべきだ』と強く主張していた。

「ぼく、怜を捜してきます」

店の出入り口に向かったそのとき、眞凜さんの声が聞こえた。

「翔太が帰って来たわよ！」

扉が開き、カイさんとライフセーバー仲間が担架を担いでやってくる。傍(かたわ)らには、眼鏡をかけた白衣の男性が立っていた。彼が翔太の主治医なのだろう。

「今回は僕たちのわがままを聞いてくださって、本当にありがとうございます」

ハルさんは白衣の男性に、深々と頭を下げた。

「いえ。自分も子を持つ親ですから。ご家族のためにできる限りのことをしたいという皆さまのお気持ち、とてもよくわかります」

穏やかな笑顔を向けられ、ハルさんは瞳を潤ませる。

カイさんが組んだ簡易ベッドに、翔太を横たわらせる。ハルさんは自分の額を翔太の額にくっつけ、愛しそうに頬にキスをした。

ぐんと背が伸びて、頬も痩せこけていて、ふっくらほっぺの面影は微塵も残っていない。それでも、ハルさんにとって翔太は、今も十歳のままなのかもしれない。やせ細った手に、彼は江ノ電の模型を握らせた。

「おかえり、翔太」

ハルさんに名前を呼ばれても、翔太はなんの反応も示さない。模型を握りかえすこともなく、手のひらもだらりと垂れたままだ。

「翔太。ハルさん、いっぱいごちそう作ってくれたよ。翔太の大好物ばっかりだ。ほら、すごいよ、リリコイソースのパンケーキや、ロコモコ、オレンジチキンもある！」

明るく声を張ってみたけれど、やはり反応はない。

しんと静まりかえった店内。空気の重さに耐えられなくなって、ぼくはオルガンに歩み寄った。鍵盤をゆっくり押すと、ふぁん、と調子っぱずれな、ゆるい音が響き渡る。翔太の歌声みたいに不確かで、だけど温かみのある音色だ。

七星さんの特訓で弾いた、ドレミンの歌、人気アニメの主題歌、翔太が喜びそうな曲を次々と弾いてみたけれど、彼の歌は始まらなかった。オルガンの音だけが、室内に響く。

そうしている間にも、どんどん時間は経ってゆく。悲しくなって、いちかばちか、ぼくは翔太がいつも歌っていた、江ノ電の歌を歌った。

「ふじっさわー、いしがみー、やなぎこおーじー。はーしぃれぇ、えのっでんー。しおかぜうーけーてー」

ちょっと恥ずかしかったけど、少しでも翔太に、刺激を与えたい。『ボクのが上手だよ！』って、目を開けて、ほっぺたを膨らませて怒って欲しい。

最後まで歌い終わっても目を覚ます気配はなく、ぼくはぐったりと肩を落とした。

奇跡を信じるなんて、甘い考えだったのかもしれない。みんなが待つＯＨＡＮＡにさえ連れて来れば、翔太が目を覚ますに違いない。懐かしい江ノ島の汐の音と風に触れ、ハルさんの料理の匂いをかいで、大好きなオルガンの音を聴けば、いつもどおり笑顔の翔太が戻ってくるに違いないって——信じていたし、信じたかった。

涙が溢れてきそうになって、唇を噛みしめる。

こんな絶望を、きっとハルさんたちはずっと、味わい続けてきたのだ。

不甲斐なさに打ちのめされ、椅子から立ち上がろうとすると、「やめるな」と抑揚のない、けれども毅然(きぜん)とした声が投げられた。ふり返らなくてもわかる。怜だ。

「お前が強引に、翔太を連れ帰ってきたんだろう。簡単に諦めるな」

怜はそう言い捨てると、翔太のもとに歩み寄り、彼の腹の上になにかを置いた。

「その包み紙……江ノ電もなか……？」

「週末はすぐに売り切れるからな。事前に予約をして、今、取りに行ってきた」

最初はあんなに反対していたのに。わざわざ予約をしてまで、怜は翔太がいちばん好きなものを調達してきてくれたんだ……。

江ノ電もなかの包み紙。そこには、ちょっとレトロな絵柄で江ノ電の路線図が描かれている。怜がていねいに包み紙を開くと、車庫を模しているのだろう。五台の列車を格納した箱が姿を現した。箱に設けられた小窓からは『江ノ島』や『鎌倉』と書かれたヘッドマークのついた車体が見える。車庫の屋根にも、藤沢から鎌倉までの路線図。藤沢、石上(いしがみ)、柳小路(やなぎこうじ)……。翔太がいつも歌っていた、江ノ電の歌の歌詞、そのままだ。鎌倉の大仏や、江ノ島、翔太のいちばんのお気に入りの場所、シーキャンドルの絵も描かれている。

「ほら、翔太。お前の好きな、チョコ電だ」

箱のなかから、怜は一台の列車を取り出す。五種類の車両のなかでも、翔太はチョコレート色の車体、チョコ電が特に好きらしい。いわれてみれば、彼がいつも財布代わりに持ち歩いていたのは、この色の箱だ。

「響希、江ノ電もなかの曲を弾いてくれ、頼む」

弾かれたように顔を上げ、怜の顔をぽかんと見る。いつも「おい」とか「お前」と呼ぶ彼がぼくを名前で呼び、『頼む』だなんて。頭まで下げられ、驚きすぎて言葉を失う。

「わかった。ひ、弾くよ……」

動揺しすぎて口が回らない。信じられない気持ちで、ふたたびオルガンに向かう。

ぼくの伴奏に合わせ、怜は江ノ電の歌を歌い始めた。ツンとしていて、子ども向けの歌なんて絶対に歌いそうにないのに。まっすぐ翔太を見つめ、澄んだ声で歌い続ける。

ハルさんやカイさんも、目を丸くして聴き入っている。音程の不安定なオルガンに惑わされることなく、正しいメロディを歌い続けた。

歌い終わると、怜は演奏を続けるよう、視線で催促してくる。翔太に届くまで、ひたすら歌うつもりなのか。怜がそのつもりなら、どれだけだって弾き続けてやる。

しばらくすると、ふいに歌声がやんだ。指を止めようとしたぼくに、「やめるな」と告げ、怜は翔太のベッドのそばに歩み寄ってゆく。

「なにが『ボクの代わりに響希にーちゃがそばにいてくれるから大丈夫だよ』だ。こんなかわいげのないやつ、翔太の代わりになるわけがないだろう」

ベッドサイドにしゃがみこみ、怜は翔太の頰を軽く叩いた。

「なっ……」

びっくりして立ち上がりかけると、また「演奏を止めるな」と念押しされる。見守っていたハルさんとカイさんは、ハッとした顔で、翔太のそばに駆け寄る。

怜は翔太の頬をむい、とつまみあげると、「戻ってこい」と叫んだ。

「なにが『ボクは真実の目の役割を全うする』だ。ふざけるな。俺にとってお前は、ただの、食いしん坊で甘ったれな弟だ。俺のせいで死んだりしたら、絶対に許さないからな」

怜の瞳から、ほろりと涙がこぼれ落ちる。雫は彼の頬を伝い、床に転がり落ちると、カツンと音をたて、白く輝く真珠へと形を変えた。

「カフナとか真実の目とか真珠とか、そんなのどうでもいい。ペレが怒り狂おうがなんだろうが、俺の知ったことじゃない。火山が噴火して困るなら、避難すればいいだろう。俺が守りたいのは家族だけだ。俺は世界の平和より、翔太。お前を守りたいんだよ！」

怜の瞳から、またもや涙が溢れた。ひと粒、ふた粒、どの粒も真珠へと変わり、キラキラと艶のある無数の白い宝石がOHANAの床にパラパラと転がり続ける。

早口の英語で、ハルさんが怜にしきりに訴える。言葉が聞き取れないのがもどかしい。

怜がいつになく低い声で耳慣れない言葉を呟く。日本語でも英語でもない。おそらく、ハワイの言葉なのだろう。煮えたぎるような怒りと激情をにじませている。いつもクールな怜からは考えられないような、感情的な叫びだ。

圧倒され、思わず手を止めたぼくに、彼は真珠の涙をこぼしながら、熱のこもった声で語りかけた。

「響希、やめるな。お前も願ってくれ。翔太はここにいるべきだって。帰ってくるべきだって願ってくれ。戻ってこなくちゃダメだって、俺たちがこいつに教えてやるんだよ」

怜の祈りを、ぼくの願いを届けるには――ひらめきが走り、彼の発する声に合わせ、別の音を奏で始める。譜面なんてない。どんなメロディを弾くか、その場勝負で決めながら音を紡いでゆく。

怜の声が、もっと翔太に届きますように。翔太の心に響きますように。それだけを願って、即興で鍵盤を押さえた。

故障して以来、こんなにも長く、鍵盤を弾き続けるのは初めてだ。ピアノと比べてタッチが軽いとはいえ、右肩が重くなってゆく。そろそろ限界だ。

だけど、やめない。怜もやめないから。さっぱり意味のわからない、怜のハワイ語の祈り。強くて深くて大きな、翔太を想う気持ちだということだけは理解できる。

気づいたら、怜は泣きやんでいた。床いっぱいに散らばった真珠が、淡い光を放つ。祈りを捧げ続ける怜を囲むように、一粒一粒、ふわりと浮かび上がった。

怜の祈りに、ハルさんの声が重なる。カイさんの雄々しい声もそれに続いた。ひと塊りになった祈りの声は、増幅して大きなうねりを生じてゆく。彼らの祈りを支えるように、少しでも翔太に届くように、ぼくは必死になって鍵盤を弾き続けた。

真珠の放つ光が、ひときわ大きくなった。終わりが近いのだ、と、怜の声からも伝わってきた。腕がちぎれそうに痛い。だけど、今やめたらダメだ。届けなくちゃ。彼らの祈りを。ちゃんと、翔太に届けるんだ。

ふわふわと中空を漂っていた真珠が、すうっとまっすぐ浮上する。速度を増した宝石たちは、天井を突き抜け、遙か上空へと飛んで行った。真珠は空に消えたのだと感じた。見えるはずがないのに。なぜだかわかった。

怜の祈りから、溶岩のような激情が消える。やさしく穏やかな声音に合わせ、押さえる鍵盤の響きを変える。彼の祈りをそっと包むように、やわらかな音色を奏で続ける。

いつのまにかハルさんやカイさんは祈るのをやめ、静かにぼくと怜のハーモニーを見守っていた。

室内を満たす、怜の美しい声が、ぴたりと止まる。同調して、オルガンのメロディも中断すると、店内は祈りの余韻を残しながら、しんと静まりかえった。

「なんで、やめるの……？」

ぽつりと、掠れた声が響く。初めて聴く声だ。少しだけカイさんに似ているけれど、線が細くて音程も高い。

「翔太……」

熱にうかされたように、怜が呟く。

「のど、ガラガラする……うまく、喋れないや……」

誰の声なのか理解した瞬間、椅子から飛び上がって駆け寄りそうになった。だけど、ハルさんはじっと我慢している。瞳に涙の膜が張った彼と視線を合わせ、小さく頷きあう。

奇跡の瞬間に誰もが息を呑み、震えながら、誰も怜と翔太の間に割って入ったりはしなかった。

怜がいつになく快活な英語で、堰を切ったように話す。翔太が小さく声をたてて笑った。笑った拍子に咳きこみ、苦しそうにあえぐ。涙目になりながら、翔太は「I'm home.」といった。

英語の苦手なぼくだってわかる。「ただいま」という意味だ。大きくひと呼吸吐いて、怜の身体が、ぐらりと傾ぐ。倒れかけた彼を、素早くカイさんが支えた。

「怜、どうしちゃったの……?」

日本語で尋ねた翔太に、カイさんも日本語で答える。

「記憶を消しすぎて力を使い果たしちまったんだ。怜、昔はよく倒れていただろう。記憶を消すのは、霊力を消耗するからな。最近はひとつやふたつじゃ、びくともしなくなっていたが、さすがに同時にあれだけたくさん消すと、負担が大きいんだろうよ」

「そんなにたくさん消したの……?」

「ああ、十や二十じゃない、百以上かもしれん。しかも勝手に消しやがった」

いったい怜は、百以上も誰の記憶を消したのだろう。状況がわからず疑問を浮かべていると、怜はぐったりとカイさんに身を預けたまま、続きを引き取った。

「ペレの女神を妄信する、クソ野郎どもの記憶だ。俺や翔太に『カフナ』や『真実の目』の役割を押しつけて、自分たちはのうのうとふつうの生活を送っているやつらから、ペレへの信仰心をきれいさっぱり消してやったんだよ」

最後までいい終えると、怜は清々した表情で、深く大きなため息を吐いた。脱力してくずおれそうになり、カイさんが怜の身体を自分の肩に担ぎあげる。

「ちょっとこいつを寝かしてくる。しばらく安静にさせておかないと」

怜を担いだまま、カイさんは階段を上ろうとする。

「カイ、待って。ボクが退くから。怜をここに寝かせてあげてよ」

「馬鹿いうなよ、翔太。急に起き上がったら危険だ」

「そうだよ。翔太くん。君は長いこと寝たきりだったんだ」

脈拍を測っている主治医の先生にも諭すような声音でいわれ、翔太は唇を尖らせる。

「じゃあ、ここにもうひとつベッド持ってきて。ボク、怜のことが心配なんだ」

「六年も眠り続けていたお前が、それをいうのか」

吹き出すカイさんに、翔太は咳きこみながら答える。

「だって怜、危なっかしくて見ていられないんだもん。お兄ちゃんなのに、弟みたい」

「なるほど。だから翔太は、怜のそばにずっといたんだな」

「そうだよ。一人で放っておけなかったから、響希にーちゃを、この家に呼んだんだ」

初めて江ノ島に足を踏み入れたとき、不思議な打楽器のリズムに導かれるように、サムエル・コッキング苑前の広場まで歩いた。あれは、翔太が呼んでいたのか。そのおかげで、ぼくはあの日、死なずに済んだんだ……。そう思うと、無性に胸が熱くなってくる。

中空に向かって、翔太は手を伸ばす。怜に触れたがっているのだろうか。カイさんは小さくため息を吐き、「わかったよ。なにかベッドの代わりになりそうなものを持ってくる」と、店のソファ席に怜の身体を横たわらせ、二階に上がっていった。

「翔太、喉渇いてないか。なにか飲む？」

いたわるようにハルさんに問われ、翔太は即答する。

「ハルにーちゃのマラサダが食べたい！　さっきから、すっごくいい匂いがするよ」

「翔太くん、残念だけど……急に固形物を食べたら危険だよ」

主治医にたしなめられ、翔太は、むうっと頬を膨らませる。

「じゃあ、シェイブアイスがいいな」

「かき氷なら、食べさせてあげてもいいですか」

ハルさんがぐっと身を乗り出すと、主治医の先生は口元をゆるめた。

「少しずつ、ようすを見ながら、舌をしめらせてあげるくらいなら大丈夫ですよ」

「翔太、何味がいい?!」

ベッドにかぶりつくようにして、ハルさんが尋ねる。翔太はめいっぱい手を伸ばし、ハルさんの頬に触れた。

「にーちゃの作るシェイブアイスなら、何味でも嬉しい」

満面の笑みを向けられ、ハルさんが、えぐっと嗚咽を漏らす。

「あのー……すみません」

ハルさんと翔太のやりとりにもらい泣きしそうになっていると、背後から聞き覚えのある声がした。ハルさんがパッと営業スマイルを作る。

「申し訳ありません。本日は定休日で……って、小鳥遊明日美さん!?」

「いつも息子がお世話になっております。響希の母、小鳥遊明日美です」

その場から逃げ出そうとしたぼくを、翔太が掠れた声で引き留める。

「次は響希にーちゃの番だよ。ボクも怜も、逃げずに立ち向かったんだから。響希にーちゃも、逃げちゃダメ」

事情の飲み込めない母が、ベッドの上の翔太と、ぐったりした怜を見比べ、「お邪魔だったかしら」と不安げな顔をする。

「いいえ、ちっとも。今からパーティをするところだったんです。料理もたくさんありますし、響希くんと積もる話もあるでしょう。ぜひ、ゆっくりしていってください」

にっこりとハルさんに笑顔を向けられ、母は土産だといって大量の袋を彼に差し出す。

「いいなぁ、パーティ。ボクも食べたいなぁ」

恨めしげな顔で、翔太が頬を膨らませた。外見はすっかり大人びているのに、中身は十歳のままのようだ。またこの表情の翔太に会えたのが嬉しくて、じんわり胸が熱くなる。

「僕がとびきりおいしいシェイブアイスやジュースを作ってあげるよ」

ハルさんにやさしい笑顔を向けられ、翔太は嬉しそうに顔をほころばせた。

「ありがと。ハルにーちゃ！　シェイブアイス、大盛りでね！」

元気いっぱい答え、翔太は咳きこむ。心配顔の主治医に、やんわりとたしなめられた。

「六年振りに声を出してるんだから、無理はダメだよ」

安心しすぎたのか、今さらずきずきと痛みだした右腕を抱えながらぼんやりしていると、「響希」と母に名前を呼ばれた。覚悟を決めて、ぎこちなく彼女に向き直る。

必死でペレの呪縛と闘い続けてきた怜と翔太。そんな彼らを前に、自分だけ逃げ出すわけにはいかない。

「母さん。あのさ……」

おずおずと話を切り出したぼくに、母は真剣な眼差しを向けてくれた。

「ファイト」と背中を押す翔太の囁きが聞こえる。深呼吸し、ぎゅっと拳を握りしめて震える声で告げた。

「父さんのこと、聞かせて欲しいんだ。些細なことでもいい。どんな人だったのか、知りたい。それから江ノ島の近くで、和声の勉強を見てくれる先生がいたら教えて欲しい。ぼく、作曲の勉強をしたいんだ」

傾けた視線をあげると、母の瞳から、大粒の涙が溢れ出した。それは怜の涙みたいに、真珠に変わったりしない。だけど、いつだって自信たっぷりで、誰よりも強い人に思えた母の流す涙は、ぼくの目に、とても印象的なものに映った。

「母さんも、泣くんだね……」

「当たり前よ。私だって、人間なんだからっ……」

呆れた声でいうと、母はぎゅっとぼくを抱きしめる。みんなの前だし、正直、ものすごく恥ずかしい。だけど、受け止めた母の身体が思った以上に華奢で、決して全知全能の神でも冷たい人でもなく、懸命に一人で闘って、ぼくを守ってきてくれたのだと実感すると……拒むことなんか、できそうになかった。

「父さんが死んで、辛かった……？　ぼくを一人で育てるの、大変だった？」

ぽつり、ぽつりと尋ねるぼくに、母はぎゅうっとしがみついてくる。

「大変だったけど、嬉しかったよ。あなたを遺してもらえて、本当に嬉しかった」

母の涙でシャツが濡れる。こんなとき、どんな言葉を返したらいいのだろう。抱きしめかえしたり、したほうがいいのだろうか。

どちらもできなくて、気づけば父がいちばん多く演奏した楽曲、ショスタコーヴィチの『24のプレリュードとフーガ、第一曲』の旋律をくちずさんでいた。

ぼくを抱く母の腕に、ぎゅっと力が籠もる。やっぱり死ぬほど恥ずかしかったけれど、彼女の腕を振りほどくことなく、静かに歌い続けた。

エピローグ

九月下旬。海風が涼しくなり、幾分日差しが和らいだせいだろうか。空の青さが彩度を上げたように思える。

毎日がお祭り騒ぎのように、人で溢れていた江ノ島も、ピークタイムは戦場さながらの忙しさだったOHANAも、このごろは少しだけ落ち着いている。

あれから三週間。翔太は検査やリハビリを終え、無事に退院した。

翔太と過ごす最初の日曜日、ぼくらは二人で江ノ電を見に、駅へ向かった。

幼い姿の翔太は、怜の霊力（マナ）によって、翔太の魂を実体化させた存在だった。出現させるにはたくさんのエネルギーが必要で、怜は自分の霊力（マナ）だけでは足りず、江ノ島に宿る土地の力を借りていたらしい。

「だからボク、島から出られなかったんだよ。島内でしか形を保っていられなかったの」

十六歳の翔太は、ぼくよりずっと背が高く、声も低い。それなのに喋り方は幼いままで、ちょっとだけ不思議な感じだ。

「久々のお出かけ、嬉しいなぁ」と、翔太は大きく伸びをする。観光客の行き交う江島神社の参道。女子大生とおぼしき集団が、チラチラと彼を見ている。悔しいことに、十六歳の翔太は、手足がとても長くて肩幅が広く、ツンツンした黒髪と、奥二重の切れ長の目、周囲の視線を一身に集めるくらい、男らしく整った顔だちをしている。

「かっこよかったねぇ、今の背の高い子。あ、でもあの子もよくない？　ほら、クールな感じですごくいいよね」

楽しそうにはしゃぐ彼女たちの話し声に、首を傾げる。怪訝に思いふり返ると、すぐ後ろに、不機嫌そうな顔の怜が立っていた。

「うわっ、怜、どうしてここにいるの?!」

一歩後ずさったぼくに、怜はむすっとした顔で答える。

「お前たち二人だけだと心配だから、ついてきただけだ」

きっと怜のなかで、翔太はまだ十歳のままなのだ。事故に遭いやしないか、買い食いをしすぎて腹を壊さないか、心配で仕方がないらしい。このままだと、来週から通うことになっているフリースクールにも、毎日送り迎えに行くんじゃないか……。

「やさしいなぁ、怜は」

からかうような声音で翔太にいわれ、怜は不機嫌そうに彼を小突いた。

さぁっと潮風が吹き抜ける。夏の名残を残した風に、翔太は目を細める。

「やっぱりいいねぇ、海は」

アスファルトの照り返しが強いせいだろうか。ＯＨＡＮＡのある江ノ島のてっぺんと比べ、下界は気温が高い。少し歩いただけで、じっとりと汗ばんできた。

「響希にーちゃ。本当にお母さんといっしょに、暮らさなくていいの？」

翔太に問われ、「ん」と軽く頷く。

『どうしても響希がアメリカに行くのが嫌だっていうなら、私が日本に戻ってくるから。もう一度、いっしょに暮らそう』

母はそういってくれたけれど、ぼくは迷わず断った。別に、母と暮らすのが嫌なわけじゃない。夢を叶えて海外で頑張る母の、邪魔をしたくないからだ。

「離れていたって、今はネットで繋がっていられるし。二度と会えないってわけじゃないから、別にいいんだよ」

母からは毎日のように、メッセージが送られてくる。無視ばかりしていた以前と違い、今はちゃんと返信するようにしている。

「離れ離れで、寂しくない？」

「うん、寂しくない」

江ノ島に来たときの自分は、寂しさのカタマリだった。だけど今はＯＨＡＮＡの皆がいる。相変わらず腕の痛みは治らなくて、ピアニストとしての将来は絶望的かもしれないけど。みんなと過ごした一か月のおかげで、作曲家になるという目標ができた。

誰かの心を動かす、勇気づける、よい曲を作れるようになれたらいいなぁって思う。

新しい目標を伝えたとき、母は感激しすぎて泣いてしまったし、ＯＨＡＮＡの皆も応援してくれたから。悔しさも無力さも全部、よい曲を作るための糧にしたい。

弁天橋を渡り、地下道を抜けて江ノ電江ノ島駅前の踏切を通り過ぎる。

「江ノ電を見るのに、とっておきの場所があるんだよ」

翔太の案内で辿り着いたのは、駅から徒歩数分の場所にある、昔ながらの商店街だった。

「わ、すごい……」

昭和の名残を感じさせる佇まいの古い和菓子店。店舗のすぐ隣に、建物にめり込んだみたいに、年季の入った江ノ電の車体が鎮座している。いったいどうやって運び込んだのだろう。車体ギリギリに壁や天井があって、とても不思議な光景だ。

「すみませーん。江ノ電もなかくださーい」

元気いっぱい叫び、翔太は店先に立つ。やさしそうな二人の女性が出迎えてくれた。

江ノ電もなかは箱入りだけでなく、ばらでも買えるようだ。翔太はショーケースのなかのもなかを指さす。

「えっとー、新車とー、チョコ電とー、響希にーちゃ、どれにする？」

「翔太のおすすめでいいよ」

「じゃあ、新電！」

ばら売りのもなかを三本購入して、翔太は「江ノ電の写真、撮らせてもらっていいですか」とお店の人に礼儀正しく申し出た。

「江ノ電、好きなのかい？　じゃあ、お友だち同士、三人いっしょに撮ってあげようか」

「いいんですか?」

「せっかくだから、全員で撮れたほうがいいでしょう」

「俺は別に……」

断ろうとする怜の腕をがしっと掴み、翔太はすかさず「ありがとうございますっ」と嬉しそうに真新しいスマホを差し出した。

「はーい、撮るよー。にっこり笑ってー、はい、江ノ電!」

慣れたようすで、店員の女性は写真を撮ってくれた。レトロな江ノ電の車体と、満面の笑みを浮かべる翔太。緊張気味なぼくと、むすっと不機嫌そうな顔の怜。三人の写真が表示されたスマホを、翔太は大事そうに、ぎゅっと抱きしめる。

「ありがとうございますっ。また買いに来ますね」

ぺこりと頭を下げた翔太に続き、ぼくも頭を下げる。

「江ノ電、そろそろ来るかなぁ、あ、来た! 来たよっ」

翔太の指さす先。ふり返って視線を向けると、ゆったりと路面を走る、江ノ電の姿が見えてきた。もえぎ色とクリーム色のツートンカラーに塗られた小振りな車体。コロンと丸っこい屋根がかわいらしい。だけど近づいてくると、道幅に対してかなり大きいことがわかる。車や自転車が行き交う車道を、ド迫力の江ノ電が横切ってゆく。

「わ、なんで江ノ電が道路を走ってるのっ?!」

「この一帯はねぇ、江ノ電が路面を走る、珍しい区間なんだよ。怜が教えてくれたんだ。

ここから見る江ノ電、ボク、大好きなんだよ！」

大興奮する翔太に、怜がぬっとアイスカップを差し出す。和菓子屋の隣にあるジェラート屋で買ってきたようだ。

「あのベンチに座って、江ノ電を眺めながら食べよう」

ジェラート屋の店先には、飲食用のベンチが置かれている。翔太はぱぁっと破顔してジェラートを受け取った。

「さすが怜。ありがと！」

ツンケンしているようで、怜は弟の翔太にとてもやさしい。ついでだろうけど、ぼくにも鮮やかなオレンジ色と純白の二色のジェラートが載ったカップを差し出してくれた。

スプーンですくって舐めると、濃厚な甘みのマンゴーとやさしいミルクの味わいが口いっぱいに広がる。どちらも舌がとろけそうなおいしさで、極上の組み合わせだ。

爽やかな秋風の通るベンチに三人で並び、ジェラートを食べながら、次の列車を待つ。

九月も終わりだというのに、季節外れな蝉の声が聞こえる。

初めて江ノ島に来た日、あんなに不快だったはずの蝉の声。今はもう、耳障りだとは思わない。楽しかったOHANAでの夏の日々を、思い起こさせてくれるからだ。

SNSで見かけた、あの呟きの意味。ぼくにもようやくわかった気がする。

「夏、終わっちゃうんだな」

思わず呟いた言葉。翔太に不思議そうな顔をされた。

「響希にーちゃ、暑いのいつも辛そうだったし、夏、嫌いなのかと思ってたよ」

「嫌いだったよ。大っ嫌いだった」

江ノ島に来て、君たち兄弟とOHANAで過ごすまではね。

後半部分は口に出さず、冷たいジェラートといっしょに、こくんと飲み込む。

「ふじっさわー、いしがみー、やなぎこおーじー。はーしぃれぇ、えのっでんー。ボクらをのーせーてー！」

久しぶりの江ノ電とおいしいジェラートに興奮が抑えられないのか、翔太は鼻歌を歌い始める。調子っぱずれで、だけどとても楽しそうな歌声。この夏の間、彼の歌声に、どれだけ救われたかわからない。音楽を好きな気持ちを捨てずにいられたのも、きっと翔太のおかげだ。

「そういえば……一族の人たちがペレへの信仰を忘れちゃって、この先、カフナの制度はどうなるの」

「さあな。正直、どうでもいい」

面倒くさそうな顔で答えた後、怜は続けた。

「ハワイの人たちはペレを畏怖しているが、心から愛してもいる。人の心を縛りつけて利用するクソみたいなしきたりが消えただけで、ペレへの信仰は決して消えないんだ」

怜がたくさん真珠を生み出したおかげか、ハワイ島の火山活動はすっかり落ち着き、平穏を取り戻しているようだ。

「そんなことより、俺は翔太の今後のほうが心配だ。大人と違って、子ども時代の一年は途方もなく長い。勉強なら俺が教えられるが、学校ってのは、それだけじゃないだろ」

「だいじょぶだよ。ゆっくり取り戻すから。怜が心配しなくても、平気だよ！」

口元をアイスクリームでべたべたに汚しながら、翔太がにっこりと微笑む。怜は呆れた顔をしながらも、自分より背の高い弟の口元を、ハンカチでぬぐってやった。

「カフナなのに、怜はペレよりも翔太のほうが、大事なんだね」

「当然だ。神は大事だ。だけど俺にとって、OHANA以上に大切なものなんか、この世の中に、なにひとつないんだ」

OHANAというのは、ハワイ語で『家族』を意味する言葉だ。

怜たち兄弟の互いに対する愛情に触れ、『お忘れ処』に来た人たちの家族や仲間、恋人が大切だからこそ『記憶を消したい』と願う姿にも出会って、ぼくも離れて暮らす母や、今はもうこの世にはいない父と、ようやく向き合うことができた。

この先、ハワイ島の火山活動が活発になったときは、怜がまた真珠を作らなくてはいけない日がくるのかもしれない。せめてひととき、ペレのことや一族のことを忘れて、自分や家族のことだけを想って、怜も翔太もふつうの少年として過ごすことができたらいい。

ぼくは心のなかでひっそりと、江ノ島の神さまと、遠い国にいるペレに祈った。

「残念ながら、俺には子どもの心はもう残っていない。カイやハルもだ。翔太の成長には、同じくらいの精神年齢を持つ、お前の存在が不可欠になる」

「なっ……、ぼくが小学生レベルだっていいたいのかっ！」

アイスカップを落としそうになりながら抗議すると、怜は涼しい顔でいった。

「ついこの間まで、泣きべそをかいて母親に反抗してばかりの、ガキだっただろ」

むかっときて怜の胸ぐらを掴みかけたぼくのシャツを、翔太がむぎゅっと引っ張る。

「響希にーちゃ、来たよ。江ノ電！」

ベンチから飛び上がって歓声をあげる翔太と、そんな翔太を「行儀が悪い」と叱りながらも、慈しむように目を細める怜の姿。二人の姿に、苛立ちが引っ込んでゆく。

相変わらず怜の言動にはカチンとくるときがあるけれど、今までの壁を作っている感じはなくて、お互いくだけてきた気がする。今後も、彼らの暮らすOHANAで、怜や翔太とこんなやりとりをしながら、ぼくは居候生活を続けることになるのだろう。

「ひとつ教えておいてやる。OHANAってのは、血縁者に限らない。血の繋がりがなくても、共に支えあい、身を寄せあって生きるものは、すべてOHANAと呼ぶんだ」

ぼくらの手から、空っぽのアイスカップを回収し、怜は店先のゴミ箱に放り投げる。

「怜、ダメだよ。響希にーちゃはものすごく鈍感だから。直球でいわないと伝わらない」

翔太に憐れむような眼差しを向けられた。もしかして、怜はぼくのこともOHANAだといってくれているのだろうか。そのことに気づき、照れくささに頬が熱くなった。

「そんなことより、さっさと帰るぞ。コキ使われっぱなしのカイを救ってやらないと」

「えー。次の電車も見たいなー」

「また来ればいいだろう。いつだって来られるんだ」

ふてくされる翔太の腕を掴み、怜は江ノ島駅のほうに引っ張ってゆく。

夏の名残をとどめる、まばゆい太陽の光。啼き続ける蝉の声。知らず知らずのうちに、母が音楽監督を担当した、江ノ島を舞台にしたアニメーションの劇中歌を頭のなかでくちずさんでいた。プチプチと弾ける炭酸水みたいに爽やかなメロディ。ハルさん特製、OHANA名物のレモネードの味を思い起こさせる。

いつか。ぼくにも作れるだろうか。この夏の出来事を、音で表現してみたい。

夏らしい爽やかな色彩に、OHANAのあったかくてにぎやかな空気、江ノ島のひらけた空と、キラキラ輝く海の水面、すべてをこめた曲が。

どんなに時間がかかってもいいから、作りたい。気分がよくて鼻歌を歌いたくなったとき、ふと誰かの頭に浮かぶような、印象深いメロディを生み出してみたい。

「響希にーちゃ、行くよ！」

翔太に呼ばれ、慌てて我にかえる。空の青さも、蝉の声も、目の前を走る江ノ電も、ジェラートのおいしさも、全部。ひとつ残らず、しっかりと心に刻んでおきたい。

大嫌いだったはずの、夏。

いつのまにか、ぼくは少しだけ好きになっている自分に気づいた。

《特別付録》

～お休み処ＯＨＡＮＡのお品がき～

OHANAの人気の秘密は、
至極のハワイ料理＆スイーツ。
朝食、ランチ、ドリンク、デザートと、
作中にも登場したオススメのメニューを
響希と４兄弟の
解説つきでご紹介♪

～ MENU ～

【BREAKFAST】

OHANA'S PANCAKES

OHANAのパンケーキは甘さ控えめ、素材の味を生かしたやさしい味わい。ハワイで人気のポルトガル風ソーセージ、ポルチギーソーセージやカリカリに炙ったベーコン、ふわふわのスクランブルエッグなどを添えて、あまじょっぱい一皿に仕上げるのがOHANA流の朝ごはん。甘いパンケーキが好きなお客さまのために、自由に選べる自家製フルーツジャムやコンポートも用意しています。よかったら、あなたの想い出のメロディーを、プレートに書かせてください……！

（響希）

FRENCH TOAST

江ノ島といえばフレンチトースト。海を眺めながら食べるフレンチトーストは絶品だね！　OHANAのフレンチトーストは、砂糖不使用、厳選された牛乳と卵の味が際立つ素朴で滋味深い味わい。爽やかな甘みと華やかな香りが特徴的な神奈川県内特産の人気柑橘『湘南ゴールド』のフレッシュジャムを添えた『湘南フレンチトースト』がイチオシだよ。（ハル）

【LUNCH】

OHANA'S SPECIAL PLATE

OHANAのランチは色んなおかずを盛り合わせたプレートラ

ンチスタイル。メインのおかずを2or 3品選んだら、好きな米を1or 2スクープ盛って完成だ。米は白米、玄米、フライドライスから選べるぞ。俺のおすすめはもちろんフライドライス。ポルチギーソーセージとガーリックのガツンとした味わいがやみつきになる最高の一品だ。おかずは日替わりだが、江ノ島の海で獲れた新鮮な魚を使ったポケや、ガーリックシュリンプ、ハワイ名物のチリやモチコチキン、カルビリブが特に人気だ。（カイ）

LOCAL FAVORITES PLATE

ハワイの伝統料理三種。豚肉を蒸し焼きにした、カルアピッグ。旨味の凝縮された牛の干し肉、ピピカウラ。さっぱりした味わいのロミロミサーモンを一皿で楽しめるプレートだ。デザートはココナッツミルクで作るハワイの伝統的なデザート、ハウピア。ハルの作るハウピアはやばい……。二度とよそでは食えなくなるだろう。（怜）

【DRINKS】

FRESH LEMONADE

渇いた喉に染み渡るおいしさ。甘さ控えめの自家製生搾りレモネード。どんな料理にも相性がよくて、飲み始めたら止まらなくなります！　爽やかですっきり味の冷たいレモネードと、はちみつシロップをたらした、心安らぐホット。どちらもくせになる味わいですよ。（響希）

KONA COFFEE

ハワイ島直送の厳選された豆を、大磯在住の腕利きの焙煎職人にローストしてもらい、挽き立ての豆を一杯ずつ丁寧にドリップしているよ。コーヒーのドリップは、この店ではカイ

がいちばん上手いんだ。爽やかなのにしっかりコクがある、極上のコナコーヒーをぜひ味わいに来て欲しいな。　（ハル）

【DESSERTS】

SHAVE ICE

「ハルにーちゃのシェイブアイスはぁ、せっかいいっちー！」

ハワイ名物かき氷（シェイブアイス）。定番おやつもハルにーちゃの手にかかると、極上のデザートになるよ！　日替わりの自家製シロップは香料や着色料無添加。フルーツのおいしさを丸ごと味わえる絶品なんだ。ボクのおすすめはねー、とろり濃厚なマンゴー味。甘酸っぱいパイナップル味。春限定だけど、湘南ゴールド味もすっごくおいしいよ！　トッピングにカットフルーツもたっぷり。海を眺めながら食べるハルにーちゃのシェイブアイス。最高だよ!!　（翔太）

LEMON MALASADA

OHANAに来たら、ぜったいに食べて欲しいのがレモンマラサダ！　もっちりふわふわな生地に、はむっとかぶりつくと、口いっぱいにレモンの爽やかさが広がるよ！　そのまま食べてもすっごくおいしいけど、裏メニューのマラサダパフェはさらにおすすめ。食べやすくカットした揚げたてのマラサダに、ヨーグルトアイス、自家製レモンシロップをたっぷりかけて、季節のカットフルーツを山盛り添えたパフェなんだ。熱々のマラサダと、とろりと溶けたアイスクリーム、フルーツの爽やかさが最高においしい!!　ハルにーちゃ特製のグァバジェリーを添えると、ほっぺたが落ちちゃう危険なスイーツに♪　レモネードとの相性もバツグンなんだ。ぜひ食べに来てね！

（翔太）

あとがき

『江ノ島 お忘れ処 OHANA〜最期の夏を島カフェで〜』最後まで読んでくださって、ありがとうございました!

都内から交通の便がよく、一年をとおして観光客の絶えない、人気の観光地、江の島。大好きな島を舞台にした物語を本にしていただけて、感激しています。

自宅から自転車で行ける距離にあり、ふだんから、よく行く場所なのですが、書籍化のお話をいただいてから、さらに足繁く通うようになりました。

緊急事態宣言下ということもあって、できるかぎり平日の人の少なそうな時期を見計らって、朝から晩まで島で過ごしました。

お気に入りのスポットはたくさんありますが、物語のなかでも何度も登場するサムエル・コッキング苑内のシーキャンドル。その屋外展望台が特に好きです。

潮風に吹かれながら島内を眺めていると、響希や怜、翔太たちが、この島のどこかに本当にいるような気がして……。

展望台のベンチで、ポメラやメモ帳に、頭に浮かんだシーンやセリフを書き留めたこともありました。

自由に旅ができる日が戻ってきたら、ぜひ、みなさんも足を運んでみてください。

駅至近、徒歩で渡れる島ですが、日常の喧噪を離れ、豊かな自然を満喫できます。江島神社でお参りして、シーキャンドルに上って、岩屋を散策して、生しらすや参道のおやつを食べて、稚児ヶ淵で夕陽を見て……朝から晩まで、一日中楽しめる場所です。旅の途中に、ＯＨＡＮＡの面々を思い出していただけたら、とても嬉しいです。

物語の世界を魅力的に描いてくださったカズアキ先生、すてきにデザインしてくださったデザイナーさま。荒削りな物語を、いっしょに磨き上げてくださった、ことのは文庫の担当さまや校閲さま。縁を繋いでくださったエブリスタの担当さま。

そして、この本を手に取ってくださったみなさま、本当にありがとうございます。よかったら、感想など聞かせていただけたら嬉しいです。

いつかまたお会いできる日を夢見て、今後も精進していきたいと思います！

遠坂カナレ

ことのは文庫

江ノ島お忘れ処OHANA
～最期の夏を島カフェで～

2021年5月28日　初版発行

著者　遠坂カナレ
発行人　子安喜美子
編集　田口絢子
印刷所　株式会社廣済堂
発行　株式会社マイクロマガジン社
URL：https://micromagazine.co.jp/
〒104-0041
東京都中央区新富1-3-7 ヨドコウビル
TEL.03-3206-1641 FAX.03-3551-1208（販売部）
TEL.03-3551-9563 FAX.03-3297-0180（編集部）

本書は、小説投稿サイト「エブリスタ」（https://estar.jp/）に掲載されていた作品を、加筆・修正の上、書籍化したものです。
定価はカバーに印刷されています。

ISBN978-4-86716-141-8　C0193
乱丁、落丁本はお取り替えいたします。